# EM BUSCA DO ABSOLUTO

Livros do autor publicados pela **L&PM** EDITORES:

*Como fazer a guerra – máximas e pensamentos de Napoleão* (**L&PM** POCKET)

A COMÉDIA HUMANA:

> *Ascensão e queda de César Birotteau*
> *Em busca do absoluto*
> *O coronel Chabert* seguido de *A mulher abandonada*
> *A duquesa de Langeais*
> *Esplendores e misérias das cortesãs*
> *Estudos de mulher*
> *Eugénie Grandet*
> *Ferragus, o chefe dos devoradores*
> *História dos treze* (*Ferragus, o chefe dos devoradores; A duquesa de Langeais; A menina dos olhos de ouro*)
> *Ilusões perdidas*
> *O lírio do vale*
> *A menina dos olhos de ouro*
> *A mulher de trinta anos*
> *O pai Goriot*
> *A pele de Onagro*
> *A vendeta* seguido de *A paz conjugal*

Leia também:

*Balzac* – François Taillandier (SÉRIE BIOGRAFIAS **L&PM** POCKET)

# BALZAC

## EM BUSCA DO ABSOLUTO

*Tradução de* PAULO NEVES

L&PM EDITORES

Texto de acordo com a nova ortografia.
Título original: *La recherche de l'absolu*

*Tradução:* Paulo Neves
*Capa*: Ivan Pinheiro Machado. *Ilustração*: iStock
*Preparação*: Deise Mietlicki
*Revisão*: Patrícia Rocha e L&PM Editores

CIP-Brasil. Catalogação na publicação
Sindicato Nacional dos Editores de Livros, RJ

---

B158e

    Balzac, Honoré de, 1799-1850
       Em busca do absoluto / Honoré de Balzac; tradução Paulo Neves. – Porto Alegre [RS]: L&PM, 2021.
       224 p. ; 21 cm.

       Tradução de: *La recherche de l'absolu*
       ISBN 978-65-5666-103-2

       1. Ficção francesa. I. Neves, Paulo. II. Título.

21-70784                   CDD: 843
                              CDU: 82-3(44)

---

Leandra Felix da Cruz Candido - Bibliotecária - CRB-7/6135

© da tradução, L&PM Editores, 2006

Todos os direitos desta edição reservados a L&PM Editores
Rua Comendador Coruja, 314, loja 9 – Floresta – 90.220-180
Porto Alegre – RS – Brasil / Fone: 51.3225.5777

PEDIDOS & DEPTO. COMERCIAL: vendas@lpm.com.br
FALE CONOSCO: info@lpm.com.br
www.lpm.com.br

Impresso no Brasil
Outono de 2021

# Sumário

Apresentação – *A comédia humana* .......................................... 7

Introdução ................................................................ 11

Em busca do absoluto ...................................................... 15

Cronologia ............................................................... 217

# Apresentação

## A comédia humana

*Ivan Pinheiro Machado*

*A comédia humana* é o título geral que dá unidade à obra máxima de Honoré de Balzac e é composta de 89 romances, novelas e histórias curtas.[1] Este enorme painel do século XIX foi ordenado pelo autor em três partes: "Estudos de costumes", "Estudos analíticos" e "Estudos filosóficos". A maior das partes, "Estudos de costumes", com 66 títulos, subdivide-se em seis séries temáticas: *Cenas da vida privada, Cenas da vida provinciana, Cenas da vida parisiense, Cenas da vida política, Cenas da vida militar* e *Cenas da vida rural*.

Trata-se de um monumental conjunto de histórias, considerado de forma unânime uma das mais importantes realizações da literatura mundial de todos os tempos. Cerca de 2,5 mil personagens se movimentam pelos vários livros de *A comédia humana*, ora como protagonistas, ora como coadjuvantes. Genial observador do seu tempo, Balzac soube como ninguém captar o "espírito" do século XIX. A França, os franceses e a Europa no período entre a Revolução Francesa e a Restauração têm nele um pintor magnífico e preciso. Friedrich Engels, numa carta a Karl Marx, disse: "Aprendi mais em Balzac sobre a sociedade francesa da primeira metade do século, inclusive nos seus pormenores econômicos (por exemplo, a redistribuição da propriedade real e pessoal depois da Revolução), do que em

---

1. A ideia de Balzac era que *A comédia humana* tivesse 137 títulos, segundo seu *Catálogo do que conterá A comédia humana*, de 1845. Deixou de fora, de sua autoria, apenas *Les cent contes drolatiques*, vários ensaios e artigos, além de muitas peças ficcionais sob pseudônimo e esboços que não foram concluídos. (N.E.)

todos os livros dos historiadores, economistas e estatísticos da época, todos juntos".

Clássicos absolutos da literatura mundial como *Ilusões perdidas, Eugénie Grandet, O lírio do vale, O pai Goriot, Ferragus, Beatriz, A vendeta, Um episódio do terror, A pele de onagro, Mulher de trinta anos, A fisiologia do casamento*, entre tantos outros, combinam-se com dezenas de histórias nem tão célebres, mas nem por isso menos deliciosas ou reveladoras. Tido como o inventor do romance moderno, Balzac deu tal dimensão aos seus personagens que já no século XIX mereceu do crítico literário e historiador francês Hippolyte Taine a seguinte observação: "Como William Shakespeare, Balzac é o maior repositório de documentos que possuímos sobre a natureza humana".

Balzac nasceu em Tours em 20 de maio de 1799. Com dezenove anos convenceu sua família – de modestos recursos – a sustentá-lo em Paris na tentativa de tornar-se um grande escritor. Obcecado pela ideia da glória literária e da fortuna, foi para a capital francesa em busca de periódicos e editoras que se dispusessem a publicar suas histórias – num momento em que Paris se preparava para a época de ouro do romance-folhetim, fervilhando em meio à proliferação de jornais e revistas. Consciente da necessidade do aprendizado e da sua própria falta de experiência e técnica, começou publicando sob pseudônimos exóticos, como Lord R'Hoone e Horace de Saint-Aubin. Escrevia histórias de aventuras, romances policialescos, açucarados, folhetins baratos, qualquer coisa que lhe desse o sustento. Obstinado com seu futuro, evitava usar o seu verdadeiro nome para dar autoria a obras que considerava (e de fato eram) menores. Em 1829, lançou o primeiro livro a ostentar seu nome na capa – *A Bretanha em 1800* –, um romance histórico em que tentava seguir o estilo de *Sir* Walter Scott (1771-1832), o grande romancista escocês autor de romances históricos clássicos, como *Ivanhoé*. Nesse momento, Balzac sente que começou um grande projeto literário e lança-se fervorosamente na sua execução.

Paralelamente à enorme produção que detona a partir de 1830, seus delírios de grandeza levam-no a bolar negócios que vão desde gráficas e revistas até minas de prata. Mas fracassa como homem de negócios. Falido e endividado, reage criando obras-primas para pagar seus credores numa destrutiva jornada de trabalho de até dezoito horas diárias. "Durmo às seis da tarde e acordo à meia-noite, às vezes passo 48 horas sem dormir...", queixava-se em cartas aos amigos. Nesse ritmo alucinante, ele produziu alguns de seus livros mais conhecidos e despontou para a fama e para a glória. Em 1833, teve a antevisão do conjunto de sua obra e passou a formar uma grande "sociedade", com famílias, cortesãs, nobres, burgueses, notários, personagens de bom ou mau-caráter, vigaristas, camponeses, homens honrados, avarentos, enfim, uma enorme galeria de tipos que se cruzariam em várias histórias diferentes sob o título geral de *A comédia humana*. Convicto da importância que representava a ideia de unidade para todos os seus romances, escreveu à sua irmã, comemorando: "Saudai-me, pois estou seriamente na iminência de tornar-me um gênio". Vale ressaltar que nesta imensa galeria de tipos, Balzac criou um espetacular conjunto de personagens femininos que – como dizem unanimemente seus biógrafos e críticos – tem uma dimensão muito maior do que o conjunto dos seus personagens masculinos.

Aos 47 anos, massacrado pelo trabalho, pela péssima alimentação e pelo tormento das dívidas que não o abandonaram pela vida inteira, ainda que com projetos e esboços para pelo menos mais vinte romances, já não escrevia mais. Consagrado e reconhecido como um grande escritor, havia construído em frenéticos dezoito anos este monumento com quase uma centena de livros. Morreu em 18 de agosto de 1850, aos 51 anos, pouco depois de ter casado com a condessa polonesa Ève Hanska, o grande amor da sua vida. O exímio intelectual Paulo Rónai (1907-1992), escritor, tradutor, crítico e coordenador da publicação de *A comédia humana* no Brasil, nas décadas de 1940 e 1950, escreveu em seu ensaio biográfico "A vida de Balzac": "Acabamos por ter a impressão de haver nele um velho conhecido, quase que um membro da família – e ao mesmo tempo compreendemos cada vez menos seu talento, esta monstruosidade que o diferencia dos outros homens".[2]

A verdade é que a obra de Balzac sobreviveu ao autor, às suas idiossincrasias, vaidades, aos seus desastres financeiros e amorosos. Sua mente prodigiosa concebeu um mundo muito maior do que os seus contemporâneos alcançavam. E sua obra projetou-se no tempo como um dos momentos mais preciosos da literatura universal. Se Balzac nascesse de novo dois séculos depois, ele veria que o último parágrafo do seu prefácio para *A comédia humana*[3], longe de ser um exercício de vaidade, era uma profecia:

> A imensidão de um projeto que abarca a um só tempo a história e a crítica social, a análise de seus males e a discussão de seus princípios autoriza-me, creio, a dar à minha obra o título que ela tem hoje: *A comédia humana*. É ambicioso? É justo? É o que, uma vez terminada a obra, o público decidirá.

---

2. RÓNAI, Paulo. "A vida de Balzac". In: BALZAC, Honoré de. *A comédia humana*. Vol. 1. Porto Alegre: Globo, 1940. Rónai coordenou, prefaciou e executou as notas de todos os volumes publicados pela Editora Globo. (N.E.)

3. Publicado na íntegra em *Estudos de mulher*, volume 508 da Coleção L&PM POCKET. (N.E.)

# Introdução

*Ivan Pinheiro Machado*

O "absoluto" que o protagonista flamengo Balthazar Claës procura, primeiro, obstinadamente, depois, fanaticamente e, por fim, loucamente, nada mais é do que "a chave da criação, o segredo para repetir a natureza". Algo como a "pedra filosofal" que os alquimistas da idade média perseguiam.

Ambientada em Douai, norte da França, cidade fronteiriça à região flamenga comum à Bélgica e à Holanda, esta novela possui curiosas peculiaridades e revela a radicalidade com que Balzac se entregava à sua empreitada literária. O leitor verá que perpassam este livro conhecimentos de química e arquitetura que não foram recolhidos e jogados ao acaso. São noções tecnicamente corretas – principalmente no terreno da química e da física – e exigiram do escritor uma ampla e trabalhosa pesquisa. A questão "da unidade da matéria", tão em voga na época, apaixonou Balzac, estimulando a sua "formação" na ciência química, o que lhe possibilitou escrever o livro. Sabe-se que ele teve "mestres" ilustres, e posteriormente muitos químicos comprovaram a coerência de seu pensamento científico; há notícias de que, em 1960, uma equipe da Escola Politécnica de Paris repetiu algumas experiências de Balthazar Claës narradas por Balzac, comprovando a coerência de raciocínio do pesquisador. Ernest Laugier, químico, amigo, "colaborador científico" e membro da Academia de Ciências, mereceu do autor um exemplar com a seguinte dedicatória: "Para Monsieur Laugier um testemunho do reconhecimento do autor que tornou-se um pouco químico. De Balzac".

Balzac, uma vez entrosado no meio científico, não deixou de dar pequenas alfinetadas nos cientistas influentes da época. Referindo-se ao seu personagem, diz que Balthazar "frequentou então muitos cientistas e particularmente Lavoisier, que na época chamava mais a atenção pública pela imensa fortuna que acumulara como arrecadador de impostos do rei do que por suas descobertas (...)".

O início do século XIX, com sua enorme turbulência política e a nova organização social proposta pela Revolução Francesa, coincidiu também com um grande avanço da ciência. As guerras, paradoxalmente, trazem grande evolução científica, e não foi diferente na Europa conflagrada da época. A medicina, a química e a física experimentaram progressos que Balzac não deixou passarem despercebidos. Afinal, ele denominava-se, em seu célebre prefácio à *Comédia humana*, apenas "um secretário" cuja missão era reportar a sociedade da sua época, seus conflitos e seus personagens. E nada mais natural do que dedicar um livro a essa agitação científica. Primeiramente incluído em "Cenas da vida privada", *Em busca do absoluto* foi por fim editado no volume que trata dos "Estudos filosóficos". É bom que se diga que, em 1928, portanto seis anos antes da publicação deste livro, travou-se intenso debate na Academia de Ciências de Paris em torno da obtenção de diamantes através de um método de cristalização do carbono – debate que, pela enorme repercussão na imprensa, apaixonou a opinião pública, envolvendo grandes sábios da época, que são citados neste romance.

A modéstia nunca foi uma característica de Honoré de Balzac. Ele sempre pensou alto demais, perseguindo quimeras e fortunas que jamais encontrou. Seus negócios foram desastrosos e acumularam dívidas que o perseguiram pela vida inteira. A literatura foi o "negócio" em que o provinciano de Tours teve êxito e lhe abriu as portas de Paris e, consequentemente, do mundo. Toda a energia que dedicara a projetos fracassados ele jogou com duplo vigor sobre a carreira de escritor. Exerceu o aprendizado publicando dezenas de livros, precavidamente assinados sob vários pseudônimos. Seu nome só seria estampado na capa de um livro em 1830 – dez anos depois de suas primeiras tentativas –, no romance *A Bretanha em 1800*. Em menos de dez anos tornou-se o escritor mais lido da Europa, numa época em que a língua francesa tinha a enorme influência que o inglês tem hoje. O triunfo literário aqueceu sua vaidade, e por sua copiosa correspondência vê-se que ele tinha a plena consciência do próprio gênio, da grandeza do projeto *A comédia humana* e que não via por que não "dar a sua contribuição" ao terreno da ciência e da filosofia. Nas mais de duas dezenas de obras (romances e contos) incluídas na parte "Estudos filosóficos" da edição de *A comédia* publicada quando Balzac era vivo, temos uma verdadeira viagem do autor pelo misticismo, pela filosofia, pela ciência e pela psicologia. Numa prova de que por meio da literatura ele esquadrinhou todos os espaços possíveis na natureza humana, pode-se dizer que em alguns dos seus "Estudos filosóficos", como *Pele de onagro* e *Seráfita*, encontramos os fundamentos do realismo mágico que seria moda quase 150 anos depois.

*Em busca do absoluto* trata da procura pelo elemento químico fundamental, a chave da criação. Nessa busca, Balthazar de Claës perde todas as referências sociais e afetivas. Filho de uma família flamenga tradicionalíssima, homem altivo de caráter ilibado, pai de família e marido exemplar, lança-se na busca desenfreada deste elemento químico primevo que seria a origem de tudo. Ao desposar sua paixão pela ciência, Balthazar destrói o próprio lar. Fanatizado pela ideia de "fazer metais, fazer diamantes, repetir a natureza", Balthazar sacrifica tudo. Como um viciado, torra fortunas, causa enormes sofrimentos à mulher e aos filhos, perde tudo. Ele fica quase vinte anos enterrado dentro do laboratório localizado na própria casa da família. E o saldo é dramático. Ao final deste tresloucado périplo em busca de fortuna e poder, Claës descobre que não é mais nada, "nem marido, nem pai, nem cidadão". Um homem debilitado, destruído pelo sonho que só é desvendado no surpreendente final.

*Em busca do absoluto* foi publicado pela primeira vez em setembro de 1834 por Mme Charles-Béchet na série "Cenas da vida privada", terceiro volume dos "Estudos de Costumes". Em 1845, quando da publicação da sua obra por Furne, Dubochet et Hetzel sob o título geral de *A comédia humana*, este livro foi deslocado para a série dos "Estudos Filosóficos".

# Em busca do absoluto

À senhora Joséphine Delannoy, nascida Doumerc

*Senhora, queira Deus que esta obra tenha uma vida mais longa que a minha; a gratidão que lhe devo, e que, espero, igualará sua afeição quase maternal por mim, subsistiria então mais além do prazo fixado aos nossos sentimentos. O sublime privilégio de estender assim pela vida de nossas obras a existência do coração seria suficiente para consolar, se pudesse haver uma certeza a esse respeito, todos os esforços que ele custa àqueles cuja ambição é conquistá-lo. Repetirei, portanto: que Deus o queira!*

De Balzac

Existe em Douai, na Rue de Paris, uma casa cuja fisionomia, as disposições internas e os detalhes conservaram, mais que os de qualquer outra habitação, o caráter das velhas construções flamengas, tão ingenuamente apropriadas aos costumes patriarcais dessa boa terra; antes de descrevê-la, porém, talvez seja preciso estabelecer, no interesse dos escritores, a necessidade dessas preparações didáticas contra as quais protestam algumas pessoas ignorantes e vorazes que querem emoções sem submeter-se a seus princípios geradores, a flor sem a semente, o filho sem a gestação. Seria a Arte obrigada a ser mais forte do que a Natureza?

Os acontecimentos da vida humana, seja pública ou privada, estão ligados tão intimamente à arquitetura que a maior parte dos observadores pode reconstruir as nações ou os indivíduos em toda a verdade de seus hábitos a partir dos restos de seus monumentos públicos ou pelo exame de suas relíquias domésticas. A arqueologia está para a natureza social assim como a anatomia comparada para a natureza organizada. Um mosaico revela toda uma sociedade, assim como um esqueleto de ictiossauro subentende toda uma criação. De um lado e de outro, tudo se deduz, tudo se encadeia. A causa faz adivinhar um efeito, assim como todo efeito permite remontar a uma causa. O cientista ressuscita assim até as verrugas das velhas idades. Vem daí certamente o prodigioso interesse que uma descrição arquitetônica inspira quando a fantasia do escritor não desfigura seus elementos; não pode cada um ligá-la ao passado por severas deduções? E já que o passado, para o homem, se assemelha singularmente ao futuro, contar-lhe o que foi não é quase sempre dizer-lhe o que será? Enfim, é raro que a descrição dos lugares onde a vida transcorre não lembre a cada um ou seus desejos traídos ou suas esperanças em flor. A comparação entre um presente que frustra os desejos secretos e o futuro que pode realizá-los é uma fonte inesgotável de melancolia ou de doces satisfações. Assim é quase impossível não ser tomado de uma espécie de enternecimento pela pintura da vida flamenga quando seus acessórios são bem reproduzidos. Por quê? Talvez por ser essa, entre as diferentes existências, a que melhor elimina as incertezas do homem. Ela se acompanha de todas as festas, de todos os laços de família, de uma grande abastança que atesta a continuidade do bem-estar, de um repouso que se assemelha à beatitude; mas ela exprime sobretudo a calma e a monotonia de uma felicidade ingenuamente sensual em que o gozo sufoca o desejo antecipando-se sempre a ele. Por mais valor que o homem apaixonado possa dar aos tumultos dos sentimentos, ele nunca vê sem emoção as imagens dessa natureza social onde as batidas do coração são tão bem reguladas que as pessoas superficiais o acusam de frieza. A multidão prefere geralmente a força anormal que excede em vez da força igual que persiste. A multidão não tem nem tempo nem paciência para constatar o imenso poder oculto sob uma aparência uniforme. Assim, para atingir essa multidão arrastada pela corrente da vida, a paixão, do mesmo modo que o grande artista, não tem outro recurso senão ir além da medida, como o fizeram Michelangelo, Bianca Capello, a srta. de La Vallière[1], Beethoven e Paganini. Somente os grandes calculistas pensam que não se deve jamais ultrapassar a medida e consideram apenas a virtualidade impressa numa perfeita realização que põe em toda obra aquela calma profunda cujo encanto domina os homens superiores. Ora, a vida adotada por esse povo essencialmente econômico preenche perfeita-

---

1. Mulheres que encarnam, para Balzac, a paixão que vai "além da medida". A primeira era uma nobre veneziana do século XVI, a segunda, amante de Luís XIV da França. (N.T.)

mente as condições de bem-aventurança com que sonham as massas quanto à vida cidadã e burguesa.

A materialidade mais requintada está impressa em todos os hábitos flamengos. O conforto inglês oferece tonalidades secas, duras, enquanto em Flandres o velho interior dos lares alegra os olhos por cores graciosas, por uma bonomia verdadeira; ele sugere o trabalho sem fadiga; ali o cachimbo denota uma feliz aplicação do *far niente* napolitano; além disso, acusa o sentimento pacífico da arte, sua condição mais necessária, a paciência, e o elemento que torna suas criações duradouras, a consciência. O caráter flamengo está nessas duas palavras, paciência e consciência, que parecem excluir as ricas nuances da poesia e tornar os costumes desse país tão lisos quanto suas longas planícies, tão frios quanto seu céu brumoso. Mas não é isso que acontece. A civilização manifestou ali seu poder modificando tudo, até mesmo os efeitos do clima. Se observarmos com atenção os produtos dos diversos países do globo, ficamos primeiro surpresos de ver as cores cinzentas e fulvas relacionadas especialmente às produções das zonas temperadas, enquanto as cores mais brilhantes distinguem as dos países quentes. Os costumes devem necessariamente se conformar a essa lei da natureza. Flandres, outrora essencialmente sombria e votada às tonalidades uniformes, encontrou o meio de dar brilho à sua atmosfera fuliginosa pelas vicissitudes políticas que a submeteram sucessivamente aos borgonheses, aos espanhóis, aos franceses, e a fizeram fraternizar com os alemães e os holandeses. Da Espanha ela guardou o luxo dos escarlates, os cetins brilhantes, as tapeçarias de efeito vigoroso, as plumas, os bandolins e as formas cortesas. De Veneza reteve, em troca de suas telas e suas rendas, essa fantástica fabricação de vidro onde o vinho reluz e parece melhor. Da Áustria conservou a pesada diplomacia que, segundo um ditado popular, dá três passos num alqueire. O comércio com as Índias trouxe-lhe as invenções grotescas da China e as maravilhas do Japão. No entanto, apesar da paciência de tudo acumular, de nada devolver, Flandres praticamente só era vista como o entreposto geral da Europa, até o momento em que a descoberta do tabaco soldou, pela fumaça, os traços dispersos de sua fisionomia nacional. Desde então, a despeito das divisões de seu território, o povo flamengo passou a existir graças ao cachimbo e à cerveja.

Depois de ter assimilado, pela constante economia de sua conduta, as riquezas e as ideias de seus mestres ou de seus vizinhos, esse país, tão nativamente opaco e desprovido de poesia, compôs para si uma vida original e costumes característicos, sem parecer incorrer em servilismo. A Arte despojou-se ali de toda idealidade para reproduzir unicamente a Forma. Assim, não peçam a essa pátria da poesia plástica nem a verve da comédia, nem a ação dramática, nem os lances ousados da epopeia ou da ode, nem o gênio musical; ela é fértil, no entanto, em descobertas, em discussões doutorais que requerem tempo e constância. Tudo ali tem a marca do gozo temporal. O homem vê exclusivamente o que existe, seu pensamento curva-se tão escrupulosamente em servir às necessidades da vida que em nenhuma obra se lançou para além do mundo real. A única ideia de futuro concebida por esse povo foi uma espécie de economia em política, sua força revolucionária veio do desejo doméstico de ter movimentos livres à mesa e uma grande comodidade no abrigo de seus *steeds*.[2]

O sentimento de bem-estar e o espírito de independência que a fortuna inspira engendraram, lá mais cedo do que noutros lugares, essa necessidade de liberdade que mais tarde atormentou a Europa. Assim, a constância das ideias e a tenacidade que a educação oferece aos flamengos fizeram deles, outrora, homens temíveis na defesa de seus direitos. Nesse povo, portanto, nada se faz pela metade, nem as casas, nem os móveis, nem os diques, nem a cultura, nem a revolta. Desse modo ele conserva o monopólio daquilo que empreende. A fabricação de rendas, obra

---

2. Em inglês no original. Significa *corcéis*. (N.T.)

de paciente agricultura e de mais paciente indústria, e a de seus tecidos são hereditárias assim como suas fortunas patrimoniais. Se fosse preciso pintar a constância sob a forma humana mais pura, o mais certo seria talvez fazer o retrato de um bom burgomestre dos Países Baixos, capaz, como tantas vezes ocorreu, de morrer burguesamente e sem alarde pelos interesses de sua Hansa.[3] Mas a doce poesia dessa vida patriarcal reaparecerá naturalmente na pintura de uma das últimas casas que, no tempo em que esta história começa, ainda conservava tal caráter em Douai.

De todas as cidades do departamento do Norte, Douai, infelizmente, é a que mais se moderniza, onde o sentimento inovador fez as mais rápidas conquistas, onde o amor do progresso social é o mais difundido. Lá, as velhas construções desaparecem dia a dia, os antigos costumes se apagam. O tom, as modas, as maneiras de Paris dominam; em breve, da antiga vida flamenga os habitantes de Douai não terão mais senão a cordialidade das atenções hospitaleiras, a cortesia espanhola, a riqueza e a limpeza da Holanda. As mansões em pedra branca terão substituído as casas de tijolos. A opulência das formas batavas terá cedido ante a mutável elegância das novidades francesas.

A casa onde se passaram os acontecimentos desta história se situa mais ou menos na metade da Rue de Paris e é conhecida em Douai, há mais de duzentos anos, pelo nome de Casa Claës. Os Van Claës foram outrora uma das mais célebres famílias de artesãos, aos quais os Países Baixos deveram, em várias produções, uma supremacia comercial que conservaram. Durante muito tempo os Claës foram, na cidade de Gand, de pai para filho, os chefes da poderosa confraria dos tecelões. Por ocasião da revolta dessa grande cidade contra Carlos V, que queria suprimir seus privilégios, o mais rico dos Claës viu-se tão fortemente comprometido que, prevendo uma catástrofe e forçado

---

3. Nome dado, na Idade Média, a uma liga de cidades da Europa do Norte, com fins comerciais e defensivos. (N.T.)

a partilhar a sorte dos companheiros, enviou secretamente, sob a proteção da França, sua mulher, seus filhos e suas riquezas, antes que as tropas do imperador tivessem invadido a cidade. As previsões do síndico dos tecelões eram justas. Ele, assim como vários outros burgueses, foi excluído da capitulação e enforcado como rebelde, quando na realidade era o defensor da independência de Gand. A morte de Claës e de seus companheiros teve seus frutos. Mais tarde esses suplícios inúteis custaram ao rei da Espanha a maior parte de suas possessões nos Países Baixos. De todas as sementes confiadas à terra, o sangue derramado pelos mártires é a que produz a mais rápida colheita. Quando Filipe II, que punia a revolta até a segunda geração, estendeu sobre Douai seu cetro de ferro, os Claës conservaram seus grandes bens, aliando-se à nobre família de Molina, cujo ramo primogênito, então pobre, tornou-se bastante rico para poder comprar o reino de Nourho, que possuía apenas titularmente no reino de Leão.

No começo do século XIX, após vicissitudes cuja descrição nada ofereceria de interessante, a família Claës era representada, no ramo estabelecido em Douai, pela pessoa do sr. Balthazar Claës-Molina, conde de Nourho, que fazia questão de chamar-se simplesmente Balthazar Claës. Da imensa fortuna acumulada por seus antepassados, que faziam mover cerca de mil teares, restavam a Balthazar cerca de quinze mil francos de rendimentos em terras na região de Douai e a casa da Rue de Paris, cuja mobília, aliás, valia uma fortuna. Quanto às posses do reino de Leão, elas tinham sido o objeto de um processo entre os Molina de Flandres e o ramo dessa família que ficara na Espanha. Os Molina de Leão ganharam os domínios e tomaram o título de condes de Nourho, embora somente os Claës tivessem o direito de usá-lo; mas a vaidade da burguesia belga era superior à soberba castelhana. Assim, quando o Estado civil foi instituído, Balthazar Claës abandonou os farrapos de sua nobreza espanhola em troca de sua grande ilustração gandesa. O sentimento patriótico é tão forte nas famílias exiladas que, mesmo nos últimos dias do século XVIII, os Claës haviam permanecido fiéis a suas tradições, a seus hábitos e costumes. Aliavam-se apenas às famílias da mais pura burguesia; era preciso um certo número de almotacés ou de burgomestres do lado da noiva para admiti-la em sua família. Acabavam indo buscar suas mulheres em Bruges ou em Gand, em Liège ou na Holanda, a fim de perpetuar os costumes de sua vida doméstica. No final do último século, a sociedade deles, cada vez mais restrita, limitava-se a sete ou oito famílias de nobreza parlamentar cujos costumes, cuja toga de grandes pregas, cuja gravidade magistral, em parte espanhola, se harmonizavam a seus hábitos. Os habitantes da cidade tinham uma espécie de respeito religioso por essa família, que para eles era como um preconceito. A constante honestidade, a lealdade sem mácula dos Claës, seu invariável decoro faziam deles uma superstição tão inveterada como a festa de Gayant[4], e bem expressa por este nome: a Casa Claës. O espírito da velha Flandres respirava por inteiro nessa habitação, que oferecia aos amantes de antiguidades burguesas o modelo das modestas casas que a rica burguesia construía para si na Idade Média.

O principal ornamento da fachada era uma porta com dois batentes de carvalho guarnecidos de cravos dispostos em quincunce, no centro dos quais os Claës haviam feito esculpir duas navetas acopladas. O vão dessa porta, edificado em pedra de grés, terminava num arco pontiagudo que suportava uma pequena claraboia tendo no alto uma cruz, e na qual se via uma estatueta de santa Genoveva fiando sua roca. Embora o tempo tivesse deixado sua marca nos trabalhos delicados dessa porta e da claraboia, o cuidado extremo que por eles tinham as pessoas da casa permitia aos passantes perceber todos os seus detalhes. Assim a guarnição, composta de colunatas reunidas, conservava

---

4. Festa anual em que desfilavam pelas ruas de Douai bonecos gigantescos representando Gayant, sua mulher e seus filhos, heróis lendários do folclore flamengo. (N.T.)

uma cor cinza-escuro e brilhava como se tivesse sido envernizada. De cada lado da porta, no térreo, viam-se duas janelas semelhantes a todas as da casa. Seu enquadramento em pedra branca terminava, embaixo, por uma concha ricamente ornamentada, no alto por duas arcadas separadas pelo montante da cruz que dividia as vidraças em quatro partes desiguais, pois a travessa, colocada na altura desejada para representar uma cruz, dava aos dois lados inferiores da janela uma dimensão quase duas vezes maior que a das partes superiores arredondadas por seus arcos. A dupla arcada tinha por enfeite três fileiras de tijolos que se sobrepunham uma à outra, cada tijolo sendo alternadamente saliente ou recuado em cerca de uma polegada, de modo a desenhar uma grega.[5] As vidraças, pequenas e em losango, estavam encaixadas em lâminas de ferro extremamente finas e pintadas de vermelho. As paredes, construídas de tijolos ligados com argamassa branca, eram sustentadas de distância em distância e nos ângulos por fileiras de pedras. O primeiro andar tinha cinco janelas, o segundo não mais que três, e o sótão obtinha sua luz de uma grande abertura redonda com cinco compartimentos, margeada em grés e colocada no meio do frontão triangular formado pela empena, como a rosácea no portal de uma catedral. Na cumeeira se elevava, à maneira de cata-vento, uma roca carregada de linho. Os dois lados do grande triângulo formado pela parede da empena eram recortados por espécies de degraus até o topo do primeiro andar, onde, à direita e à esquerda da casa, caíam as águas pluviais lançadas pela boca de um animal fantástico. Na base da casa, um suporte em grés simulava um degrau. Enfim, último vestígio dos antigos costumes, de cada lado da porta, entre as duas janelas, havia na rua um alçapão de madeira guarnecido de chapas de ferro, pelo qual se penetrava na adega. Desde a sua construção, essa fachada era cuidadosamente limpa duas vezes por ano. Se faltava um pouco de argamassa numa

---

5. Ornamento geométrico composto de linhas quebradas em ângulos retos. (N.T.)

junção, tapava-se o buraco em seguida. As janelas, os suportes, as pedras, tudo era espanado melhor do que se faz com os mármores mais preciosos em Paris. Assim, a frente da casa não apresentava nenhum sinal de degradação. Apesar da cor escura devida à própria vetustez do tijolo, a conservação era tão boa quanto a de um velho quadro ou um velho livro estimados por um amador, e que seriam sempre novos se não sofressem, sob a redoma de nossa atmosfera, a influência dos gases cuja malignidade ameaça a nós mesmos. O céu nublado, a temperatura úmida de Flandres e as sombras produzidas pela pouca largura da rua tiravam dessa construção, com muita frequência, o lustro obtido pelo cuidadoso asseio que, aliás, a tornava fria e triste ao olhar. Um poeta teria amado algumas ervas nas aberturas da claraboia ou musgos nos recortes do grés, teria desejado ver rachaduras nessas fileiras de tijolos ou uma andorinha fazer seu ninho sob as arcadas das janelas, nos tríplices compartimentos vermelhos que as ornavam. Assim, o acabamento, o asseio dessa fachada em parte desgastada pelo atrito, dava-lhe um aspecto secamente honesto e decentemente estimável que certamente teria feito um romântico mudar-se, se ele morasse defronte. Quando um visitante puxava o cordão da campainha de ferro trançado que pendia ao longo da guarnição da porta, e a serva vinda do interior lhe abria o batente em cujo meio havia uma pequena grade, esse batente logo escapava da mão, movido por seu peso, e tornava a fechar-se produzindo, sob as abóbadas de uma espaçosa galeria lajeada e nas profundezas da casa, um som grave e pesado como se a porta fosse de bronze. Essa galeria, pintada como se fosse mármore, sempre fresca e revestida de uma camada de areia fina, conduzia a um grande pátio quadrado interior, coberto de ladrilhos envernizados e de cor esverdeada. À esquerda ficavam a rouparia, a cozinha, a sala da criadagem; à direita, o depósito de lenha, de carvão e as dependências de serviço da casa, cujas portas, janelas e paredes eram ornadas de desenhos mantidos em cuidadoso asseio. A luz, filtrada entre quatro muros vermelhos com filetes brancos, adquiria ali reflexos e tonalidades rosa que davam às figuras e aos menores detalhes uma graça misteriosa e aparências fantásticas.

Uma segunda casa, absolutamente semelhante à construção situada junto à rua e que em Flandres tem o nome de *casa dos fundos*, elevava-se ao fundo desse pátio e servia unicamente de habitação da família. No térreo, a primeira peça era um salão de convívio iluminado por duas janelas do lado do pátio e por duas outras que davam para um jardim cuja largura igualava-se à da casa. Duas portas envidraçadas paralelas conduziam uma ao jardim, a outra ao pátio, e se alinhavam com a porta da rua, de modo que, já na entrada, um estranho podia abarcar o conjunto da moradia e avistar inclusive as folhagens que revestiam o fundo do jardim. A parte da frente, destinada às recepções, e cujo segundo andar continha os aposentos reservados aos estranhos, encerrava objetos de arte e grandes riquezas acumuladas; mas, aos olhos dos Claës e na opinião de um conhecedor, nada se igualava a um tesouro que ornava o salão onde, havia dois séculos, transcorria a vida da família. O Claës morto em defesa das liberdades de Gand, o artesão de quem se faria uma ideia mesquinha se o historiador omitisse dizer que ele possuía cerca de quarenta mil marcos de prata, ganhos na fabricação das velas necessárias à poderosa marinha veneziana, esse Claës teve como amigo o célebre escultor de madeira Van Huysium[6], de Bruges. Várias vezes o artista recorrera à bolsa do artesão. Algum tempo antes da revolta dos gandeses, Van Huysium, enriquecido, esculpira secretamente para o amigo um forro em ébano maciço onde eram representadas as principais cenas da vida de Artevelde, o cervejeiro que por algum tempo foi rei de Flandres. Esse revestimento, composto de sessenta painéis, continha cerca de 1.400 personagens principais e era tido como a obra capital de Van Huysium. Dizem que o capitão encarregado de

---

6. Também citado em *A musa do departamento* e *O primo Pons*, livros que integram *A comédia humana* de Balzac. (N.T.)

vigiar os burgueses que Carlos V decidira mandar enforcar no dia de sua entrada na cidade propôs a Van Claës deixá-lo fugir se ele lhe desse a obra de Van Huysium; mas o tecelão a enviara à França. O salão, inteiramente revestido com esses painéis que, por respeito aos manes do mártir, o próprio Van Huysium veio enquadrar em madeira pintada em lápis-lazúli com filetes dourados, é portanto a obra mais completa desse mestre, cujos menores trabalhos são hoje pagos quase a peso de ouro. Acima da lareira, Van Claës, pintado por Ticiano em seu traje de presidente do tribunal dos Parchons[7], parecia conduzir ainda essa família que venerava nele seu grande homem. A lareira, primitivamente de pedra, com a parte superior muito elevada, fora reconstruída em mármore branco no último século e suportava um velho relógio e dois candelabros com cinco ramos torcidos, de mau gosto, mas em prata maciça. As quatro janelas eram decoradas por grandes cortinas de damasco vermelho, com flores negras, forradas de seda branca, e a mobília, do mesmo tecido, fora renovada na época de Luís XIV. O soalho, evidentemente moderno, era formado de grandes chapas de madeira branca enquadradas por faixas de carvalho. O teto, com várias molduras, no fundo das quais havia uma carranca esculpida por Van Huysium, fora respeitado e conservava as tonalidades escuras do carvalho da Holanda. Nos quatro cantos desse salão elevavam-se colunas truncadas, encimadas por candelabros semelhantes aos da lareira, e uma mesa redonda ocupava o centro. Ao longo das paredes estavam simetricamente dispostas mesas de jogo. Sobre dois consoles dourados, cobertos de mármore branco, achavam-se, na época em que começa esta história, dois globos de vidro cheios de água, nos quais nadavam, sobre um leito de areia e conchas, peixes vermelhos, dourados ou prateados. Essa peça era ao mesmo tempo brilhante e sombria. O teto absorvia a claridade, sem refleti-la. Se, do lado do jardim, a luz

---

7. Termo valão que designa os magistrados que decidiam sobre partilhas e sucessões. (N.T.)

era abundante e vinha tremular nos recortes do ébano, as janelas do pátio, deixando entrar pouca luz, mal faziam brilhar os filetes de ouro impressos nas paredes opostas. Magnífica num dia ensolarado, essa sala era, portanto, dominada na maior parte do tempo por cores suaves, pelas tonalidades ruivas e melancólicas que o sol põe sobre os cimos das florestas no outono. É inútil continuar a descrição da Casa Claës, em cujas outras partes se passarão necessariamente várias cenas desta história; basta, por ora, conhecer suas principais disposições.

Em 1812, nos primeiros dias do mês de agosto, num domingo após as vésperas, uma mulher estava sentada em sua *bergère* diante de uma das janelas do jardim. Os raios do sol caíam então obliquamente sobre a casa, inclinados, atravessavam o salão, expiravam em reflexos bizarros sobre as guarnições de madeira que revestiam as paredes do lado do pátio e envolviam essa mulher na zona púrpura projetada pela cortina de damasco preguada ao longo da janela. Um pintor medíocre que nesse momento retratasse essa mulher, certamente teria produzido uma obra significativa com uma cabeça tão cheia de dor e de melancolia. A pose do corpo e a dos pés lançados à frente acusavam o abatimento de uma pessoa que perde a consciência de seu ser físico na concentração das forças absorvidas por um pensamento fixo; ela acompanhava as irradiações desse pensamento no futuro, como muitas vezes se olha, à beira-mar, um raio de sol que atravessa as nuvens e traça no horizonte uma faixa luminosa. As mãos dessa mulher, abandonadas nos braços da *bergère*, pendiam para fora, e a cabeça, como que muito pesada, repousava sobre o encosto. Um vestido de percal branco muito largo impedia de avaliar bem as proporções, e o busto era dissimulado sob as dobras de uma echarpe cruzada sobre o peito e negligentemente atada. Mesmo que a luz não realçasse seu rosto, que ela parecia comprazer-se em exibir mais do que o resto de sua pessoa, seria impossível não reparar exclusivamente nele; sua expressão, que teria impressionado a mais despreocupada das crianças, era uma estupefação persistente e fria, apesar de algumas lágrimas ardentes. Nada é mais terrível de ver do que a dor extrema cujo transbordamento só acontece raramente, mas que permanecia nesse rosto como uma lava fixa em volta de um vulcão. Dir-se-ia uma mãe moribunda obrigada a deixar os filhos num abismo de misérias, sem poder legar-lhes nenhuma proteção humana. A fisionomia dessa dama, de cerca de quarenta anos de idade, mas menos longe da beleza do que jamais estivera na juventude, não apresentava nenhuma das características da mulher flamenga. Uma espessa cabeleira negra caía em cachos sobre os ombros e ao longo das faces. Sua fronte, muito arqueada, estreita nas têmporas, era amarelada, mas sob essa fronte cintilavam dois olhos negros que lançavam chamas. O rosto, tipicamente espanhol, de tom moreno, pouco corado, marcado pela varíola, atraía o olhar pela perfeição de sua forma oval, cujos contornos conservavam, apesar das linhas desfiguradas, uma majestosa elegância, que reaparecia às vezes por inteiro se um esforço da alma lhe restituía sua primitiva pureza. O traço que dava mais distinção a essa figura masculina era um nariz curvado como um bico de águia, e que, muito arqueado na metade, parecia internamente mal conformado; havia nele, porém, uma delicadeza indescritível, a divisória das narinas era tão fina que sua transparência se avermelhava fortemente à luz. Embora os lábios grossos e muito franzidos revelassem o orgulho que um alto nascimento inspira, eles eram marcados por uma bondade natural e respiravam polidez. Podia-se contestar a beleza desse rosto ao mesmo tempo vigoroso e feminino, mas ele chamava a atenção. Pequena, corcunda e manca, essa mulher permaneceu tanto mais tempo solteira por se obstinarem em negar-lhe o espírito; no entanto, alguns homens ficaram muito comovidos pelo ardor apaixonado que sua cabeça exprimia, pelos índices de uma inesgotável ternura, e presos a um encanto inconciliável com tantos defeitos. Ela puxara muito ao avô, o duque de Casa-Real, nobre da Espanha. No instante que descrevemos, o encanto que outrora dominara despoticamente as almas apaixonadas de poesia jorrava de sua cabeça mais vigorosamente do que em nenhum momento de sua vida passada e exercia-se, por assim dizer, no vazio, exprimindo uma vontade fascinadora todo-poderosa sobre os homens, mas sem força sobre os destinos. Quando seus olhos deixavam a redoma onde olhava os peixes sem vê-los, ela os erguia num movimento desesperado, como para invocar o céu. Seus sofrimentos pareciam ser daqueles que só podem confiar-se em Deus. O silêncio era perturbado apenas por grilos, por algumas cigarras que cantavam no pequeno jardim de onde exalava um calor de forno e pelo surdo retinir de talheres, pratos e cadeiras movidos por um doméstico ocupado em servir o jantar na peça contígua ao salão. Nesse momento, a dama aflita pôs-se à escuta e pareceu recompor-se, pegou o lenço, enxugou as lágrimas, tentou sorrir e desfez tão bem a expressão de dor gravada em seus traços que se poderia acreditá-la naquele estado de indiferença em que uma vida isenta de inquietações nos deixa. Seja porque o hábito de viver nessa casa onde a confinavam seus sofrimentos lhe tivesse permitido reconhecer alguns efeitos naturais imperceptíveis para outros e que as pessoas expostas a sentimentos extremos procuram vivamente, seja porque a natureza tivesse compensado tantas desgraças físicas dando-lhe sensações mais delicadas do que a indivíduos aparentemente melhor organizados, essa mulher tinha ouvido os passos de um homem numa galeria construída acima da cozinha e das peças destinadas ao serviço da casa, e pela qual a parte da frente se comunicava com a parte dos fundos. O ruído dos passos tornou-se cada vez mais distinto. Sem ter o poder com que uma criatura apaixonada, como era essa mulher, sabe tantas vezes abolir o espaço para unir-se a seu outro eu, um estranho teria facilmente ouvido os passos desse homem na escada pela qual se descia da galeria ao salão. Ao ouvir esses passos, a pessoa mais desatenta teria sido assaltada de pensamentos, pois era impossível escutá-los friamente.

Um andar precipitado ou irregular assusta. Quando um homem se levanta e grita: fogo!, seus pés falam tão alto quanto sua voz. Se isso acontece, um andar contrário não deve causar menos fortes emoções. A lentidão grave, o passo arrastado de um homem teriam certamente impacientado os que pouco refletem; mas um observador ou pessoas nervosas teriam experimentado um sentimento próximo do terror ao ruído compassado desses pés de onde a vida parece ausente e que fazem estalar as tábuas do soalho como se dois pesos de ferro as tivessem atingido alternadamente. Teriam reconhecido o passo indeciso e pesado de um velho, ou o majestoso andar de um pensador que arrasta mundos consigo. Quando esse homem desceu o último degrau, apoiando os pés sobre os ladrilhos num movimento cheio de hesitação, ele permaneceu por um momento no grande patamar onde terminava o corredor que levava à sala da criadagem, e onde se entrava igualmente no salão por uma porta oculta nas guarnições de madeira, como o era paralelamente a que dava para a sala de jantar. Nesse momento, um leve estremecimento, comparável à sensação causada por uma faísca elétrica, agitou a mulher sentada na *bergère*; mas o mais doce sorriso animou igualmente seus lábios, e seu rosto comovido pela espera de um prazer resplandeceu como o de uma bela madona italiana; de repente ela encontrou a força para recalcar seus terrores no fundo da alma; depois, virou a cabeça para os painéis da porta que ia se abrir no ângulo da sala e que foi empurrada com tal brusquidão que a pobre criatura pareceu levar um choque.

Balthazar Claës mostrou-se de repente, deu alguns passos, não olhou essa mulher, ou, se olhou, não a viu, e permaneceu ereto no meio da sala, apoiando sobre a mão direita a cabeça ligeiramente inclinada. Um horrível sofrimento ao qual a mulher não podia se habituar, embora se repetisse frequentemente todo dia, apertou-lhe o coração, dissipou seu sorriso, enrugou-lhe a testa, entre as sobrancelhas, em volta daquele sulco traçado pela frequente expressão dos sentimentos extremos;

seus olhos encheram-se de lágrimas, mas ela logo os enxugou ao olhar para Balthazar. Era impossível não ficar profundamente impressionado ante esse chefe da família Claës. Jovem, ele devia ter-se assemelhado ao sublime mártir que Carlos V tomou por um novo Artevelde; mas naquele momento aparentava mais de sessenta anos de idade, embora tivesse uns cinquenta, e sua velhice prematura destruíra essa nobre semelhança. Seu porte alto vergava-se ligeiramente, seja que os trabalhos o obrigassem a curvar-se, seja que a espinha dorsal tivesse se abaulado sob o peso da cabeça. Tinha um peito largo, ombros quadrados; mas as partes inferiores do corpo eram franzinas e um tanto nervosas; e essa discordância, numa organização outrora evidentemente perfeita, intrigava o espírito que buscava explicar por alguma singularidade de existência as razões dessa forma esquisita. Sua abundante cabeleira loura, pouco cuidada, caía sobre os ombros à maneira alemã, mas numa desordem que combinava com a extravagância geral de sua pessoa. Aliás, a testa grande apresentava as protuberâncias nas quais Gall[8] colocou os mundos poéticos. Os olhos, de um azul claro e rico, tinham a vivacidade brusca que foi observada nos grandes pesquisadores de causas ocultas. O nariz, certamente perfeito outrora, havia se alongado, e as narinas pareciam se abrir cada vez mais, por uma involuntária tensão dos músculos olfativos. Os pômulos, peludos, sobressaíam muito, com isso as faces já enrugadas pareciam mais fundas; a boca, graciosa, comprimia-se entre o nariz e um queixo curto, bruscamente arrebatado. No entanto, a forma do rosto era mais oblonga do que oval; assim o sistema científico que atribui a cada rosto humano uma semelhança com a face de um animal teria encontrado uma prova a mais no de Balthazar Claës, que se podia comparar a uma cabeça de cavalo. A pele colava-se aos ossos, como se um fogo secreto a tivesse constantemente secado; em alguns momentos, quando ele olhava o espaço como para nele encontrar a realização de suas esperanças,

---

8. Médico alemão (1758-1828), inventor da frenologia. (N.T.)

dir-se-ia que lançava pelas narinas a chama que lhe devorava a alma. Os sentimentos profundos que animam os grandes homens transpareciam nesse rosto pálido fortemente sulcado de rugas, na testa franzida como a de um velho rei cheio de preocupações, mas sobretudo nos olhos cintilantes cujo brilho parecia aumentado pela castidade que acompanha a tirania das ideias e pelo foco interior de uma vasta inteligência. Os olhos afundados nas órbitas pareciam cercados unicamente pelas vigílias e pelas terríveis reações de uma esperança sempre frustrada, sempre a renascer. O cioso fanatismo que a arte ou a ciência inspiram se manifestava ainda nesse homem por uma singular e constante distração testemunhada no vestuário e no cuidado pessoal, em consonância com a magnífica monstruosidade da fisionomia. As mãos, grandes e peludas, estavam sujas, as unhas compridas tinham nas extremidades linhas negras muito acentuadas. Os sapatos ou não eram lustrados ou não tinham cordões. De toda a casa, somente o mestre podia dar-se a estranha licença de ser tão mal asseado. A calça, de tecido preto cheio de manchas, o colete desabotoado, a gravata torta e o casaco esverdeado todo descosido completavam um extravagante conjunto de pequenas e grandes coisas que, em qualquer outro, indicaria a miséria engendrada pelos vícios, mas que em Balthazar Claës era a negligência do gênio. Com muita frequência o vício e o gênio produzem efeitos semelhantes que enganam o vulgo. Acaso não é o gênio um constante excesso que devora o tempo, o dinheiro, o corpo, e leva ao hospital ainda mais rapidamente que as más paixões? Os homens inclusive demonstram ter mais respeito pelos vícios que pelo gênio, pois recusam dar crédito a este. Os benefícios dos trabalhos secretos do sábio parecem tão distantes que o Estado social teme contar com ele em vida, prefere desobrigar-se não lhe perdoando sua miséria ou seus infortúnios. Apesar do contínuo esquecimento do presente, quando Balthazar Claës abandonava suas misteriosas contemplações, quando uma intenção suave e sociável reanimava esse rosto pensativo, quando os olhos fixos perdiam seu brilho rígido para manifestar um sentimento, quando ele olhava ao redor voltando à vida real e vulgar, não se podia deixar de reconhecer involuntariamente a beleza sedutora desse rosto, o espírito gracioso que nele se mostrava. Vendo-o assim, todos então lamentavam que esse homem não pertencesse mais ao mundo e diziam: "Ele deve ter sido belo na juventude!". Erro vulgar! Balthazar Claës nunca fora mais poético do que naquele momento. Lavater[9] certamente teria gostado de estudar essa cabeça cheia de paciência, de lealdade flamenga, de moralidade cândida, na qual tudo era vasto e grande, na qual a paixão parecia calma porque era forte. Os costumes desse homem deviam ser puros, sua palavra era sagrada, sua amizade parecia constante, seu devotamento teria sido completo; mas o desejo que emprega essas qualidades em proveito da pátria, do mundo ou da família havia fatalmente se dirigido a outra parte. Esse cidadão, incumbido de zelar pela felicidade de um lar, de administrar uma fortuna, de encaminhar os filhos a um belo futuro, vivia alheio a seus deveres e a seus afetos no convívio com algum gênio familiar. A um sacerdote ele pareceria possuído pela palavra de Deus, um artista o teria saudado como um grande mestre, um entusiasta o teria tomado por um vidente da Igreja swedenborguiana.[10] No presente momento, a aparência selvagem e arruinada que esse homem exibia contrastava singularmente com as maneiras graciosas da mulher que o admirava tão dolorosamente. As pessoas disformes que têm espírito ou uma bela alma dão um cuidado especial à sua indumentária. Ou se vestem com simplicidade dando a entender que seu encanto é puramente moral, ou sabem fazer esquecer a deformidade de seus traços por uma espécie de elegância nos detalhes que distrai o olhar e ocupa o espírito. Essa mulher não

---

9. Filósofo e poeta (1741-1801), inventor da fisiognomonia, arte de julgar o caráter pelos traços fisionômicos. (N.T.)

10. Referência a Swedenborg (1688-1772), influente teósofo e visionário sueco. (N.T.)

apenas tinha uma alma generosa, como também amava Balthazar Claës com aquele instinto de mulher que é um antegozo da inteligência dos anjos. Educada numa das mais ilustres famílias da Bélgica, teria adquirido bom gosto se já não o tivesse; mas, querendo agradar constantemente o homem que ela amava, sabia vestir-se admiravelmente sem que sua elegância contrastasse com seus dois vícios de conformação. Seu busto, aliás, só pecava pelos ombros, um sensivelmente maior que o outro. Ela olhou pelas janelas, no pátio interno, depois no jardim, como para ver se estava sozinha com Balthazar, e disse com uma voz suave, lançando-lhe um olhar cheio daquela submissão que distingue as mulheres flamengas, pois havia muito o amor expulsara entre eles a altivez da grandeza espanhola:

– Balthazar, continuas muito ocupado?... Já é o trigésimo terceiro domingo em que não vais à missa nem às vésperas.

Claës não respondeu; a mulher baixou a cabeça, juntou as mãos e esperou, ela sabia que esse silêncio não significava desprezo nem desdém, mas tirânicas preocupações. Balthazar era uma dessas criaturas que conservam por muito tempo no fundo do coração sua delicadeza juvenil, ele se sentiria um criminoso se expressasse o menor pensamento ofensivo a uma mulher oprimida pelo sentimento de sua desgraça física. Talvez só ele, entre os homens, soubesse que uma palavra, um olhar podem apagar anos de felicidade, e são tanto mais cruéis quanto mais fortemente contrastam com uma doçura constante; pois nossa natureza nos faz sofrer mais com uma dissonância na felicidade do que sentimos prazer ao deparar com um gozo na infelicidade. Alguns instantes depois, Balthazar pareceu despertar, olhou vivamente ao redor e disse:

– Vésperas? Ah! As crianças estão nas vésperas.

Deu uns passos para olhar o jardim onde se erguiam de todos os lados magníficas tulipas; mas logo se deteve como se tivesse esbarrado contra um muro e exclamou:

– Por que eles não se combinariam num tempo determinado?

"Ele está enlouquecendo?", pensou a mulher com um profundo terror.

Para dar mais interesse à cena que provocou essa situação, é indispensável passar os olhos pela vida anterior de Balthazar Claës e da neta do duque de Casa-Real.

Por volta do ano de 1783, o sr. Balthazar Claës-Molina de Nourho, então com 22 anos de idade, podia passar pelo que chamamos, na França, como um belo homem. Acabava de concluir sua educação em Paris, onde adquiriu excelentes maneiras na companhia da sra. de Egmont,[11] do conde de Horn,[12] do príncipe de Aremberg,[13] do embaixador da Espanha, de Helvetius,[14] dos franceses originários da Bélgica ou de pessoas vindas desse país, e cujo nascimento ou fortuna faziam contar entre os grandes nobres que, naquele tempo, davam o tom. O jovem Claës encontrou ali alguns parentes e amigos que o lançaram na alta sociedade no momento em que esta ia cair; mas, como a maioria dos jovens, ele foi inicialmente mais seduzido pela glória e pela ciência do que pela vaidade. Frequentou então muitos cientistas e particularmente Lavoisier, que na época chamava mais a atenção pública pela imensa fortuna que acumulava como arrecadador de impostos do rei do que por suas descobertas em química, quando mais tarde o grande químico faria esquecer o arrecadador de impostos. Balthazar apaixonou-se pela ciência que Lavoisier cultivava e tornou-se seu mais ardoroso discípulo;

---

11. Esposa do conde Casimir de Egmont, manteve, no século XVIII, um célebre salão que acolhia artistas e homens de letras. (N.T.)

12. Filho de um general sueco, que viveu um tempo em Paris. Também é citado por Balzac em *A duquesa de Langeais*. (N.T.)

13. Deputado da nobreza, depois da queda do Império Napoleônico foi lugar-tenente do rei dos Países Baixos. (N.T.)

14. Literato e filósofo francês (1715-1771), defensor do sensualismo e ligado aos enciclopedistas. (N.T.)

mas ele era jovem, e belo como foi Helvetius, e as mulheres de Paris logo lhe ensinaram a destilar exclusivamente o espírito e o amor. Embora tivesse abraçado o estudo com ardor e recebido alguns elogios de Lavoisier, ele abandonou o mestre para seguir as mestras do gosto, junto das quais os jovens tomavam suas últimas lições da arte de bem viver e se amoldavam aos costumes da alta sociedade que, na Europa, forma uma mesma família. O sonho embriagador do sucesso durou pouco; após ter respirado o ar de Paris, Balthazar partiu fatigado de uma vida vazia que não convinha nem a sua alma ardente, nem a seu coração amante. A vida doméstica, tão calma e suave, da qual se lembrava ao evocar o simples nome de Flandres, pareceu-lhe convir mais a seu caráter e às ambições de seu coração. As douraduras dos salões parisienses não haviam apagado as melodias da sala de convívio e do pequeno jardim onde sua infância transcorrera tão feliz. É preciso não ter lar nem pátria para permanecer em Paris. Paris é a cidade do cosmopolita ou dos homens que esposaram o mundo e que o enlaçam incessantemente com os braços da Ciência, da Arte ou do Poder. O menino de Flandres voltou a Douai como o pombo de La Fontaine a seu ninho, chorou de alegria ao regressar no dia em que festejavam Gayant. Essa festa supersticiosa da cidade, esse triunfo das recordações flamengas, fora introduzida no momento da emigração de sua família a Douai. As mortes de seu pai e de sua mãe deixaram a Casa Claës deserta e o ocuparam durante algum tempo. Passada a primeira dor, ele sentiu a necessidade de casar-se para completar a existência feliz que todas as religiões lhe ensinavam; quis seguir os hábitos domésticos indo buscar, como seus antepassados, uma mulher ou em Gand ou em Bruges ou na Antuérpia; mas nenhuma das moças que encontrou lhe conveio. Certamente ele tinha algumas ideias particulares sobre o casamento, pois desde a juventude foi acusado de não andar na trilha comum. Um dia, na casa de um dos parentes, em Gand, ouviu falar de uma senhorita de Bruxelas que se tornou o objeto de discussões muito vivas. Uns achavam que a beleza da srta. de Temninck era apagada por suas imperfeições; outros a consideravam perfeita apesar dos defeitos. O velho primo de Balthazar Claës disse aos convivas que, bela ou não, ela possuía uma alma que o faria desposá-la, se estivesse por casar; e contou de que maneira ela acabava de renunciar à herança do pai e da mãe a fim de conseguir para o jovem irmão um casamento digno de seu nome, preferindo assim a felicidade desse irmão à sua própria e sacrificando-lhe toda a sua vida. Nada indicava que a srta. de Temninck se casaria velha e sem fortuna, quando, jovem herdeira, nenhum partido se apresentara para ela. Alguns dias depois, Balthazar Claës procurou a srta. de Temninck, então com 25 anos de idade, e por ela se enamorou intensamente. Joséphine de Temninck julgou-se o objeto de um capricho e não deu ouvidos ao sr. Claës; mas a paixão é tão comunicativa e, para uma pobre moça defeituosa e manca, o amor vindo de um homem jovem e bonito comporta tão grandes seduções que ela consentiu em deixar-se cortejar.

Não seria preciso um livro inteiro para descrever bem o amor de uma jovem humildemente submetida à opinião que a proclama feia, quando ela sente dentro de si o encanto irresistível que os verdadeiros sentimentos produzem? Ciúmes ferozes diante da felicidade, veleidades cruéis de vingança contra a rival que rouba um olhar, enfim, emoções e terrores desconhecidos para a maioria das mulheres: tudo isso perderia em ser apenas indicado. A dúvida, tão dramática no amor, seria o segredo dessa análise, essencialmente minuciosa, na qual certas almas reencontrariam a poesia perdida mas não esquecida de suas primeiras perturbações: as exaltações sublimes no fundo do coração e que o rosto nunca revela; o temor de não ser compreendido, e as alegrias ilimitadas de o ter sido; as hesitações da alma que se dobra sobre si mesma e as projeções magnéticas que dão aos olhos matizes infinitos; os projetos de suicídio causados por uma palavra, e dissipados por uma entonação de voz tão firme como o sentimento cuja persistência desconhecida ela revela; os olhares trêmulos que ocultam terríveis ousadias; as vontades súbitas de falar e de agir, reprimidas por sua violência mesma; a eloquência íntima que se produz por frases sem espírito, mas pronunciadas com uma voz agitada; os misteriosos efeitos desse primitivo pudor da alma e dessa divina discrição que nos torna generosos na sombra e nos faz descobrir delícias nos devotamentos ignorados; enfim, todas as belezas do amor de juventude e as fraquezas de seu poder.

A srta. Joséphine de Temninck foi coquete por grandeza de alma. O sentimento de suas aparentes imperfeições fazia dela uma mulher tão difícil quanto a mais bela moça. O temor de algum dia desagradar despertava seu orgulho, destruía sua confiança e dava-lhe a coragem de guardar no fundo do coração aquelas primeiras alegrias que as outras mulheres gostam de exibir por suas maneiras e transformam num orgulhoso enfeite. Quanto mais o amor a impelia para Balthazar, menos ela ousava exprimir seus sentimentos. O gesto, o olhar, a resposta ou o pedido que, numa mulher bonita, são lisonjas para um homem, não se tornavam nela humilhantes especulações? Uma mulher bela pode facilmente ser ela mesma, o mundo sempre lhe perdoa uma tolice ou uma inabilidade; no entanto um simples olhar retém a mais magnífica expressão nos lábios de uma mulher feia, intimida seus olhos, aumenta-lhe a falta de graça dos gestos, embaraça sua atitude. Ela sabe que somente a ela é proibido cometer faltas, todos recusando-lhe o dom de repará-las, ninguém lhe dando, aliás, uma ocasião para isso. A necessidade de ser a todo instante perfeita não deve extinguir as faculdades, bloquear seu exercício? Essa mulher só pode viver numa atmosfera de angélica indulgência. Onde estão os corações nos quais a indulgência se difunde sem tingir-se de uma amarga e ofensiva piedade? Esses pensamentos, aos quais a acostumara a horrível polidez da sociedade, e essas atenções que, mais cruéis do que injúrias, agravam os infortúnios ao constatá-los oprimiam a srta. de Temninck, causavam-lhe um constrangimento constante que recalcava no fundo da alma as impressões mais delicadas e punham frieza em sua atitude, em suas palavras, em seu olhar. Ela estava apaixonada às escondidas, só ousava ter eloquência ou beleza na solidão. Infeliz à luz do dia, ela teria sido encantadora se lhe fosse permitido viver somente à noite. Com frequência, para sentir esse amor e com o risco de perdê-lo, desdenhava os enfeites que podiam salvar em parte seus defeitos. Seus olhos de espanhola fascinavam, quando via que Balthazar a achava bela sem enfeite. Contudo a desconfiança consumia-lhe os raros instantes durante os quais ousava entregar-se à felicidade. Logo se perguntava se Claës não queria desposá-la para ter em casa uma escrava, se ele não tinha algumas imperfeições secretas que o obrigavam a contentar-se com uma pobre moça deformada. Essas ansiedades perpétuas davam às vezes um valor inusitado às horas em que ela acreditava na duração, na sinceridade de um amor que devia vingá-la do mundo. Provocava delicadas discussões ao exagerar sua feiura, a fim de penetrar até o fundo da consciência do amante, arrancando então de Balthazar verdades pouco lisonjeiras; mas ela gostava do embaraço no qual ele se via, quando ela o levava a dizer que o que se ama numa mulher é antes de tudo uma bela alma e o devotamento que torna os dias da vida constantemente felizes; que, depois de alguns anos de casamento, a mais deliciosa mulher da terra é para um marido o equivalente da mais feia. Após acumular o que havia de verdade nos paradoxos que tendem a diminuir o valor da beleza, Balthazar percebia de súbito a descortesia dessas proposições e manifestava toda a bondade de seu coração na delicadeza das transições com que sabia provar à srta. de Temninck que ela era perfeita para ele. O devotamento, que é talvez na mulher o máximo do amor, não faltou a essa jovem, pois ela perdeu a esperança de ser sempre amada; mas a perspectiva de uma luta na qual o sentimento devia prevalecer sobre a beleza a tentou; depois ela descobriu grandeza em dar-se sem acreditar no amor; enfim, por mais curta que fosse sua duração, a felicidade devia custar-lhe muito caro para que ela se recusasse a desfrutá-la. Essas incertezas, esses combates, que transmitiam um encanto e o imprevisto da paixão a essa criatura superior, inspiravam a Balthazar um amor quase cavalheiresco.

O casamento aconteceu no começo do ano de 1795. Os dois esposos voltaram a Douai para passar os primeiros dias de sua união na casa patriarcal dos Claës, cujos tesouros foram aumentados pela srta. de Temninck, que trouxe alguns belos quadros de Murillo e de Velázquez, os diamantes de sua mãe e os magníficos presentes enviados pelo irmão, agora duque de Casa-Real. Poucas mulheres foram mais felizes do que a sra. Claës. Sua felicidade durou quinze anos, sem a mais leve nuvem, e penetrou, como uma intensa luz, até nos menores detalhes da existência. A maioria dos homens tem desigualdades de caráter que produzem contínuas dissonâncias; eles privam assim o lar desta harmonia, o belo ideal do casal; pois os homens em sua maioria são culpados de pequenezas, e as pequenezas engendram as discórdias. Um será probo e ativo, mas duro e ríspido; outro será bom, mas teimoso; este amará sua mulher, mas será inseguro em suas vontades; aquele, preocupado pela ambição, tratará seus sentimentos como uma dívida: se oferece as vaidades da fortuna, leva consigo a alegria de todos os dias; enfim, os homens do meio social são essencialmente incompletos, sem serem especialmente censuráveis. As pessoas de espírito são variáveis como os barômetros, somente o gênio é essencialmente bom. Assim a felicidade pura se encontra nas duas extremidades da escala moral. O palerma ou o homem de gênio são os únicos capazes, um por deficiência, o outro por força, daquela igualdade de humor, daquela doçura constante na qual se fundem as asperezas da vida. Num, indiferença e passividade; no outro, indulgência e continuidade do pensamento sublime, do qual ele é o intérprete e que deve se assemelhar tanto no princípio quanto na aplicação. Ambos são igualmente simples e ingênuos; só que naquele é o vazio, neste, a profundidade. Por isso as mulheres espertas se dispõem, na falta de um grande homem, a tomar um imbecil como o menor dos males.

Inicialmente, portanto, Balthazar dirigiu sua superioridade para as coisas menores da vida. Comprouve-se em ver no amor conjugal uma obra magnífica e, como os homens de grande capacidade que nada suportam de imperfeito, quis desenvolver todas as suas belezas. Seu espírito modificava incessantemente a calmaria da felicidade, seu nobre caráter marcava com o selo da graça suas atenções. Assim, embora partilhasse os princípios filosóficos do século XVIII, instalou em sua casa até 1801, mesmo expondo-se aos perigos das leis revolucionárias, um padre católico, a fim de não contrariar o fanatismo espanhol que sua mulher havia sugado no leite materno pelo catolicismo romano; depois, quando o culto foi restabelecido na França, acompanhou a mulher à missa, todos os domingos. Nunca sua afeição abandonou as formas da paixão. Nunca fez sentir, no seu lar, aquela força protetora que as mulheres tanto apreciam, porque, em relação à sua, ela se poderia se assemelhar à piedade. Enfim, pela mais engenhosa adulação, tratava-a como uma igual e deixava escapar aqueles amáveis amuos que um homem se permite com uma bela mulher, como para desafiar-lhe a superioridade. O sorriso da felicidade esteve sempre presente em seus lábios, e suas palavras foram sempre cheias de doçura. Ele amou sua Joséphine por ela e por ele, com aquele ardor que comporta um elogio contínuo das qualidades e das belezas de uma mulher. A fidelidade, geralmente o resultado de um princípio social, de uma religião ou de um cálculo entre os maridos, parecia, nele, involuntária, e era acompanhada pelos doces carinhos da primavera do amor. O dever era a única obrigação do casamento desconhecida por esses dois seres igualmente amantes, pois Balthazar Claës encontrou na srta. de Temninck uma constante e completa realização de suas esperanças. Nele, o coração sempre se satisfez sem fadiga, e o homem foi sempre feliz.

Não apenas o sangue espanhol se confirmava na neta dos Casa-Real e lhe transmitia por instinto aquela ciência que sabe variar o prazer ao infinito, como ela teve também aquele devotamento sem limites que é o gênio de seu sexo, assim como a graça é toda a sua beleza. Seu amor era um fanatismo cego que a um simples aceno de cabeça a teria feito lançar-se alegremente à morte. A delicadeza de Balthazar exaltara nela os sentimentos mais generosos da mulher e inspirava-lhe uma necessidade imperiosa de dar mais do que recebia. Essa mútua troca de uma felicidade alternadamente prodigalizada colocava visivelmente o princípio de sua vida fora dela e espalhava um crescente amor em suas palavras, em seus olhares, em suas ações. De um lado e de outro, o reconhecimento fecundava e variava a vida do coração; do mesmo modo, a certeza de serem tudo um para o outro excluía as mesquinharias ao valorizar os menores detalhes da existência. Enfim, a mulher defeituosa que o marido acha perfeita, a mulher manca que um homem não deseja de outro modo, ou a mulher idosa que parece jovem, não são elas as mais felizes criaturas do mundo feminino?... A paixão humana não poderia ir mais além. A glória da mulher não é fazer adorar o que nela parece um defeito? Esquecer que uma manca não anda direito é o fascínio de um momento; mas amá-la porque ela manqueja é a deificação de seu defeito. Talvez se devesse gravar no Evangelho das mulheres esta sentença: *Bem-aventuradas as imperfeitas, a elas pertence o reino do amor*. Certamente a beleza deve ser um infortúnio para uma mulher, pois essa flor passageira contribui demais para o sentimento que inspira; não é ela amada como se desposa uma rica herdeira? Mas o amor que se sente ou que se demonstra por uma mulher deserdada das frágeis vantagens atrás das quais correm os filhos de Adão, esse é o amor verdadeiro, a paixão verdadeiramente misteriosa, um ardente amplexo das almas, um sentimento para o qual o dia do desencanto nunca chega. Essa mulher tem graças ignoradas do mundo, a cujo controle se subtrai, ela é bela por discernimento e recolhe bastante glória em fazer esquecer suas imperfeições para não ser constantemente bem-sucedida. Assim, as afeições mais célebres na história foram quase todas inspiradas por mulheres em quem o vulgo teria encontrado defeitos. Cleópatra, Joana de Nápoles[15], Diana de Poitiers[16], a srta. de La Vallière[17], Madame de Pompadour[18], enfim, a maior parte das mulheres que o amor celebrizou não carece de imperfeições nem de defeitos, ao passo que a maioria das mulheres cuja beleza nos é citada como perfeita viu findar seus amores desgraçadamente. Essa aparente extravagância deve ter sua causa. É talvez que o homem vive mais pelo sentimento do que pelo prazer? É talvez que o encanto físico de uma mulher tem limites, ao passo que o encanto essencialmente moral de uma mulher de beleza medíocre é infinito? Não é essa a moralidade da fabulação na qual se baseiam *As mil e uma noites*? Uma mulher feia, esposa de Henrique VIII, teria desafiado a morte e submetido a inconstância do senhor. Por um capricho bastante explicável numa jovem de origem espanhola, a sra. Claës era ignorante. Sabia ler e escrever, mas até os vinte anos de idade, quando seus pais a tiraram do convento, havia lido apenas obras ascéticas. Ao entrar na sociedade, teve de início sede dos prazeres mundanos e aprendeu apenas as ciências fúteis do vestuário; mas sentiu-se tão humilhada por sua ignorância que não ousava participar de nenhuma conversa, e assim foi tida como pessoa de pouco espírito. No entanto, a educação mística tivera por resultado conservar-lhe os senti-

---

15. Joana de Nápoles (1327-1382): mandou assassinar seu primeiro marido, André de Hungria, e, para obter perdão pelo crime, vendeu ao papa Clemente VI a cidade de Arignon. Casou-se outras três vezes e foi rainha de Nápoles, Jerusalém, Sicília e Aqueia. (N.E.)

16. Diana de Poitiers (1499-1566): cortesã preferida de Henrique I. (N.E.)

17. Françoise-Louise de la Baume Le Blanc, duquesa de La Vallière (1644-1710): cortesã favorita de Luís XIV. (N.E.)

18. Madame de Pompadour (1721-1764): cortesã favorita de Luís XV. (N.E.)

mentos em toda a sua força e não corromper seu espírito natural. Tola e feia como uma herdeira aos olhos da sociedade, ela tornou-se espiritual e bela para o marido. Balthazar chegou a tentar, nos primeiros anos do casamento, dar à mulher os conhecimentos que ela necessitava para sair-se bem na sociedade; mas certamente era tarde demais, ela tinha apenas a memória do coração. Joséphine não esquecia nada do que Claës lhe dizia, relativamente a eles próprios; lembrava-se das menores circunstâncias de sua vida feliz, mas não recordava, no dia seguinte, a lição da véspera. Essa ignorância teria causado grandes discórdias entre outros esposos; mas a sra. Claës tinha um entendimento tão ingênuo da paixão, amava com tal devoção, com tal santidade o marido, e o desejo de conservar sua felicidade a fazia tão hábil, que ela sempre dava um jeito de parecer compreendê-lo e raramente deixava acontecer os momentos em que sua ignorância se evidenciaria. Aliás, quando duas pessoas se amam o bastante para que cada dia lhes pareça ser o primeiro de sua paixão, há, nessa fecunda felicidade, fenômenos que modificam todas as condições da vida. Não é então como uma infância despreocupada de tudo que não seja riso, alegria, prazer? Além disso, quando a vida é ativa e o fogo não cessa de arder, o homem deixa prosseguir a combustão sem pensar ou discutir, sem medir os meios ou o fim. De resto, jamais uma filha de Eva entendeu melhor do que a sra. Claës seu ofício de mulher. Ela tinha aquela submissão da flamenga que torna a vida doméstica tão atraente e à qual seu orgulho de espanhola dava um sabor ainda maior. Era imponente, sabia inspirar o respeito por um olhar no qual transparecia o sentimento de seu valor e de sua nobreza; mas diante de Claës ela tremia; e, com o passar do tempo, acabou por colocá-lo tão alto e tão perto de Deus, referindo a ele todos os atos de sua vida e seus menores pensamentos, que seu amor era acompanhado de um temor respeitoso que o aguçava ainda mais. Ela adotou com orgulho os hábitos da burguesia flamenga e colocou seu amor-próprio a serviço de uma vida doméstica farta e feliz, conservando as menores partes da casa em sua limpeza clássica, possuindo apenas coisas de boa qualidade, mantendo à mesa os manjares mais finos e pondo a casa inteira em harmonia com a vida do coração. Eles tiveram dois meninos e duas meninas. A mais velha, chamada Marguerite, nasceu em 1796. O caçula era um menino, de três anos de idade e chamado Jean Balthazar. O sentimento materno, na sra. Claës, quase se igualou a seu amor pelo marido. Assim travou-se em sua alma, e sobretudo nos últimos dias de sua vida, um combate terrível entre esses dois sentimentos igualmente poderosos, um dos quais se tornara, de certo modo, o inimigo do outro. As lágrimas e o terror impressos em seu rosto no momento em que começa o relato do drama doméstico incubado nessa tranquila casa tinham por causa o temor de ter sacrificado os filhos ao marido.

Em 1805, o irmão da sra. Claës morreu sem deixar filhos. A lei espanhola se opunha a que a irmã herdasse as possessões territoriais que eram o apanágio da casa; mas, por suas disposições testamentárias, o duque legou-lhe cerca de sessenta mil ducados, que os herdeiros do ramo colateral não lhe contestaram. Embora nenhuma ideia de interesse jamais tivesse manchado o sentimento que a unia a Balthazar Claës, Joséphine sentiu uma espécie de contentamento em possuir uma fortuna igual à do marido e ficou feliz de poder oferecer-lhe alguma coisa depois de ter recebido tão nobremente tudo dele. O acaso, portanto, fez com que esse casamento, no qual os calculistas viam uma loucura, se tornasse, sob o aspecto financeiro, um excelente casamento. O emprego dessa quantia foi bastante difícil de decidir. A casa Claës era tão ricamente provida de móveis, quadros, objetos de arte e de valor, que parecia difícil acrescentar-lhe coisas dignas das que ali já se achavam. O gosto dessa família havia acumulado tesouros. Uma geração pusera-se na pista de belos quadros; depois, a necessidade de completar a coleção iniciada tornara hereditário o gosto da pintura. Os cem quadros que ornavam a galeria que ligava a parte dos fundos da casa aos alojamentos de recepção situados no primeiro andar da frente, bem como outros cinquenta colocados nas salas de luxo, haviam exigido três séculos de pacientes pesquisas. Havia obras famosas de Rubens[19], de Ruysdaël[20], de Van Dyck[21], de Terburg[22], de Gerard Dou[23], de Teniers[24], de Miéris[25], de Paul Potter[26], de Wouwermans[27], de Rembrandt[28], de Hobbema[29], de Cranach[30] e de Holbein[31]. Os quadros italianos e franceses eram minoria,

---

19. Pieter Pauwel Rubens (1577-1640): nascido na Holanda, foi o mais famoso e prolífico pintor europeu do século XVII, cujas pinturas salientavam movimento, cor e sensualidade. (N.E.)

20. Salomon van Ruysdaël (c. 1600-1670): pintor do período barroco holandês. (N.E.)

21. Anton van Dyck (1599-1641): pintor holandês e célebre retratista. (N.E.)

22. Gerardter Borch (1617-1681): pintor holandês. (N.E.)

23. Gerard Dou (1613-1675): pintor holandês. (N.E.)

24. Referência a Dand Teniers, o velho (1582-1649), pintor holandês nascido em Antuérpia, ou, mais provavelmente, ao seu primogênito, David Teniers, o jovem (1610-1690), célebre pintor cuja popularidade rivalizava com a de Rubens. (N.E.)

25. Franz von Miéris (1635-1681): pintor e retratista holandês. (N.E.)

26. Paul Potter (1625-1654): pintor holandês, cuja temática girava em torno de paisagens e animais. (N.E.)

27. Philip Wouwermans (1619-1668): pintor holandês de cenas de batalhas e caçadas. (N.E.)

28. Rembrandt Harmenszoon van Rijin (1606-1669): pintor holandês considerado um dos mais importantes nomes da história da arte europeia. (N.E.)

29. Meindert Hobbema (c. 1638-1709): considerado o mais importante pintor de paisagens da escola flamenga após Ruysdaël. (N.E.)

30. Lucas Cranach, o velho (1472-1553): artista alemão, famoso por suas pinturas e gravuras. (N.E.)

31. Hans Holbein, o jovem (c. 1498-1543): pintor alemão, célebre retratista. (N.E.)

mas todos autênticos e importantes. Uma outra geração tivera o capricho das baixelas de porcelana japonesa ou chinesa. Um Claës se apaixonara pelos móveis, outro pela prataria; enfim, cada um teve sua mania, sua paixão, um dos traços mais salientes do caráter flamengo. O pai de Balthazar, o último remanescente da famosa sociedade holandesa, tivera uma das mais ricas coleções de tulipas conhecidas. Além dessas riquezas hereditárias que representavam um capital enorme e mobiliavam magnificamente a velha casa, simples por fora como uma concha, mas como uma concha interiormente nacarada e ornada das mais ricas cores, Balthazar Claës também possuía uma casa de campo na planície de Orchies. Em vez de basear, como os franceses, suas despesas por seus rendimentos, ele seguira o velho costume holandês de consumir apenas a quarta parte deles; e 1.200 ducados por ano igualavam seus gastos aos das pessoas mais ricas da cidade. A publicação do Código Civil deu razão a essa prudência. Ao ordenar a partilha equitativa dos bens, o tópico das sucessões deixaria todo filho quase pobre e dispersaria um dia as riquezas do velho museu Claës. Balthazar, em concordância com a sra. Claës, empregou a fortuna da mulher de modo a dar a cada um dos filhos uma posição semelhante à do pai. A Casa Claës, portanto, persistiu na modéstia de seu estilo de vida e adquiriu bosques, um pouco maltratados pelas guerras, mas que bem conservados deviam adquirir, dez anos depois, um valor enorme. A alta sociedade de Douai, frequentada pelo sr. Claës, soube apreciar tão bem o belo caráter e as qualidades de sua mulher que, por uma espécie de convenção tácita, a isentou dos deveres que os homens da província prezam tanto. Durante a estação de inverno que passava na cidade, ela raramente ia às reuniões sociais, e a sociedade é que vinha à sua casa. Dava recepções todas as quartas-feiras e oferecia três grandes jantares por mês. Todos perceberam que ela ficava mais à vontade em sua casa, onde aliás a retinham a paixão pelo marido e os cuidados que a educação dos filhos exigia. Tal foi, até

1809, a conduta desse casal que em nada contrariava as ideias aceitas. A vida desses dois seres, secretamente cheia de amor e de alegria, era exteriormente semelhante a qualquer outra. A paixão de Balthazar Claës pela mulher, e que ela sabia perpetuar, parecia, como ele próprio observava, empregar sua constância inata no cultivo da felicidade, equivalente ao das tulipas que o atraía desde a infância e o dispensava de ter uma mania como cada um de seus antepassados tivera.

No final desse ano, o espírito e as maneiras de Balthazar sofreram alterações funestas, que começaram tão naturalmente que a princípio a sra. Claës não achou necessário perguntar-lhe a causa. Certa noite, o marido deitou-se num estado de preocupação que ela se impôs o dever de respeitar. Sua delicadeza de mulher e seus hábitos de submissão sempre lhe fizeram esperar as confidências de Balthazar, cuja confiança lhe era garantida por uma afeição tão verdadeira que não dava o menor motivo aos ciúmes. Ainda que certa de obter uma resposta se fizesse uma pergunta curiosa, ela sempre conservara, de suas primeiras impressões na vida, o temor de uma recusa. Aliás, a doença moral do marido teve fases, e foi por tonalidades cada vez mais fortes que chegou à violência intolerável que destruiu a felicidade do lar. Por mais ocupado que Balthazar estivesse, mesmo assim ele permaneceu, durante vários meses, conversador, afetuoso, e a mudança de seu caráter só se manifestava então por frequentes distrações. A sra. Claës esperou muito tempo para saber, pelo marido, o segredo de seus trabalhos; talvez ele só os quisesse revelar no momento em que chegassem a resultados úteis, pois muitos homens têm um orgulho que os leva a ocultar seus combates e a se mostrar apenas vitoriosos. No dia do triunfo, a felicidade doméstica haveria assim de ressurgir ainda mais brilhante, pois Balthazar perceberia essa lacuna em sua vida amorosa que seu coração certamente desaprovava. Joséphine conhecia bastante o marido para saber que ele não se perdoaria por ter deixado sua Pepita menos feliz durante vários meses. Ela guardava então o silêncio, sentindo uma espécie de alegria em sofrer por ele, para ele; pois sua paixão tinha algo da devoção espanhola que nunca separa a fé do amor e não compreende o sentimento sem sofrimentos. Ela esperava, portanto, um retorno da afeição, dizendo-se toda noite: "Será amanhã!", e tratando sua felicidade como um ausente.

Concebeu seu último filho em meio a essas perturbações secretas. Horrível revelação de um futuro de dor! Nessa circunstância, o amor foi, entre as distrações do marido, como que uma distração mais forte que as outras. Seu orgulho de mulher, ferido pela primeira vez, a fez sondar a profundidade do abismo desconhecido que a separava para sempre do Claës dos primeiros dias. A partir desse momento, o estado de Balthazar piorou. Esse homem, ainda há pouco mergulhado incessantemente nas alegrias domésticas, que brincava horas inteiras com os filhos, rolando com eles sobre o tapete da sala ou nas aleias do jardim, que parecia não poder viver senão sob os olhos negros de sua Pepita, não percebeu em absoluto a gravidez da mulher, esqueceu de viver em família e se esqueceu de si mesmo. Quanto mais a sra. Claës demorava em perguntar-lhe o motivo de suas ocupações, menos ela ousava. Ao pensar nisso, seu sangue fervia e a voz lhe faltava. Finalmente ela acreditou ter deixado de agradar ao marido e ficou então seriamente alarmada. Esse temor a dominou, a desesperou, a exaltou, tornou-se o motivo de muitas horas melancólicas e de tristes devaneios. Ela justificou Balthazar contra si mesma, achando-se feia e velha; depois entreviu um pensamento generoso, mas humilhante para ela, no trabalho pelo qual ele demonstrava uma fidelidade negativa, e quis dar-lhe sua independência deixando estabelecer-se um desses secretos divórcios, a chave da felicidade que vários casais parecem utilizar. Contudo, antes de dizer adeus à vida conjugal, ela procurou ler no fundo desse coração, mas o encontrou fechado. De maneira imperceptível, viu Balthazar ficar indiferente a tudo o que ele havia amado, negligenciar suas tulipas em flor e não mais pensar nos filhos. Com certeza ele se entregava a uma paixão alheia aos afetos do coração, mas que, segundo as mulheres, resseca igualmente o coração. O amor havia adormecido e não fugido. Mas, se isso foi um consolo, a infelicidade permaneceu a mesma. A continuidade dessa crise se explica por uma única palavra, a esperança, segredo de todas as situações conjugais. No momento em que a pobre mulher chegava a um grau de desespero que lhe dava a coragem de interrogar o marido, precisamente então ela reencontrava doces momentos, durante os quais Balthazar lhe provava que, se era dominado por alguns pensamentos diabólicos, eles lhe permitiam às vezes voltar a ser o que era. Nesses instantes em que o céu dele clareava, ela se apressava em gozar sua felicidade para querer perturbá-la com importunidades; depois, quando se encorajava para interrogar Balthazar, no momento mesmo em que ia lhe falar, ele escapava em seguida, deixava-a bruscamente ou caía no abismo de suas meditações de onde nada podia tirá-lo. Em breve a reação do moral sobre o físico começou seus estragos, de início imperceptíveis, mas que mesmo assim eram captados pelo olhar de uma mulher amorosa, que acompanhava o secreto pensamento do marido em suas menores manifestações. Com frequência ela tinha dificuldade de reter as lágrimas ao vê-lo, depois do jantar, afundado numa poltrona junto à lareira, triste e pensativo, com os olhos fixos num painel negro sem perceber o silêncio que reinava a seu redor. Ela observava com terror as mudanças imperceptíveis que degradavam aquele rosto que o amor fizera sublime para ela; a cada dia a vida da alma o abandonava mais e mais, e o arcabouço permanecia sem nenhuma expressão. Às vezes os olhos adquiriam um aspecto vítreo, a visão parecia virar-se para o outro lado e exercer-se no interior. Quando os filhos estavam deitados, após algumas horas de silêncio e de solidão, cheias de pensamentos tristonhos, se a pobre Pepita se aventurava a perguntar: "Meu amor, estás sofrendo?", Balthazar não respondia; ou, se respondia, voltava a si por um estremecimento como um homem arrancado em sobressalto do sono e dizia um *não* seco e cavernoso que caía pesadamente sobre o coração palpitante de sua mulher. Embora quisesse ocultar aos amigos a estranha situação que estava vivendo, ela foi obrigada, no entanto, a falar disso. Segundo o costume das cidades pequenas, a maior parte dos salões fizera do distúrbio de Balthazar o tema de suas conversas, e em várias sociedades já se sabiam vários detalhes ignorados da sra. Claës. Assim, apesar do mutismo imposto pela polidez, alguns amigos demonstraram tão vivas inquietações que ela se apressou em justificar as singularidades do marido:

– O sr. Balthazar – ela disse – vem empreendendo um grande trabalho que o absorve, mas cujo êxito deverá ser um motivo de glória para sua família e sua pátria.

Essa explicação misteriosa satisfazia suficientemente a ambição de uma cidade na qual, mais que em qualquer outra, reina o amor à terra e o desejo de sua fama, para que não produzisse nos espíritos uma reação favorável ao sr. Claës. As suposições de sua mulher eram, até certo ponto, bem fundamentadas. Operários de diversas profissões haviam por muito tempo trabalhado no sótão da casa da frente, para onde ia Balthazar de manhã cedo. Depois de lá se recolher por períodos cada vez mais longos, aos quais a mulher e a criadagem acabaram se acostumando, Balthazar chegou a permanecer no local dias inteiros. Mas a sra. Claës – ó novo sofrimento! – ficou sabendo pelas humilhantes confidências das amigas, surpresas de sua ignorância, que o marido não cessava de comprar em Paris instrumentos de física, matérias preciosas, livros, máquinas, e arruinava-se, diziam, na busca da pedra filosofal. Ela devia pensar nos filhos, no próprio futuro, acrescentavam as amigas, e seria criminoso não usar sua influência para afastar o marido do falso caminho no qual se lançara. Mesmo recobrando a impertinência de grande dama para impor silêncio a esses discursos absurdos, a sra. Claës ficou aterrorizada apesar da aparente segurança e resolveu abandonar seu papel de abnegação. Criou uma dessas situações nas quais uma mulher está em pé de igualdade com o marido; assim, menos temerosa, ousou perguntar a Balthazar a razão de sua mudança e de seu constante recolhimento. O flamengo franziu as sobrancelhas e respondeu-lhe então:

— Minha querida, tu não compreenderias nada.

Um dia, Joséphine insistiu em conhecer o segredo, queixando-se, com doçura, de não partilhar todo o pensamento daquele com quem partilhava a vida.

— Já que isso te interessa tanto — respondeu Balthazar sentando a mulher sobre os joelhos e acariciando-lhe os cabelos negros —, direi que voltei a dedicar-me à química e que sou o homem mais feliz do mundo.

Dois anos depois do inverno em que o sr. Claës tornara-se químico, sua casa mudara de aspecto. Ou porque a sociedade estivesse chocada com a distração perpétua do cientista, ou temesse incomodá-lo, ou porque as ansiedades da sra. Claës a tornassem menos agradável, ela não via mais do que suas amigas íntimas. Balthazar não ia a parte alguma, encerrava-se no laboratório o dia inteiro, lá permanecia, às vezes, à noite e só retornava ao seio da família na hora do jantar. A partir do segundo ano, ele deixou de passar o verão na casa de campo que a mulher não quis mais habitar sozinha. Às vezes Balthazar saía de casa a passear e só voltava no dia seguinte, deixando a sra. Claës durante toda uma noite entregue a mortais inquietações; após mandar procurá-lo em vão numa cidade cujas portas se fechavam à noite, segundo o costume das praças-fortes, ela não podia enviar alguém à sua procura no campo. A infortunada mulher não tinha então sequer a angustiosa esperança que a espera produz, e sofria até o dia seguinte. Balthazar, que esquecera a hora de fechamento das portas, chegava no outro dia muito tranquilo, sem suspeitar as torturas que sua distração impunha à família; e a felicidade de revê-lo era, para a mulher, uma crise tão perigosa quanto suas apreensões, ela se calava, não ousava interrogá-lo; pois, à primeira pergunta que fez, ele respondera com um ar de surpresa: "Mas o que, não se pode passear?". As paixões não sabem enganar. As inquietações da sra. Claës justificaram assim os boatos que ela tentara desmentir. Sua juventude a habituara a conhecer a piedade polida do meio social; para não sofrer uma segunda vez, ela se encerrou ainda mais no recinto da casa, a tal ponto que todos desertaram, mesmo os últimos amigos. A desordem no vestir-se, sempre tão degradante para um homem de alta classe, tornou-se tal em Balthazar que, entre tantos motivos de pesar, este não foi um dos que menos afligiu a mulher, habituada ao cuidadoso asseio dos flamengos. De combinação com Lemulquinier, criado-grave do marido, Joséphine remediou por algum tempo a devastação diária das roupas, mas teve de renunciar a isso. No dia mesmo em que, sem Balthazar saber, roupas novas substituíam as que estavam manchadas, rasgadas ou esburacadas, ele as transformava em andrajos. Essa mulher feliz durante quinze anos, e cujo ciúme jamais fora despertado, sentiu nada mais ser, aparentemente, no coração onde há pouco reinava. Espanhola de origem, o sentimento da mulher espanhola reagiu dentro dela, ao descobrir uma rival na Ciência que lhe roubava o marido; os tormentos do ciúme devoraram-lhe o coração e renovaram seu amor. Mas o que fazer contra a Ciência? Como combater seu poder incessante, tirânico e crescente? Como matar uma rival invisível? Como pode uma mulher, cujo poder é limitado por natureza, lutar contra uma ideia que oferece gozos infinitos e atrativos sempre novos? O que tentar contra o galanteio das ideias que se renovam, que renascem mais belas nas dificuldades e arrastam um homem tão longe do mundo que ele esquece até suas afeições mais caras? Um dia, finalmente, apesar das ordens severas dadas por Balthazar, ela quis pelo menos não deixá-lo, quis encerrar-se com ele naquele sótão onde se recolhia, combater corpo a corpo a rival assistindo o marido durante as longas horas que ele dedicava a essa terrível amante. Quis introduzir-se secretamente nesse misterioso ateliê de sedução e adquirir o direito de lá permanecer. Tentou assim dividir com Lemulquinier o direito de entrar no laboratório; mas, para evitar uma disputa que ela temia, esperou um dia em que o marido dispensasse o criado-grave. Desde algum tempo ela observava as idas e vindas desse doméstico com uma impaciência odiosa; não sabia ele tudo o que ela desejava saber, o que o marido lhe ocultava e que ela não ousava perguntar? Achava Lemulquinier mais favorecido do que ela, ela, a esposa!

Então, trêmula e quase feliz, ela foi; mas, pela primeira vez na vida, conheceu a cólera de Balthazar; mal entreabriu a porta, ele precipitou-se contra ela, a agarrou e a empurrou em direção à escada, onde ela quase rolou de cima a baixo.

– Louvado seja Deus, estás viva! – gritou Balthazar, reerguendo-a. Uma máscara de vidro rompera-se em pedaços sobre a sra. Claës, que viu o marido pálido, lívido, assustado. – Minha querida, eu havia te proibido de vir aqui – disse ele sentando-se num degrau da escada como um homem abatido. – Os santos te preservaram da morte. Por que acaso meus olhos estavam fixos na porta? Por pouco não morremos.

– Eu teria ficado bem feliz então – disse ela.

– Minha experiência falhou – continuou Balthazar. – Só a ti posso perdoar a dor que me causa essa cruel decepção. Eu ia talvez decompor o azoto. Vai, retorna aos teus afazeres.

E Balthazar entrou de novo no laboratório.

"*Eu ia talvez decompor o azoto!*", disse a si mesma a pobre mulher, voltando a seu quarto onde desatou a chorar.

Essa frase era ininteligível para ela. Os homens, habituados por sua educação a tudo conceber, não sabem o que há de horrível para uma mulher em não poder compreender o pensamento daquele que ela ama. Mais indulgentes do que nós, essas divinas criaturas não nos dizem quando a linguagem de suas almas permanece incompreendida; temem nos fazer perceber a superioridade dos sentimentos delas e escondem então seus sofrimentos com tanta alegria quanto calam seus prazeres desconhecidos; porém, mais ambiciosas no amor do que nós, elas querem esposar mais do que o coração do homem, querem também todo o pensamento dele. Para a sra. Claës, nada saber da Ciência que ocupava o marido engendrava em sua alma um despeito mais violento que aquele causado pela beleza de uma rival. Uma luta entre duas mulheres deixa à que mais ama a vantagem de amar melhor; mas esse despeito revelava uma impotência e humilhava todos os sentimentos que nos ajudam a viver. Joséphine não sabia! Para ela, era uma situação em que sua ignorância a separava do marido. Enfim, derradeira e mais intensa tortura, ele estava frequentemente entre a vida e a morte, corria perigos, longe e perto dela, sem que ela os partilhasse, sem que os conhecesse. Era, como o inferno, uma prisão moral sem saída, sem esperança. A sra. Claës quis ao menos conhecer os atrativos dessa ciência e pôs-se a estudar em segredo a química nos livros. A família ficou então como que enclausurada.

Tais foram as transições sucessivas pelas quais o infortúnio fez passar a Casa Claës, antes de levá-la à espécie de morte civil que a atingiu no momento em que esta história começa.

Essa situação violenta complicou-se. Como todas as mulheres apaixonadas, a sra. Claës era de um desapego material singular. Os que amam de verdade sabem o quanto o dinheiro vale pouco comparado aos sentimentos e com que dificuldade junta-se a eles. Mesmo assim, não foi sem uma cruel emoção que Joséphine ficou sabendo que o marido devia trezentos mil francos, hipotecados sobre suas propriedades. A autenticidade dos contratos confirmava as inquietações, os boatos, as conjeturas da cidade. A sra. Claës, justamente alarmada, foi forçada – ela, tão orgulhosa – a interrogar o notário do marido, a confiar-lhe suas dores ou a deixar que ele as adivinhasse, e a ouvir enfim esta humilhante pergunta:

– Como! O sr. Claës ainda não lhe disse nada?

Felizmente o notário de Balthazar era quase um parente seu, uma vez que o avô do sr. Claës havia desposado uma

Pierquin da Antuérpia, da mesma família que os Pierquin de Douai. Desde esse casamento, estes, embora estranhos aos Claës, os tratavam como primos. O sr. Pierquin, jovem de 26 anos que acabava de suceder ao pai no cargo, foi a única pessoa que teve acesso à Casa Claës. Joséphine vinha vivendo havia meses em tão completa solidão que o notário foi obrigado a confirmar-lhe a notícia dos desastres já conhecidos em toda a cidade. Disse a ela que, provavelmente, o marido devia somas consideráveis à casa que lhe fornecia produtos químicos. Tendo se informado da fortuna e da consideração de que gozava o sr. Claës, essa casa acolhia todos os seus pedidos e fazia remessas sem inquietação, não obstante o volume dos créditos. A sra. Claës encarregou Pierquin de pedir a nota dos fornecimentos feitos ao marido. Dois meses depois, os srs. Protez e Chiffreville, fabricantes de produtos químicos, enviaram um extrato de conta que chegava a cem mil francos. A sra. Claës e Pierquin examinaram essa fatura com uma surpresa crescente. Embora muitos artigos, expressos cientificamente ou comercialmente, lhes fossem ininteligíveis, eles ficaram assustados de ver registradas remessas de metais, diamantes de todo tipo, mas em pequenas quantidades. O total da dívida se explicava facilmente pela multiplicidade dos artigos, pelas precauções que o transporte de certas substâncias exigia ou pela remessa de algumas máquinas especiais, pelo valor exorbitante de vários produtos só obtidos com dificuldade ou que sua raridade encarecia, enfim pelo valor dos instrumentos de física ou de química confeccionados segundo as instruções do sr. Claës. No interesse do primo, o notário havia tomado informações sobre os Protez e Chiffreville, e a probidade desses negociantes devia tranquilizar sobre a moralidade de suas operações com o sr. Claës, a quem, aliás, eles seguidamente comunicavam resultados obtidos pelos químicos de Paris, a fim de evitar-lhe despesas. A sra. Claës pediu ao notário para ocultar da sociedade de Douai a natureza dessas aquisições, que teriam sido tachadas de loucuras; mas Pierquin respondeu-lhe que, para não prejudicar a consideração de que gozavam os Claës, já havia retardado até o último momento as obrigações de cartório que a importância das quantias emprestadas em confiança pelos clientes havia exigido. Ele revelou a extensão dos danos, dizendo à prima que, se ela não encontrasse o meio de impedir o marido de dilapidar sua fortuna tão insanamente, dentro de seis meses os bens patrimoniais assumiriam hipotecas que ultrapassariam seu valor. Acrescentou que, da parte dele, as observações que fizera ao primo, com as atenções devidas a um homem tão justamente considerado, não haviam tido a menor influência. Para encerrar o assunto, Balthazar lhe respondera que trabalhava pela glória e a fortuna de sua família. Assim, a todas as torturas do coração que a sra. Claës suportava desde dois anos, uma somando-se à outra e aumentando a dor do momento com as dores passadas, juntou-se um temor terrível, incessante, que lhe tornava o futuro assustador. As mulheres têm pressentimentos cuja exatidão é da ordem do prodígio. Por que, em geral, elas temem mais do que confiam, quando se trata dos interesses da vida? Por que têm fé apenas nas grandes ideias do futuro religioso? Por que adivinham tão habilmente as catástrofes da fortuna ou as crises de nossos destinos? Talvez o sentimento que as une ao homem que amam as faça admiravelmente pesar as forças, avaliar as faculdades, conhecer os gostos, as paixões, os vícios, as virtudes; o perpétuo estudo dessas causas, diante das quais elas incessantemente se encontram, lhes dá certamente a capacidade fatal de prever seus efeitos em todas as situações possíveis. O que elas percebem do presente as faz julgar o futuro com uma habilidade naturalmente explicada pela perfeição de seu sistema nervoso, que lhes permite fazer os diagnósticos mais rápidos do pensamento e dos sentimentos. Tudo nelas vibra em uníssono com as grandes comoções morais. Ou elas sentem, ou elas veem. Ora, ainda que separada do marido desde dois anos, a sra. Claës pressentia a perda de sua fortuna. Ela havia apreciado o ardor refletido, a inalterável constância de Balthazar; se era verdade que buscava produzir ouro, ele devia lançar com uma perfeita insensibilidade seu último pedaço de pão no cadinho; mas o que ele buscava? Até então, o sentimento materno e o amor conjugal haviam se conjugado tão bem no coração dessa mulher que os filhos, igualmente amados por ela e pelo marido, nunca haviam se interposto entre eles. Mas, de repente, ela passou a sentir-se, às vezes, mais mãe do que esposa, embora geralmente fosse mais esposa do que mãe. E no entanto, por mais disposta que pudesse estar em sacrificar a fortuna e mesmo os filhos à felicidade daquele que a havia escolhido, amado, adorado, e para quem ela era ainda a única mulher no mundo, os remorsos causados pela fraqueza de seu amor materno a lançavam em horríveis alternativas. Assim, como mulher, ela sofria em seu coração; como mãe, sofria em seus filhos; e, como cristã, sofria por todos. Calava-se e continha em sua alma essas cruéis tempestades. O marido, único árbitro da sorte da família, podia decidir à vontade o destino dela, ele só devia contas a Deus. Aliás, podia ela censurar-lhe o emprego de sua fortuna, depois do desapego que ele demonstrara durante dez anos de casamento? Era ela o juiz dos desígnios dele? Mas sua consciência, em concordância com o sentimento e as leis, lhe dizia que os pais eram os depositários da fortuna e não tinham o direito de alienar a felicidade material dos filhos. Para não ter que resolver essas grandes questões, ela preferia fechar os olhos, conforme o hábito das pessoas que recusam ver o abismo no fundo do qual sabem que vão cair. Já fazia seis meses que o marido não lhe passava mais o dinheiro para as despesas da casa. Ela mandou vender secretamente em Paris os ricos enfeites de diamantes que o irmão lhe dera no dia do casamento e estabeleceu uma estrita economia na casa. Despediu a governanta dos filhos e mesmo a ama de leite de Jean. Antigamente, o luxo das carruagens era ignorado pela burguesia, ao mesmo tempo humilde em seus costumes e orgulhosa em seus sentimentos; portanto, nada fora previsto na Casa Claës para essa invenção moderna, Balthazar era obrigado a ter sua estrebaria e uma carruagem de aluguel numa casa em frente à sua; mas suas ocupações não lhe permitiam mais vigiar essa parte da vida doméstica que diz respeito essencialmente aos homens; a sra. Claës suprimiu a despesa onerosa com carruagens e empregados, que seu isolamento tornava inúteis, e, apesar da bondade dessas razões, não tentou colorir com pretextos suas reformas. Até então os fatos haviam desmentido suas palavras, daí por diante o silêncio era o que mais convinha. A mudança do estilo de vida dos Claës não se justificava num país onde, como na Holanda, todo aquele que gasta todo o seu dinheiro é tido como um louco. Mas, como sua filha mais velha, Marguerite, ia fazer dezesseis anos, Joséphine queria proporcionar-lhe um bom casamento e introduzi-la na sociedade, como convinha a uma moça ligada aos Molina, aos Van Ostreim-Temninck e aos Casa-Real. Alguns dias antes daquele em que começa esta história, o dinheiro dos diamantes se esgotara. Nesse mesmo dia, às três horas, ao levar os filhos às vésperas, a sra. Claës encontrara Pierquin, que vinha vê-la e a acompanhou até a igreja de Saint-Pierre, conversando em voz baixa sobre a situação.

– Minha prima – disse ele –, eu não poderia, sem faltar à amizade que me liga à sua família, ocultar-lhe o perigo que correm nem deixar de rogar que converse com seu marido. Quem, senão a senhora, pode detê-lo à beira do abismo ao qual se dirigem? Os rendimentos dos bens hipotecados não são suficientes para pagar os juros das quantias emprestadas; assim, vocês estão hoje sem nenhum rendimento. Se cortar a madeira dos bosques que possuem, estarão tirando a única chance de salvação que lhes resta no futuro. Neste momento, meu primo Balthazar deve uma soma de trinta mil francos à casa Protez e Chiffreville de Paris; como a pagarão? Com que irão viver? E o que será de vocês se Claës continuar a pedir reagentes, peças de vidro, pilhas de Volta e outras bugigangas? Toda a sua fortuna, menos a casa e a mobília, dissipou-se em gás e em carvão. Quando se falou, anteontem, de hipotecar a casa, sabe qual foi a resposta de Claës? "Diabos!" Foi o primeiro sinal de razão que ele deu depois de três anos.

A sra. Claës pressionou com força o braço de Pierquin, ergueu os olhos ao céu e disse:

– Guarde-nos o segredo.

Apesar de sua devoção, a pobre mulher, aniquilada por essas palavras de uma clareza fulminante, não pôde rezar, permaneceu no assento entre os filhos, abriu seu missal e não virou nenhuma folha; caiu numa contemplação tão absorvente quanto as meditações do marido. A honra espanhola, a probidade flamenga ressoavam em sua alma com uma voz tão poderosa como a do órgão. A ruína dos filhos estava consumada! Entre eles e a honra do pai, não havia mais como hesitar. A necessidade de uma luta próxima entre ela e o marido a apavorava; ele era tão grande, tão imponente a seus olhos, que a simples perspectiva de sua cólera a agitava tanto quanto a ideia da majestade divina. Ela ia, portanto, abandonar a constante submissão na qual santamente permanecera como esposa. O interesse dos filhos a obrigaria a contrariar em seus gostos um homem que ela idolatrava. Pois não seria necessário trazê-lo de volta às questões positivas quando ele pairava nas altas regiões da Ciência, puxá-lo violentamente de um futuro risonho para o mergulhar naquilo que a materialidade apresenta de mais hediondo aos artistas e aos grandes homens? Para ela, Balthazar Claës era um gigante da ciência, um homem prenhe de glória; ele só podia tê-la esquecido em troca das mais ricas esperanças; além disso, era tão profundamente sensato, ela o ouvira falar com tanto talento sobre as questões mais diversas, que ele devia ser sincero ao dizer que trabalhava para a glória e a fortuna da família. O amor desse homem pela mulher e os filhos não era apenas imenso, era infinito. Esses sentimentos não podiam ter sido abolidos, certamente haviam aumentado reproduzindo-se de uma outra forma. Ela, tão nobre, generosa e tímida, ia fazer ecoar incessantemente nos ouvidos desse grande homem a palavra dinheiro e o som do dinheiro, mostrar-lhe as chagas da miséria, fazer-lhe ouvir os gritos da aflição, quando ele ouvia as vozes melodiosas do renome. A afeição que Balthazar tinha por ela não diminuiria com isso? Se ela não tivesse tido filhos, teria abraçado corajosamente e com prazer o destino novo que o marido lhe preparava. As mulheres criadas na opulência sentem prontamente o vazio que os gozos materiais encobrem; e quando seu coração, mais fatigado que machucado, as faz encontrar a felicidade de uma troca constante de sentimentos verdadeiros, elas não recuam diante de uma existência medíocre, se esta convém ao homem pelo qual se sabem amadas. Suas ideias e seus prazeres submetem-se aos caprichos dessa vida alheia à delas; para elas, o único futuro temível é perdê-la. Neste momento, portanto, os filhos separavam Pepita de sua verdadeira vida, do mesmo modo que Balthazar se separara dela pela Ciência; assim, quando voltou das vésperas e se lançou em sua *bergère*, mandou os filhos embora, exigindo deles o mais profundo silêncio; depois, mandou pedir ao marido que viesse vê-la; mas, embora Lemulquinier, o velho criado-grave, tivesse insistido para arrancá-lo do laboratório, Balthazar lá permaneceu. A sra. Claës teve tempo, então, de refletir. E também ela ficou pensativa, sem prestar atenção nas horas, no tempo, na claridade. O pensamento de dever trinta mil francos e não poder pagá-los despertou as dores passadas, juntou-as às do presente e do futuro. Essa massa de interesses, ideias e sensações a encontrou muito fraca, ela chorou. E, quando viu Balthazar entrar, a fisionomia dele lhe pareceu mais terrível, mais absorta, mais perdida do que nunca; como este não lhe respondesse, ela ficou de início fascinada pela imobilidade daquele olhar vazio, por todas as ideias devoradoras que aquela fronte calva destilava. Sob o golpe dessa impressão, desejou morrer. Quando ouviu aquela voz exprimir um desejo científico no momento em que tinha o coração esmagado, sua coragem voltou; resolveu lutar contra esse poder assustador que lhe roubara um amante, que arrancara dos filhos um pai, da casa uma fortuna, de todos a felicidade. Contudo, não pôde reprimir o constante tremor que a agitava, pois em toda a sua vida não houvera uma cena tão solene. Esse momento terrível não continha virtualmente seu futuro, e o passado não se resumia nele por inteiro? As pessoas fracas e tímidas, ou aquelas para quem a vivacidade de suas sensações amplifica as menores dificuldades da vida, os homens acometidos de um tremor involuntário diante dos árbitros de seu destino, podem todos imaginar os milhares de pensamentos que giraram na cabeça dessa mulher, e o peso dos sentimentos que comprimiu seu coração, quando o marido se dirigiu lentamente para a porta do jardim. A maioria das mulheres conhece as angústias da íntima deliberação contra a qual se debatia a sra. Claës. Mesmo aquelas cujo coração só foi violentamente agitado para declarar ao marido algum gasto excessivo ou dívidas na modista compreenderão o quanto as batidas do coração aumentam quando se trata de toda uma vida. Enquanto uma bela mulher dispõe da graça de lançar-se aos pés do marido e descobre recursos nas poses da dor, o sentimento de seus defeitos físicos aumentava ainda mais os temores da sra. Claës. Assim, quando ela viu Balthazar prestes a sair, seu primeiro movimento foi de fato lançar-se em direção a ele; mas um pensamento cruel reprimiu seu impulso, ela ia postar-se de pé diante dele. Não pareceria ridícula a um homem que, não mais submetido aos fascínios do amor, poderia ver com exatidão? Joséphine aceitaria de bom grado perder tudo, fortuna e filhos, do que amesquinhar seu poder de mulher. Quis afastar toda má sorte num momento tão solene e chamou com força: "Balthazar!". Ele voltou-se maquinalmente e tossiu; mas, sem prestar atenção na mulher, veio cuspir numa dessas pequenas caixas quadradas postas de distância em distância junto aos rodapés de madeira, como em todos os alojamentos da Holanda e da Bélgica. Esse homem, que não pensava em ninguém, jamais esquecia as escarradeiras, tão inveterado era esse hábito. Para a pobre Joséphine, incapaz de compreender essa extravagância, o cuidado constante que o marido tinha pelo mobiliário lhe causava sempre uma angústia singular; mas neste momento esta foi tão violenta que a fez sair dos limites e gritar num tom cheio de impaciência, no qual se exprimiam todos os seus sentimentos feridos:

– Não vê que estou lhe falando, senhor?!
– O que significa isso? – respondeu Balthazar, virando-se vivamente e lançando à mulher um olhar em que a vida retornava e que foi para ela como um raio.
– Perdão, meu querido – disse ela empalidecendo. Quis levantar-se e estender-lhe a mão, mas esta tornou a cair sem força. – Estou morrendo! – disse com uma voz entrecortada de soluços.

Diante disso, Balthazar teve, como todas as pessoas distraídas, uma viva reação e adivinhou, por assim dizer, o segredo dessa crise, tomou a sra. Claës nos braços, abriu a porta que dava para a pequena antecâmara e subiu tão rapidamente a velha escada de madeira que o vestido da mulher, enganchando-se nos dentes de um dragão que ornava a balaustrada, teve um pedaço de seu tecido arrancado com grande ruído. Para abrir a porta do vestíbulo comum a seus aposentos, ele deu um pontapé, mas encontrou o quarto da mulher fechado.

Ele depôs suavemente Joséphine numa poltrona e disse:
– Meu Deus, onde está a chave?
– Obrigada, meu querido – respondeu a sra. Claës tornando a abrir os olhos –, pela primeira vez depois de muito tempo me senti perto de teu coração.
– Santo Deus! – exclamou Claës. – E a chave? Os criados estão vindo.

Joséphine fez-lhe um sinal para pegar a chave que estava presa a uma fita junto a seu bolso. Tendo aberto a porta, Balthazar pôs a mulher num canapé, saiu para impedir que os criados assustados subissem, dando-lhes a ordem de servir imediatamente o jantar, e retornou com zelo para junto da mulher.

– Que há contigo, amor da minha vida? – disse ele, sentando-se junto dela, tomando-lhe a mão e beijando-a.

– Não tenho mais nada – ela respondeu –, não sofro mais! Somente queria ter o poder de Deus para colocar a teus pés todo o ouro da terra.

– Por que ouro? – ele perguntou. E atraiu para si a mulher, abraçou-a e beijou-a novamente na testa. – Não me dás maior riqueza – continuou – me amando como me amas, cara e preciosa criatura?

– Oh! Meu Balthazar, por que não dissipas as angústias de todos nós, assim como expulsas com tua voz o pesar do meu coração? Vejo enfim que continuas o mesmo.

– De que angústias estás falando, minha querida?

– Mas estamos arruinados, meu amor!

– Arruinados? – ele repetiu. Pôs-se a sorrir, acariciou a mão da mulher mantendo-a entre as suas e disse com uma voz suave que havia muito não se fazia ouvir: – Amanhã, meu anjo, nossa fortuna será talvez sem limites. Ontem, pesquisando segredos bem mais importantes, acreditei ter descoberto o meio de cristalizar o carbono, a substância do diamante. Ó minha querida mulher!... Dentro de alguns dias me perdoarás minhas distrações. Às vezes pareço distraído. Não te tratei há pouco com rudeza? Sê indulgente com um homem que nunca deixou de pensar em ti, cujos trabalhos visam inteiramente a ti, a nós.

– Basta, basta – disse ela –, conversaremos sobre isso à noite, meu amor. Há pouco eu sofria por excesso de dor, agora sofro por excesso de prazer.

Ela não esperava rever aquele rosto animado por um sentimento tão terno em relação a ela como o fora no passado, ouvir aquela voz ainda tão doce como outrora e reencontrar tudo o que acreditava ter perdido.

– Está bem – disse ele –, esta noite conversaremos. Se eu me absorver em alguma meditação, lembra-me essa promessa. Esta noite quero abandonar meus cálculos, meus trabalhos, e mergulhar em todas as alegrias da família, nas volúpias do coração; pois tenho necessidade, tenho sede disso, minha Pepita!

– Tu me dirás o que estás buscando, Balthazar?

– Mas não compreenderias nada, minha pobre criança!

– É o que pensas, meu amor. Há quatro meses venho estudando a química para poder conversar contigo. Li Fourcroy, Lavoisier, Chaptal, Nollet, Rouelle, Berthollet, Gay-Lussac, Spallanzani, Leuwenhoëk, Galvani, Volta, enfim todos os livros relativos à Ciência que adoras. Acredita, podes me dizer teus segredos.

– Oh! És um anjo – exclamou Balthazar, caindo de joelhos junto à mulher e derramando lágrimas de ternura que a fizeram estremecer. – Haveremos de nos compreender em tudo.

– Ah! – disse ela. – Eu me lançaria no fogo do inferno que atiça teus fornos para ouvir essas palavras de tua boca e para ver-te assim. – Ao ouvir os passos da filha na antecâmara, ela teve um sobressalto. – Que queres, Marguerite? – disse ela à filha mais velha.

– Mamãe, o sr. Pierquin acaba de chegar. Se ele ficar para jantar, vamos precisar toalha de mesa e a senhora esqueceu de pôr esta manhã.

A sra. Claës tirou do bolso um molho de chaves pequenas e o entregou à filha, indicando-lhe os armários de madeira que ficavam na antecâmara:

– Filha, pega à direita nos serviços Graindorge!

– Já que meu Balthazar volta para mim hoje, deixas que ele seja só meu? – ela disse, voltando a entrar e dando à sua fisionomia uma expressão de doce malícia. – Vai ao teu quarto, meu querido, faz o favor de te vestir, temos Pierquin para jantar. Vamos, tira essas roupas rasgadas. Estás vendo essas manchas? Não foi o ácido muriático ou sulfúrico que pôs esse amarelo em volta dos buracos? Vamos, rejuvenesce, vou mandar vir Mulquinier depois que eu tiver trocado o vestido.

Balthazar quis passar a seu quarto pela porta de comunicação, mas esquecera que ela estava fechada do seu lado. Saiu pela antecâmara.

– Marguerite, põe a toalha em cima de uma poltrona e vem ajudar a me vestir, não quero Martha – disse a sra. Claës, chamando a filha.

Balthazar havia pego Marguerite, trazendo-a para junto de si num movimento alegre e dizendo-lhe:

– Bom dia, minha menina, estás muito bonita hoje nesse vestido de musselina e com esse cinto cor-de-rosa. – Depois beijou-a na testa e apertou-lhe a mão.

– Mamãe, papai acaba de me beijar – disse Marguerite entrando no quarto da mãe –, ele parece alegre e feliz!

– Minha filha, teu pai é um grande homem, há três anos vem trabalhando para a glória e a fortuna da família e acredita ter alcançado o objetivo de suas pesquisas. Este dia é para todos nós uma grande festa...

– Mãe querida – respondeu Marguerite –, nossos criados estavam tão tristes de vê-lo carrancudo que não seremos as únicas a nos alegrar. Oh! Ponha um outro cinto, este está muito desbotado.

– Está bem, mas nos apressemos, quero falar com Pierquin. Onde está ele?

– No salão, brincando com Jean.

– Onde estão Gabriel e Félicie?

– Estou ouvindo-os no jardim.

– Então vai depressa e cuida para que não colham tulipas! Teu pai ainda não as viu este ano e hoje ele pode querer olhá-las ao sair da mesa. Diz a Mulquinier para trazer até o quarto de teu pai tudo o que ele precisa para vestir-se.

Quando Marguerite saiu, a sra. Claës espiou as crianças pelas janelas do quarto que davam para o jardim e as viu ocupadas em observar um desses insetos de asas verdes, luzentes e sarapintadas de ouro, vulgarmente chamados escaravelhos.

— Comportem-se bem, meus queridos — disse ela erguendo a vidraça de correr e mantendo-a aberta para arejar o quarto. Depois foi bater suavemente à porta de comunicação para ter certeza de que o marido não recaíra em alguma distração. Ele abriu, e ela falou com uma voz alegre ao vê-lo despido: — Não me deixarás sozinha por muito tempo com Pierquin, não é? Não demores.

Desceu a escada com tal agilidade que, ao ouvi-la, um estranho não teria reconhecido o andar de uma manca.

— Ao carregar a senhora — disse-lhe o criado-grave que ela encontrou na escada —, o patrão rasgou o vestido, o que é só um pano de pouco valor; mas ele quebrou o queixo desta figura, e não sei quem poderá consertá-la. Nossa escada está desonrada, era uma balaustrada tão bonita!

— Ora, meu pobre Mulquinier, não precisa consertá-la, não é nenhuma desgraça.

"O que estará acontecendo", pensou Mulquinier, "para que isso não seja um desastre? Meu patrão descobriu o *absoluto*?"

— Bom dia, sr. Pierquin — disse a sra. Claës, abrindo a porta do salão.

O notário apressou-se a dar o braço à prima, mas ela jamais aceitava senão o do marido; assim, ela agradeceu ao primo com um sorriso e disse-lhe:

— Veio talvez por causa dos trinta mil francos?

— Sim, senhora; ao chegar em casa, recebi uma carta de aviso da casa Protez e Chiffreville que sacou, contra o sr. Claës, seis letras de câmbio, cada qual de cinco mil francos.

— Pois bem, não fale disso hoje a Balthazar — ela disse.
— Jante conosco. Se porventura ele perguntar por que compareceu, encontre algum pretexto plausível, eu lhe peço. Dê-me a carta, eu mesma falarei a ele desse assunto. Tudo vai bem — ela prosseguiu, vendo o espanto do notário. — Em alguns meses

meu marido reembolsará provavelmente as quantias que tomou emprestadas. Ao ouvir essa frase dita em voz baixa, o notário olhou para a srta. Claës que voltava do jardim, acompanhada de Gabriel e de Félicie, e disse-lhe:

– Nunca vi a srta. Marguerite tão bonita quanto hoje.

A sra. Claës, que se sentara na *bergère* e tinha sobre os joelhos o pequeno Jean, ergueu a cabeça, olhou a filha e o notário, fingindo um ar de indiferença.

Pierquin tinha uma estatura média, nem gordo nem magro, um rosto de uma beleza vulgar que exprimia uma tristeza mais de aflição que de melancolia, um devaneio mais indeterminado que pensativo; era tido por misantropo, mas era interesseiro e guloso demais para que seu divórcio com o mundo fosse real. Seu olhar habitualmente perdido no vazio, sua atitude indiferente, seu silêncio fingido pareciam indicar profundidade, mas, em realidade, encobriam o vazio e a nulidade de um notário exclusivamente ocupado com interesses humanos e ainda bastante jovem para ser invejoso. Aliar-se à Casa Claës teria sido para ele a prova de um devotamento sem limites, se não houvesse algum sentimento de avareza subjacente. Ele bancava o generoso, mas sabia calcular. Assim, sem perceber ele próprio as mudanças de atitude, suas atenções eram cortantes, duras e ríspidas como são em geral as dos homens de negócios, quando Claës lhe parecia arruinado; depois se tornavam afetuosas, indulgentes e quase servis, quando suspeitava algum resultado feliz para os trabalhos do primo. Ora via em Marguerite uma infanta da qual era impossível a um simples notário de província aproximar-se; ora a considerava como uma pobre moça muito feliz, caso ele se dignasse a fazer dela sua mulher. Era um homem de província e flamengo, sem malícia; não era privado de devotamento e bondade, mas tinha um egoísmo ingênuo que tornava suas qualidades incompletas e detalhes ridículos que estragavam sua pessoa. Naquele momento, a sra. Claës lembrou-se do tom seco com que o notário lhe falara na entrada da igreja de Saint-Pierre e notou a mudança de suas maneiras depois do que ela dissera; adivinhou o fundo dos pensamentos dele e com um olhar perspicaz tentou ler na alma da filha para saber se ela pensava no primo; mas encontrou apenas a mais perfeita indiferença. Após alguns instantes, em que a conversa versou sobre os boatos da cidade, o dono da casa desceu de seu quarto onde, pouco antes, a mulher ouvia com inexprimível prazer as botas rangendo sobre o soalho. Seu andar, como o de um homem jovem e ágil, anunciava uma completa metamorfose e a expectativa que seu aparecimento causava à sra. Claës foi tão intensa que ela mal conseguiu conter um tremor quando ele desceu a escada. Balthazar apresentou-se vestindo um traje da moda. Calçava botas de cano dobrado, bem lustradas, deixando ver no alto meias de seda brancas, um calção de casimira azul com botões dourados, um colete branco floreado e uma casaca azul. Tinha feito a barba, penteado os cabelos, perfumado a cabeça, cortado as unhas e lavado as mãos com tanto esmero que parecia irreconhecível a quem o vira pouco antes. Em vez de um velho quase demente, os filhos, a mulher e o notário viam um homem de quarenta anos com um rosto afável e polido, cheio de seduções. Mesmo a fadiga e os sofrimentos, que a magreza dos contornos e a aderência da pele aos ossos revelavam, tinham um certo encanto.

– Bom dia, Pierquin – disse Balthazar Claës.

Voltando a ser pai e marido, o químico pegou o filho caçula dos joelhos da mulher e o ergueu no ar fazendo-o rapidamente descer e tornando a erguê-lo.

– Vê esse pequeno? – disse ele ao notário. – Uma criatura tão linda não lhe dá vontade de casar? Acredite, meu caro, os prazeres da família consolam de tudo.

"Brr!" ele fazia, levantando Jean. "Pum!" exclamava, pondo-o no chão. "Brr! Pum!"

O menino ria às gargalhadas ao ver-se alternadamente no teto e no chão. A mãe desviou os olhos para não trair a emoção que lhe causava uma brincadeira tão simples e que, para ela, era uma verdadeira revolução doméstica.

– Vejamos como andas – disse Balthazar, pondo o filho no chão e indo sentar-se numa poltrona. O menino correu até o pai, atraído pelo brilho dos botões dourados que prendiam o calção acima da dobra das botas. – És uma graça! – disse o pai, beijando-o. – És um Claës, sabes andar direito. E então, Gabriel, como vai a leitura do Morillon? – disse ele ao filho mais velho, puxando-o pela orelha e torcendo-a. – Tens feito valentemente os temas, as versões? Te aplicas com firmeza à matemática?

Depois Balthazar levantou-se, foi até Pierquin e disse-lhe com a afetuosa cortesia que o caracterizava:

– Meu caro, por acaso tem algo a me pedir? – deu-lhe o braço e o levou até o jardim, acrescentando: – Venha ver minhas tulipas!...

A sra. Claës olhou o marido enquanto ele saía e não soube conter a alegria de revê-lo tão jovem, tão afável, tão ele mesmo; levantou-se, pegou a filha pela cintura e a beijou dizendo:

– Minha Marguerite, minha menina querida, hoje te amo ainda mais do que de costume.

– Fazia muito tempo que eu não via meu pai tão amável – ela respondeu.

Lemulquinier veio anunciar que o jantar estava servido. Para evitar que Pierquin lhe oferecesse o braço, a sra. Claës tomou o de Balthazar, e toda a família passou para a sala de refeições.

Essa peça, que tinha no teto vigas aparentes, mas adornadas de pinturas lavadas e renovadas todos os anos, era guarnecida de altos guarda-louças de carvalho, em cujas prateleiras se viam as mais curiosas peças da baixela patrimonial. As divisórias eram forradas de couro violeta, onde haviam sido impressos, em traços dourados, temas de caça. Acima dos guarda-louças destacavam-se aqui e ali, cuidadosamente dispostas, plumas de aves curiosas e conchas raras. As cadeiras não haviam sido mudadas desde o começo do século XVI e apresentavam a forma quadrada, as colunas torcidas e o pequeno encosto guarnecido de um tecido com franjas, cuja moda foi tão difundida que Rafael a ilustrou em seu quadro chamado *A Virgem na cadeira*. A madeira escurecera, mas as tachas douradas reluziam como se fossem novas, e os tecidos cuidadosamente renovados eram de uma cor vermelha admirável. Flandres revivia por inteiro ali, com suas inovações espanholas. Sobre a mesa, os jarros e os frascos tinham aquele ar respeitável que lhes dão os bojos arredondados do perfil antigo. Os copos eram os velhos copos de pé alto que se veem em todos os quadros da escola holandesa ou flamenga. A louça, em grés e ornada de figuras coloridas à maneira de Bernard de Palissy, provinha da fábrica inglesa de Wedgwood. Os talheres eram de prata maciça, com faces quadradas e relevos cheios, verdadeira prataria de família cujas peças, todas diferentes em cinzeladura, modo e forma, atestavam os começos do bem-estar e os progressos da fortuna dos Claës. Os guardanapos tinham franjas, moda inteiramente espanhola. Quanto às toalhas de mesa, todos devem pensar que entre os Claës o ponto de honra consistia em tê-las magníficas. Esse serviço, essa baixela destinavam-se ao uso diário da família. A casa da frente, onde eram dadas as festas, tinha seu luxo particular e suas maravilhas, reservadas aos dias de gala, davam-lhe aquela solenidade que não existe mais quando as coisas são desconsideradas, por assim dizer, por um uso habitual. Na casa dos fundos, tudo trazia a marca de uma pureza patriarcal. Enfim, detalhe delicioso, uma videira estendia-se do lado de fora das janelas, cercando-as com seus ramos.

– A senhora permanece fiel às tradições – disse Pierquin, ao receber um prato de sopa de tomilho em que as cozinheiras flamengas ou holandesas colocam pedacinhos de carne enrolada misturados a fatias de pão torrado. – É a sopa de domingo – prosseguiu – em uso na casa de nossos pais! Sua casa e a de meu tio Des Racquets são as únicas onde se encontra essa sopa histórica nos Países Baixos. Ah! Perdão, o velho sr. Savaron de Savarus[32] ainda a faz orgulhosamente servir em Tournai, na casa dele, mas em todos os outros lugares a velha Flandres desaparece. Agora os móveis se fabricam à moda grega, em toda parte só se veem capacetes, escudos, lanças e feixes de armas. Todos reconstroem suas casas, vendem seus velhos móveis, refundem sua prataria ou a trocam por porcelana de Sèvres, que não se compara à da velha Saxônia nem à chinesa. Oh! Eu sou flamengo na alma, e meu coração sangra ao ver os caldeireiros comprarem por preço de madeira ou metal nossos belos móveis incrustados de cobre ou estanho. Mas o Estado social quer mudar de pele, acredito. Até mesmo os procedimentos da arte se perdem! Quando é preciso fazer tudo depressa, nada pode ser feito conscienciosamente. Em minha última viagem a Paris, levaram-me a ver as pinturas expostas no Louvre. Palavra de honra, são telas sem ar, sem profundidade, nas quais os pintores temem colocar a cor. E eles querem, dizem, derrubar nossa velha escola. Ah! Pois sim!

– Nossos antigos pintores – respondeu Balthazar – estudavam as diversas combinações e a resistência das cores, submetendo-as à ação do sol e da chuva. Mas você tem razão: hoje os recursos materiais da arte são menos cultivados do que nunca.

A sra. Claës não escutava a conversa. Ao ouvir o notário dizer que os serviços de porcelana estavam na moda, ela logo teve a ideia luminosa de vender a pesada baixela de prata proveniente da herança do irmão, esperando assim poder quitar os trinta mil francos devidos pelo marido.

– Ah, ah! – dizia Balthazar ao notário quando a sra. Claës prestou novamente atenção na conversa. – Estão falando de meus trabalhos em Douai?

---

32. Personagem de *A comédia humana* que reaparece em *Albert Savarus* como um grande senhor belga. (N.T.)

– Sim – respondeu Pierquin –, todos perguntam em que o senhor gasta tanto dinheiro. Ainda ontem eu ouvia o presidente do tribunal deplorar que um homem de sua espécie buscasse a pedra filosofal. Permiti-me, então, responder que o senhor era muito instruído para não saber que isso era tentar o impossível, muito cristão para querer triunfar sobre Deus, e, como todos os Claës, muito bom calculista para trocar seu dinheiro por pó de pirlimpimpim. Contudo, confesso-lhe que partilhei o pesar que seu retiro causa a toda a sociedade. O senhor realmente não é mais da cidade. Em verdade, senhora, teria ficado encantada se pudesse ouvir os elogios que todos lhe fizeram e ao sr. Claës.

– Você agiu como um bom parente ao refutar acusações cujo mal menor seria fazer-me ridículo – respondeu Balthazar. – Ah! O povo de Douai pensa que estou arruinado! Pois bem, meu caro Pierquin, dentro de dois meses darei, para celebrar o aniversário de meu casamento, uma festa cuja magnificência me devolverá a estima que nossos caros compatriotas dão aos escudos.

A sra. Claës corou fortemente. Havia dois anos que esse aniversário fora esquecido. Como os loucos que têm momentos durante os quais suas faculdades têm um brilho inusitado, Balthazar nunca fora tão animado em sua ternura. Mostrou-se cheio de atenções pelos filhos, e sua conversa seduzia pela graça, pelo espírito, pela oportunidade. Esse retorno da paternidade, desde muito tempo ausente, era por certo a mais bela festa que ele podia dar à mulher, para quem sua voz e seu olhar haviam recuperado aquela constante simpatia de expressão sentida de coração a coração, e que prova uma deliciosa identidade de sentimento.

O velho Lemulquinier parecia rejuvenescido, ia e vinha com uma alegria insólita causada pela realização de suas secretas esperanças. A súbita mudança operada nas atitudes do patrão era ainda mais significativa para ele do que para a sra. Claës. Lá onde a família via a felicidade, o criado-grave via uma fortuna. Ao ajudar Balthazar em suas manipulações, ele unira-se também na loucura. Seja que tivesse percebido o alcance das pesquisas nas explicações que escapavam do químico quando o objetivo se furtava, seja que a tendência inata da imitação, no homem, o tivesse feito adotar as ideias daquele em cuja atmosfera vivia, o fato é que Lemulquinier concebera pelo patrão um sentimento supersticioso mesclado de terror, de admiração e de egoísmo. O laboratório era para ele o que é para o povo uma agência lotérica: a esperança organizada. Toda noite ele se deitava, dizendo-se: "Amanhã, talvez, nadaremos em ouro!". E no dia seguinte despertava com uma fé tão viva como na véspera. Seu nome indicava uma origem flamenga. Antigamente, a gente do povo só era conhecida por uma alcunha tirada de sua profissão, de seu país, de sua conformação física ou de suas qualidades morais. Essa alcunha tornava-se o nome da família burguesa que eles fundavam por ocasião de sua alforria. Em Flandres, os negociantes de fio de linho chamavam-se *mulquiniers*, e era essa certamente a profissão do homem que, entre os antepassados do velho criado, passou da condição de servo à de burguês, até que infortúnios desconhecidos devolvessem o neto do *mulquinier* a seu primitivo estado de servo, mais o salário. A história de Flandres, de seus fios e de seu comércio resumia-se, portanto, nesse velho doméstico, frequentemente chamado, por eufonia, Mulquinier. Seu caráter e sua fisionomia não careciam de originalidade. O rosto, de forma triangular, era grande, alto, e com marcas de varíola que lhe davam uma estranha aparência, com uma quantidade de linhas brancas e brilhantes. Magro e de estatura elevada, tinha um andar grave, misterioso. Seus olhos pequenos, alaranjados como a peruca amarela e lisa que lhe cobria a cabeça, lançavam apenas olhares oblíquos. Seu exterior estava, portanto, em harmonia com o sentimento de curiosidade que ele provocava. Sua qualidade de preparador iniciado nos segredos do patrão, sobre cujos trabalhos guardava silêncio, investia-o de um charme. Os moradores da Rue de Paris viam-no passar com um interesse mesclado de temor, pois ele tinha respostas sibilinas e sempre carregadas de tesouros. Orgulhoso de ser necessário ao patrão, exercia sobre os colegas uma espécie de autoridade impertinente, da qual se aproveitava para ele próprio obter concessões que o tornavam meio dono da casa. Ao contrário dos domésticos flamengos, que são extremamente apegados à casa, ele só tinha afeição por Balthazar. Se algum pesar afligia a sra. Claës, ou se algum evento favorável acontecia na família, ele comia seu pão com manteiga e bebia sua cerveja com a fleuma habitual.

Terminado o jantar, a sra. Claës propôs tomar o café no jardim, diante do canteiro de tulipas que ornava seu centro. Os vasos de argila onde estavam as tulipas, cujos nomes se liam em ardósias gravadas, haviam sido enterrados e dispostos de modo a formar uma pirâmide em cujo topo se elevava uma tulipa boca-de-dragão que Balthazar era o único a possuir. Essa flor, chamada *tulipa claësiana*, reunia sete cores, e suas longas chanfraduras pareciam douradas nas bordas. O pai de Balthazar, que várias vezes recusara por elas dez mil florins, tomava tais precauções para que não fosse roubada uma única semente que a conservava no salão e seguidamente passava dias inteiros a contemplá-la. A haste era enorme, firme, ereta, de um verde admirável. As proporções da planta estavam em harmonia com o cálice, cujas cores se distinguiam pela brilhante nitidez que deu outrora tanto valor a essas flores luxuosas.

– Eis aí trinta ou quarenta mil francos em tulipas – disse o notário, olhando alternadamente a prima e o canteiro colorido. A sra. Claës era muito entusiasmada pelo aspecto dessas flores que os raios do sol poente faziam parecer pedras preciosas para entender bem o sentido da observação do notário.

– Para que serve isso? – ele continuou, dirigindo-se a Balthazar. – O senhor devia vendê-las.

– Ora! Acaso preciso de dinheiro? – respondeu Claës com o gesto de um homem para quem quarenta mil francos pareciam ser pouca coisa.

Houve um momento de silêncio, durante o qual as crianças fizeram várias exclamações.
– Está vendo esta, mamãe?
– Oh! como é bonita aquela!
– Como esta se chama?
– Que abismo para a razão humana – exclamou Balthazar, erguendo as mãos e juntando-as num gesto desesperado.
– Uma combinação de hidrogênio e de oxigênio faz surgir, por suas dosagens diferentes, num mesmo meio e a partir de um mesmo princípio, essas cores que constituem cada qual um resultado diferente!

Sua mulher ouviu bem os termos dessa proposição, enunciada muito depressa para que ela a compreendesse inteiramente. Balthazar lembrou que ela havia estudado sua ciência favorita e disse-lhe, fazendo um sinal misterioso:
– Ainda que compreendesses, não saberias o que quero dizer! – e pareceu recair numa daquelas meditações que lhe eram habituais.

– Acredito – disse Pierquin, pegando uma taça de café das mãos de Marguerite. – O que o berço dá, a tumba leva – acrescentou em voz baixa, dirigindo-se à sra. Claës. – Veja se a senhora consegue falar com ele, nem o diabo o tiraria de sua contemplação. Ficará assim até amanhã.

Ele despediu-se de Claës que fingiu não ouvi-lo, beijou o pequeno Jean que a mãe segurava nos braços e, após fazer uma profunda saudação, retirou-se. Quando a porta de entrada ressoou ao fechar-se, Balthazar pegou a mulher pela cintura e dissipou a inquietação que seu fingido devaneio podia ter causado, dizendo-lhe ao ouvido:
– Eu sabia bem o que fazer para mandá-lo embora.

A sra. Claës virou a cabeça para o marido sem envergonhar-se de mostrar as lágrimas que lhe vieram aos olhos, elas eram tão doces! Depois apoiou a testa no ombro de Balthazar e deixou Jean escorregar até o chão.

– Voltemos ao salão – disse ela após uma pausa.

Durante toda a noitada, Balthazar mostrou-se de uma vivacidade quase doida; inventou mil brincadeiras para os filhos e divertiu-se tanto que não percebeu duas ou três ausências da mulher. Por volta das nove e meia, quando Jean foi levado para a cama, quando Marguerite voltou ao salão depois de ajudar sua irmã Félicie a despir-se, ela encontrou a mãe sentada na grande poltrona, enquanto o pai conversava com ela segurando-lhe a mão. Temendo perturbar os pais, quis retirar-se sem falar, mas a sra. Claës a percebeu:

– Vem, Marguerite, vem, minha querida filha. – Depois de atraí-la para si e beijá-la carinhosamente na testa, acrescentou: – Leva o livro para o teu quarto e dorme cedo.

– Boa noite, querida filha – disse Balthazar.

Marguerite beijou o pai e retirou-se. Claës e a mulher permaneceram por alguns momentos a sós, ocupados em olhar as últimas cores do crepúsculo que morriam nas folhagens do jardim, já escuras, e cujos contornos mal se viam na penumbra. Quando se fez quase noite, Balthazar disse à mulher com uma voz comovida:

– Subamos.

Muito antes que os costumes ingleses tivessem feito do quarto de uma mulher um lugar sagrado, o de uma flamenga era impenetrável. As boas donas de casa do país não faziam disso uma virtude, mas um hábito contraído desde a infância, uma superstição doméstica que fazia do quarto de dormir um delicioso santuário onde se respiravam sentimentos ternos, onde o simples se unia a tudo o que a vida social tem de mais doce e de mais sagrado. Na situação particular em que se achava a sra. Claës, toda mulher teria gostado de reunir a seu redor as coisas mais elegantes; mas ela fizera isso com um gosto requintado, sabendo da influência que exerce sobre os sentimentos o aspecto daquilo que nos cerca. Numa criatura bonita teria sido um luxo, nela, era uma necessidade. Ela compreendera o alcance destas palavras: "Uma mulher se faz bonita!", máxima que orientava todas as ações da primeira mulher de Napoleão e se tornava tantas vezes falsa, mas que na sra. Claës era sempre natural e verdadeira. Embora Balthazar conhecesse bem o quarto da mulher, seu esquecimento das coisas materiais da vida fora tão completo que, ao entrar, ele sentiu doces frêmitos como se o visse pela primeira vez. A faustosa alegria de uma mulher triunfante se exibia nas esplêndidas cores das tulipas que se elevavam nos altos gargalos dos vasos de porcelana chinesa, habilmente dispostos, e na profusão de luzes cujos efeitos só podiam se comparar aos das mais alegres fanfarras. A claridade das velas dava um brilho harmonioso aos tecidos de seda cinzenta, cuja monotonia era matizada pelos reflexos dourados sobriamente distribuídos sobre alguns objetos, e pelos tons variados das flores que pareciam gemas de pedras preciosas. O segredo desses arranjos era ele, sempre ele!... Joséphine não podia dizer de forma mais eloquente a Balthazar que ele era sempre o princípio de suas alegrias e de suas dores. O aspecto desse quarto punha a alma num estado delicioso e expulsava toda ideia triste, para deixar apenas o sentimento de uma felicidade uniforme e pura. O tecido dos forros, comprado na China, exalava aquele odor suave que penetra o corpo sem fatigá-lo. Enfim, as cortinas cuidadosamente cerradas traíam um desejo de solidão, uma intenção ciumenta de guardar os menores sons das palavras e de ali encerrar os olhares do esposo reconquistado. Ornada com sua bela cabeleira negra perfeitamente lisa, que caía de cada lado do rosto como duas asas de corvo, a sra. Claës, envolvida num penhoar que lhe subia até o pescoço e guarnecido de uma longa mantilha rendada, foi puxar o reposteiro de tapeçaria que não deixava penetrar nenhum som do exterior. Dali, Joséphine lançou ao marido, que se sentara junto à lareira, um daqueles sorrisos alegres pelos quais uma mulher inteligente, e cuja alma vem às vezes embelezar o rosto, sabe exprimir irresistíveis esperanças. O maior encanto de uma mulher consiste num apelo constante à generosidade do homem, numa graciosa declaração de fraqueza da qual se orgulha, e desperta nele os mais magníficos sentimentos. Acaso a confissão da fraqueza não comporta mágicas seduções? Quando as argolas do reposteiro deslizaram surdamente na vara de madeira, ela se virou para o marido, pareceu dissimular nesse momento seus defeitos corporais apoiando a mão numa cadeira para se locomover com graça. Era um pedido de socorro. Balthazar, por um momento abismado na contemplação daquele rosto oliváceo que se destacava sobre o fundo cinza, atraindo e satisfazendo o olhar, levantou-se para tomar a mulher nos braços e a deitou no canapé. Era bem o que ela queria.

– Prometeste-me – disse ela tomando-lhe a mão e guardando-a entre as suas, eletrizantes – iniciar-me no segredo de tuas pesquisas. Concorda, meu amor, que sou digna de sabê-lo, pois tive a coragem de estudar uma ciência condenada pela Igreja e quero ter condições de te compreender; sou curiosa, não me ocultes nada. Assim, conta-me por que razão uma manhã te levantaste tão preocupado, quando na véspera eu havia te deixado tão feliz.

– Foi para ouvir falar de química que te vestiste com tanta sedução?

– Meu querido, receber uma confidência que me faz entrar mais fundo em teu coração não é para mim o maior dos prazeres? Não é um entendimento de alma que engloba e engendra todas as felicidades da vida? Teu amor retorna a mim puro e inteiro, quero saber que ideia foi bastante poderosa para me privar dele por tanto tempo. Sim, tenho mais ciúmes de um pensamento que de todas as mulheres juntas. O amor é imenso mas não é infinito, ao passo que a Ciência tem profundezas sem limites onde eu não poderia te ver penetrar sozinho. Detesto tudo o que pode se interpor entre nós. Se obtivesses a glória que buscas, eu me sentiria infeliz; não te daria ela, então, intensos gozos? Só eu, senhor, devo ser a fonte de seus prazeres.

– Não, não foi uma ideia, meu anjo, que me lançou nesse belo caminho, mas um homem.
– Um homem? – ela exclamou com terror.
– Te lembras, Pepita, do oficial polonês que hospedamos em nossa casa, em 1809?
– Sim, lembro! – disse ela. – Com frequência me impacientei por minha memória me fazer recordar seus dois olhos semelhantes a línguas de fogo, as covas acima de suas sobrancelhas nas quais se viam carvões do inferno, seu crânio volumoso sem cabelos, seus bigodes retorcidos, seu rosto anguloso, devastado!... E que calma assustadora em seu andar!... Se houvesse vaga nos albergues, certamente ele não teria dormido aqui.
– Esse fidalgo polonês chamava-se Adam de Wierzchownia – continuou Balthazar. – Quando à noite nos deixaste a sós no salão, passamos casualmente a falar de química. Forçado pela miséria a deixar o estudo dessa ciência, ele se fizera soldado. Creio que foi por ocasião de um copo de água açucarada que nos reconhecemos como adeptos. Quando eu disse a Mulquinier para trazer açúcar em torrões, o capitão teve um gesto de surpresa. "O senhor estudou química?", ele me perguntou. "Com Lavoisier", respondi. "O senhor é bem feliz de ser livre e rico", exclamou. E de seu peito saiu um daqueles suspiros de homem que revelam um inferno de dores oculto num crânio ou encerrado num coração; enfim, foi algo de ardente, de concentrado, que a palavra não exprime. Concluiu seu pensamento por um olhar que me gelou. Depois de uma pausa, disse-me que, estando a Polônia quase morta, refugiara-se na Suécia. Tinha buscado lá consolos no estudo da química, pela qual sempre tivera uma vocação irresistível. "Pois bem", acrescentou, "vejo que o senhor reconhece, como eu, que a goma arábica, o açúcar e o amido em pó produzem uma substância absolutamente semelhante e, à análise, um mesmo resultado *qualitativo*." Fez outra pausa e, após ter-me examinado com um olhar perscrutador, disse-me confidencialmente e em voz baixa umas

palavras solenes, das quais só restou em minha memória o sentido geral; mas as acompanhou com um poder de voz, uma inflexão calorosa e uma força no gesto que me revolveram as entranhas e golpearam meu entendimento como um martelo batendo na bigorna. "Eis aqui, em resumo, os raciocínios que foram para mim o carvão posto por Deus na língua de Isaías, pois meus estudos com Lavoisier me permitiam perceber todo o seu alcance. Senhor", ele me disse, "a paridade dessas três substâncias, aparentemente tão distintas, levou-me a pensar que todas as produções da natureza deviam ter um mesmo princípio. Os trabalhos da química moderna provaram a verdade dessa lei, para a parte mais considerável dos efeitos naturais. A química divide a criação em duas porções distintas: a natureza orgânica, a natureza inorgânica. Por abranger todas as criações vegetais ou animais em que se mostra uma organização mais ou menos aperfeiçoada, ou, para ser mais exato, uma maior ou menor motilidade que determina uma quantidade maior ou menor de sentimento, a natureza orgânica é, com certeza, a parte mais importante de nosso mundo. Ora, a análise reduziu todos os produtos dessa natureza a quatro corpos simples que são três gases – o azoto, o hidrogênio e o oxigênio – e um outro corpo simples não metálico e sólido, o carbono. Ao contrário, a natureza inorgânica, pouco variada, desprovida de movimento, de sentimento, e à qual se pode recusar a capacidade de crescimento que Lineu levianamente lhe atribuiu, conta com 53 corpos simples cujas diferentes combinações formam todos os seus produtos. É provável que os meios sejam mais numerosos lá onde existem menos resultados?... Assim, a opinião de meu antigo mestre é que esses 53 corpos têm um princípio comum, modificado outrora pela ação de um poder hoje extinto, mas que o gênio humano deve fazer reviver. Pois bem, suponha por um momento que a atividade desse poder voltasse a despertar, teríamos uma química unitária. As naturezas orgânica e inorgânica repousariam provavelmente sobre quatro princípios, e, se conseguíssemos decompor o azoto, que devemos considerar como uma negação, teríamos apenas três. Eis-nos já próximos do grande Ternário dos antigos e dos alquimistas da Idade Média, dos quais zombamos sem razão. A química moderna não é senão isso. É muito e é pouco. É muito, pois a química se habituou a não recuar diante de nenhuma dificuldade. É pouco em comparação com o que resta a fazer. O acaso serviu bem a essa bela Ciência! Assim, essa lágrima de carbono puro cristalizado, o diamante, não parecia ser a última substância que era possível criar? Os antigos alquimistas, que acreditavam ser o ouro decomponível, consequentemente factível, recuavam à ideia de produzir o diamante, no entanto descobrimos a natureza e a lei de sua composição. Quanto a mim", disse ele, "fui mais longe! Uma experiência me demonstrou que o misterioso Ternário, com que os homens se ocupam há um tempo imemorial, de modo nenhum será encontrado nas análises atuais, que carecem de direção a um ponto fixo. A experiência é a seguinte. Semeie sementes de agrião (para tomar uma substância entre outras da natureza orgânica) em flor[33] de enxofre (para tomar igualmente um corpo simples). Regue as sementes com água destilada para não deixar penetrar nos produtos da germinação nenhum princípio estranho. As sementes germinam, crescem num meio conhecido alimentando-se apenas de princípios conhecidos pela análise. Corte várias vezes a haste das plantas, a fim de obter delas uma quantidade suficiente de cinzas, fazendo-as queimar e podendo assim operar sobre uma certa massa. Pois bem, ao analisar essas cinzas, o senhor encontrará ácido silícico, alumínio, fosfato e carbonato de cálcio, carbonato de magnésio, sulfato, carbonato de potássio e óxido de ferro, como se o agrião tivesse nascido na terra, à beira d'água. Ora, essas substâncias não existiam nem no enxofre, corpo simples, que servia de solo à planta, nem na água empregada para regá-la e cuja composição

---

33. Nome dado na antiga química a compostos obtidos por sublimação ou por oxidação prolongada em contato com o ar. (N.T.)

é conhecida; mas, como elas não estão tampouco na semente, não podemos explicar a presença delas senão supondo um elemento comum aos corpos contidos no agrião e àqueles que lhe serviram de meio. Assim o ar, a água destilada, o enxofre puro e as substâncias produzidas pela análise do agrião, isto é, a potassa, a cal, a magnésia, a alumina etc., teriam um princípio comum que vagueia na atmosfera tal como a faz o sol. Dessa irrecusável experiência", ele exclamou, "deduzi a existência do *Absoluto*! Uma substância comum a todas as criações, modificada por uma força única, tal é a posição clara e nítida do problema oferecido pelo Absoluto e que me parece *pesquisável*. Aí o senhor encontrará o misterioso Ternário, diante do qual se ajoelhou, em todos os tempos, a Humanidade: a matéria primeira, o meio, o resultado. Descobrirá esse terrível número três em todas as coisas humanas, ele domina as religiões, as ciências e as leis. Neste ponto", disse-me ele, "a guerra e a miséria interromperam meus trabalhos. O senhor foi discípulo de Lavoisier, o senhor é rico e dispõe de tempo, posso portanto comunicar-lhe minhas conjeturas. Eis o objetivo que minhas experiências pessoais me fizeram entrever. A *Matéria una* deve ser um princípio comum aos três gases e ao carbono. O *Meio* deve ser o princípio comum à eletricidade negativa e à eletricidade positiva. Tente a descoberta das provas que estabelecerão essas duas verdades, o senhor terá a razão suprema de todos os efeitos da natureza. Oh! Senhor, quando se leva aqui", disse ele batendo na testa, "a última palavra da criação, pressentindo o Absoluto, acaso é viver ser arrastado no movimento desse amontoado de homens que se lançam, em horas fixas, uns contra os outros sem saber o que fazem? Minha vida atual é exatamente o inverso de um sonho. Meu corpo vai, vem, age, encontra-se no meio de ferro, homens e canhões, atravessa a Europa ao sabor de uma força à qual obedeço desprezando-a. Minha alma não tem nenhuma consciência desses atos, ela permanece fixa, mergulhada numa ideia, insensibilizada por essa ideia, a busca do Absoluto, a busca desse princípio pelo qual sementes, absolutamente semelhantes, postas num mesmo meio, produzem uma cálices brancos, outra, cálices amarelos! Fenômeno aplicável aos bichos-da-seda que, alimentados das mesmas folhas e constituídos sem diferenças aparentes, fazem uns seda amarela, outros, seda branca; enfim, aplicável ao próprio homem que muitas vezes tem legitimamente filhos em tudo dessemelhantes da mãe e dele. A dedução lógica desse fato não implica, aliás, a razão de todos os efeitos da natureza? E o que pode haver de mais conforme a nossas ideias de Deus do que acreditar que ele fez tudo pelo meio mais simples? A adoração pitagórica pelo *um* de onde saem todos os números e que representa a matéria una; pelo número *dois*, a primeira agregação e o modelo de todas as outras, e pelo número *três*, que em todos os tempos configurou Deus, ou seja, a Matéria, a Força e o Produto não resumiam tradicionalmente o conhecimento confuso do Absoluto? Stahl,[34] Becher,[35] Paracelso,[36] Agrippa,[37] todos os grandes pesquisadores de causas ocultas tinham como palavra de ordem o Trismegisto, que quer dizer o grande Ternário. Os ignorantes, habituados a condenar a alquimia, essa química transcendente, certamente não sabem que nos ocupamos em justificar as pesquisas apaixonadas desses grandes homens! Encontrado o Absoluto, eu tentaria então compreender o Movimento. Ah!, enquanto me alimento de pólvora e dou ordens a homens para morrerem bastante inutilmente, meu antigo mestre acumula descobertas sobre descobertas, ele voa para o Absoluto! E eu? Morrerei como um cão, no canto de uma bateria!" Quando esse pobre homem retomou

---

34. Célebre inventor (1660-1734) da teoria flogística. (N.T.)

35. Químico alemão (1635-1682) que parece ter sido o primeiro a estabelecer de maneira precisa a existência de corpos indecomponíveis e a dos corpos compostos. (N.T.)

36. Médico e químico (1493-1541) que pesquisou o elixir da longa vida. (N.T.)

37. Alquimista (1486-1535), conselheiro de Carlos V. (N.T.)

um pouco de calma, ele me disse com uma espécie de fraternidade tocante: "Se eu descobrisse uma experiência por fazer, a legaria ao senhor antes de morrer". – Minha Pepita – disse Balthazar apertando a mão da mulher –, lágrimas de raiva correram pelas faces encovadas desse homem, enquanto ele lançava em minha alma o fogo de um raciocínio que Lavoisier timidamente já fizera, sem ousar entregar-se a ele.

– Como! – exclamou a sra. Claës, que não pôde impedir-se de interromper o marido. – Esse homem, ao passar uma noite sob nosso teto, nos roubou tua afeição, destruiu, por uma única frase e uma única palavra, a felicidade de uma família? Ó meu querido Balthazar! Acaso esse homem fez o sinal da cruz? Examinaste-o bem? Somente o Tentador tem esses olhos amarelos de onde sai o fogo de Prometeu. Sim, somente o demônio podia te arrancar de mim. Desde esse dia, não foste mais pai, nem esposo, nem chefe de família.

– Que é isso? – disse Balthazar, erguendo-se no quarto e lançando um olhar penetrante à mulher. – Censuras teu marido por elevar-se acima dos outros homens, a fim de poder dispor a teus pés a púrpura divina da glória, como uma mínima oferenda comparada aos tesouros do teu coração! Ignoras o que fiz nestes três anos? Passos de gigante, minha Pepita! – disse ele, animando-se. Seu rosto pareceu então à mulher mais cintilante sob o fogo do gênio do que o fora sob o fogo do amor, e ela chorou ao escutá-lo. – Combinei o cloro e o azoto, decompus vários corpos até agora considerados como simples, descobri novos metais. Olha – disse ele, vendo as lágrimas da mulher –, decompus as lágrimas. As lágrimas contêm um pouco de fosfato de cálcio, cloreto de sódio, muco e água. – Continuou a falar sem perceber a horrível convulsão que agitava a fisionomia de Joséphine, ele havia montado a Ciência que o levava na garupa, de asas abertas, distante do mundo material. – Essa análise, minha querida, é uma das melhores provas do sistema do Absoluto. Toda vida implica uma combustão. Conforme a maior ou menor atividade do fogo, a vida é mais ou menos persistente. Assim, a destruição do mineral é indefinidamente retardada, porque nele a combustão é virtual, latente ou imperceptível. Assim, os vegetais que se refrescam incessantemente pela combinação da qual resulta a umidade vivem indefinidamente e existem vários vegetais contemporâneos do último cataclismo. Mas, sempre que a natureza aperfeiçoa um aparelho, sempre que, com um objetivo ignorado, nele põe o sentimento, o instinto ou a inteligência, três graus definidos no sistema orgânico, esses três organismos requerem uma combustão cuja atividade é a razão direta do resultado obtido. O homem, que representa o mais alto grau da inteligência e é o único a nos oferecer um aparelho do qual resulta um poder semicriador, o *pensamento!*, é, entre as criações zoológicas, aquela em que a combustão se encontra no grau mais intenso, e cujos poderosos efeitos são de certo modo revelados pelos fosfatos, sulfatos e carbonatos que seu corpo fornece em nossa análise. Não seriam essas substâncias os vestígios deixados pela ação do fluido elétrico, princípio de toda fecundação? Não se manifestaria nele a eletricidade por combinações mais variadas do que em qualquer outro animal? Não teria ele faculdades maiores que as das outras criaturas para absorver porções mais fortes do princípio absoluto e não as assimilaria para compor com elas, numa máquina mais perfeita, sua força e suas ideias? Creio que sim. O homem é um balão de ensaio. Assim, em minha opinião, o idiota seria aquele cujo cérebro contém a menor quantidade de fósforo ou qualquer outro produto do eletromagnetismo; o louco, aquele cujo cérebro os contém em excesso; o homem comum os teria em pouca quantidade, e o homem de gênio estaria saturado deles num grau conveniente. O homem constantemente enamorado, o carregador, o dançarino, o glutão são os que deslocariam a força resultante de seu aparelho elétrico. Assim, nossos sentimentos...

— Basta, Balthazar! Tu me assustas, cometes um sacrilégio. Então meu amor seria...

– Matéria etérea que se libera – disse Claës – e que certamente é o segredo do Absoluto. Imagina, então, se eu for o primeiro! Se descubro, se descubro, se descubro! – ao dizer essas três palavras em tons diferentes, seu rosto foi passando gradativamente à expressão do inspirado. – Faço os metais, faço os diamantes, repito a natureza – exclamou.

– Serás mais feliz por isso? – ela perguntou com desespero. – Maldita Ciência, maldito demônio! Esqueces, Claës, que cometes o pecado do orgulho de que Satã foi culpado. Queres desafiar Deus.

– Oh! Oh! Deus!

– Seria negá-lo! – ela exclamou torcendo as mãos. – Claës, Deus dispõe de um poder que nunca terás.

A esse argumento que parecia anular sua querida Ciência, ele olhou a mulher, trêmulo:

– Qual? – perguntou.

– A força única, o movimento. Foi o que percebi através dos livros que me forçaste a ler. Analisa as flores, os frutos, o vinho de Málaga; certamente descobrirás seus princípios que provêm, como os do agrião, de um meio que lhes parece ser estranho; podes, a rigor, encontrá-los na natureza; mas, ao reuni-los, farás essas flores, esses frutos, o vinho de Málaga? Terás os incompreensíveis efeitos do sol, terás a atmosfera da Espanha? Decompor não é criar.

– Se eu descobrir a força coercitiva, poderei criar.

– Vejo que nada te deterá! – disse Pepita com uma voz desesperada. – Oh! Meu amor, estás morto, eu te perdi. – Desatou a chorar, e seus olhos, animados pela dor e a santidade dos sentimentos que vertiam, brilharam mais belos do que nunca através de suas lágrimas. – Sim, morreste para tudo – ela prosseguiu enquanto soluçava. – Vejo que a Ciência é mais poderosa em ti do que tu mesmo, e seu voo te levou muito alto para que tornes a descer e a ser o companheiro de uma pobre mulher. Que felicidade posso te oferecer ainda? Ah, queria acreditar, triste consolo, que Deus te criou para manifestar suas obras e cantar seus louvores, que encerrou em teu seio uma força irresistível que te domina. Mas não, Deus é bom, ele deixaria em teu coração alguns pensamentos para uma mulher que te adora, para os filhos que deves proteger. Sim, somente o demônio pode te ajudar a andar sozinho em meio a esses abismos sem saída, nessas trevas onde não és iluminado pela fé que vem do alto, mas por uma horrível crença em tuas faculdades! De outra forma, não terias percebido, meu amor, que devoraste novecentos mil francos nos últimos três anos? Oh! Faze-me justiça, tu, meu deus na terra, não te censuro em nada. Se fôssemos somente nós, eu te traria toda a nossa fortuna e te diria: "Toma, lança em teu forno, faz dela fumaça", e riria de vê-la dissipar-se nos ares. Se fosses pobre, eu sairia a mendigar sem vergonha, para conseguir o carvão necessário à manutenção de teu forno. Enfim, se eu te fizesse, precipitando-me contigo, descobrir teu execrável Absoluto, Claës, nele me precipitaria com felicidade, pois colocas tua glória e tuas delícias nesse segredo ainda não descoberto. Mas nossos filhos, Claës, nossos filhos? Que será deles se não descobrires logo esse segredo do inferno? Sabes por que veio Pierquin? Ele vinha te pedir trinta mil francos que deves e não tens. Tuas propriedades não são mais tuas. Eu disse a ele que tinhas esses trinta mil francos, a fim de poupar-te o embaraço que te causariam suas perguntas; mas, para quitar essa dívida, pensei em vender nossa velha baixela de prata.

    Ela viu os olhos do marido se umedecerem e lançou-se desesperadamente a seus pés erguendo para ele mãos suplicantes.

    – Meu amor – ela exclamou –, cessa por um momento tuas pesquisas, economizemos o dinheiro necessário que precisarás para retomá-las mais tarde, se não puderes renunciar a prosseguir tua obra. Oh! Eu não a julgo, soprarei teus fornos, se quiseres; mas não reduzas nossos filhos à miséria; não podes mais amá-los, a Ciência devorou teu coração, mas não legues a eles uma vida infeliz em troca da felicidade que lhes devias.

O sentimento materno quase sempre foi o mais fraco em meu coração, sim, muitas vezes desejei não ser mãe a fim de poder me unir mais intimamente à tua alma, à tua vida! Assim, para sufocar meus remorsos, devo defender junto a ti a causa de teus filhos antes da minha.

Seus cabelos haviam se desenrolado e flutuavam sobre os ombros, seus olhos dardejavam sentimentos como se fossem flechas, ela triunfou sobre sua rival, Balthazar a enlaçou, a levou até o canapé, pôs-se a seus pés.

– Então te causei desgostos – disse ele com o acento de um homem que despertasse de um sonho penoso.

– Pobre Claës, causarás ainda outros contra a tua vontade – disse ela, passando a mão sobre os cabelos dele. – Vamos, vem sentar junto a mim – acrescentou, mostrando-lhe o lugar no canapé. – Olha, já esqueço tudo, pois estás de volta. Repararemos tudo, mas não te afastarás mais de tua mulher, não é? Diz que sim. Deixa-me exercer sobre teu coração, meu grande e belo Claës, essa influência feminina tão necessária à felicidade dos artistas infelizes, dos grandes homens sofredores! Tu me tratarás com aspereza, me despedaçarás, se quiseres, mas permite contrariar-te um pouco para o teu bem. Jamais abusarei do poder que me concederes. Sê famoso, mas sê feliz também. Não nos prefiras à Química. Escuta, seremos complacentes, permitiremos que a Ciência partilhe conosco teu coração; mas sê justo, concede-nos nossa metade. Diz, meu desprendimento não é sublime?

Ela fez Balthazar sorrir. Com aquela arte maravilhosa que as mulheres possuem, havia levado a mais alta questão para o terreno do gracejo no qual as mulheres são exímias. No entanto, embora ela parecesse rir, seu coração estava tão violentamente contraído que lhe foi difícil retomar o movimento uniforme e suave de seu estado habitual; mas, vendo renascer nos olhos de Balthazar a expressão que a encantava, que era a glória dela e que revelava seu antigo poder que ela acreditava perdido, Joséphine disse a ele, sorrindo:

— Acredita, Balthazar, a natureza nos fez para sentir, e, embora queiras que sejamos apenas máquinas elétricas, teus gases, tuas matérias etéreas jamais explicarão o dom que possuímos de entrever o futuro.

— Sim — ele retomou —, pelas afinidades. O poder de visão que faz o poeta e o poder de dedução que faz o cientista estão fundados em afinidades invisíveis, intangíveis e imponderáveis que o vulgo põe na categoria dos fenômenos morais, mas que são efeitos físicos. O profeta vê e deduz. Infelizmente, esse tipo de afinidades são muito raras e pouco perceptíveis para serem submetidas à análise ou à observação.

— Isto — disse ela dando-lhe um beijo —, para afastar a Química que sem querer havia despertado, isto seria então uma afinidade?

— Não, é uma combinação: duas substâncias com o mesmo *sinal* não produzem nenhuma atividade...

— Vamos, cala-te — disse ela. — Tu me farias morrer de dor. Sim, eu não suportaria, querido, ver minha rival até nos transportes do teu amor.

— Mas, minha querida, eu só penso em ti, meus trabalhos são a glória de minha família, estás no fundo de todas as minhas esperanças.

— Vejamos, olha para mim!

Esta cena a embelezou como uma mulher jovem, e, de toda a sua pessoa, o marido via apenas a cabeça acima de uma nuvem de musselina e de rendas.

— Sim, cometi um grave erro em te abandonar pela Ciência. Agora, quando recair em minhas preocupações, tu me arrancarás delas, minha Pepita, eu quero!

Ela baixou os olhos e deixou que ele lhe tomasse a mão, sua maior beleza, mão ao mesmo tempo poderosa e delicada.

— E eu quero ainda mais — disse ela.

– És tão deliciosamente bela que tudo podes obter.
– Quero destruir teu laboratório e encadear tua Ciência – ela falou, lançando um fogo pelos olhos.
– Está bem, que a Química vá para o inferno!
– Este momento apaga todas as minhas dores – ela continuou. – Agora, faze-me sofrer, se quiseres.

Ao ouvir essa frase, as lágrimas dominaram Balthazar.

– Tens razão, eu não te via senão através de um véu, e não te ouvia mais.

– Se se tratasse apenas de mim – ela disse –, eu teria continuado a sofrer em silêncio; mas teus filhos têm necessidade de consideração, Claës. Asseguro-te que se continuasses a dissipar tua fortuna, ainda que tua meta fosse gloriosa, a sociedade não levaria isso em conta e sua reprovação recairia sobre os teus. Não deve ser suficiente a ti, homem de tão alto espírito, que tua mulher tenha chamado tua atenção para um perigo que não percebias? Não falemos mais disso – e lançou-lhe um sorriso e um olhar cheio de seduções. – Esta noite, meu Claës, não sejamos felizes pela metade.

No dia seguinte a essa noite tão grave na vida desse casal, Balthazar Claës, de quem Joséphine certamente obtivera algumas promessas relativamente à cessação de seus trabalhos, não subiu a seu laboratório e ficou junto dela o dia todo. No outro dia, a família fez os preparativos para ir ao campo onde permaneceu cerca de dois meses, só voltando à cidade para se ocupar da festa com que Claës queria, como outrora, celebrar o aniversário de seu casamento. Balthazar obteve então, dia a dia, as provas do desarranjo que seus trabalhos e sua despreocupação haviam causado em seus negócios. Em vez de agravar a ferida com observações, sua mulher sempre achava paliativos aos males consumados. Dos sete domésticos que Claës tinha na última recepção que dera, restava apenas Lemulquinier, a cozinheira Josette e uma velha aia chamada Martha, que não havia abandonado a patroa desde sua saída do convento; portanto era impossível receber a alta sociedade da cidade com um número tão pequeno de servidores. A sra. Claës sobrepujou as dificuldades fazendo vir de Paris um cozinheiro, contratando o serviço do filho do jardineiro e pedindo emprestado o criado de Pierquin. Assim, ninguém perceberia ainda as dificuldades da família. Durante os vinte dias em que duraram os preparativos, a sra. Claës soube enganar com habilidade a desocupação do marido: ora o encarregava de escolher as flores raras que deviam ornar a escada principal, a galeria e os aposentos; ora o enviava a Dunquerque para obter alguns de seus peixes monstruosos, glória das mesas domésticas nas províncias do Norte. Uma festa como a que Claës oferecia era uma questão importante, que exigia uma série de cuidados e uma correspondência ativa, num país onde as tradições de hospitalidade colocam em jogo a honra das famílias, um jantar sendo, para os patrões e os criados, como uma vitória a obter sobre os convidados. As ostras chegavam de Ostende, os faisões eram encomendados da Escócia, as frutas vinham de Paris; enfim, os menores acessórios não deviam desmentir o luxo patrimonial. Aliás, o baile da Casa Claës tinha uma espécie de celebridade. A sede do departamento sendo então Douai, essa noitada inaugurava de certo modo a temporada de inverno e dava o tom a todas as da região. Assim, durante quinze anos Balthazar havia se esforçado por se distinguir e fora tão bem-sucedido que se contavam histórias a seu respeito num raio de vinte léguas ao redor, e se falava das roupas, dos convidados, dos pequenos detalhes, das novidades que lá foram vistas, ou dos acontecimentos que lá se passaram. Esses preparativos, portanto, impediram Claës de pensar na busca do Absoluto. Ao retornar à vida doméstica e à vida social, o cientista reencontrou seu amor-próprio de homem, de flamengo, de dono da casa, e sentiu prazer em surpreender seu meio. Quis imprimir um caráter a essa festa por algum novo requinte e escolheu, entre todos os caprichos do luxo, o mais belo, o mais rico, o mais passageiro, fazendo de sua casa um bosque de plantas raras e preparando buquês de flores para as mulheres. Os outros detalhes da festa correspondiam a esse luxo inusitado, nada devia deixar de produzir efeito. Mas, na tarde do dia marcado, o boletim 29 e as notícias do desastre sofrido pelo exército na Rússia e no rio Beresina chegaram à cidade. Uma tristeza profunda e verdadeira se apoderou dos habitantes de Douai que, por um sentimento patriótico, se recusaram unanimemente a dançar. Entre as cartas que chegaram da Polônia a Douai, uma delas era para Balthazar. O sr. de Wierzchownia, então em Dresden onde morria, dizia ele, de um ferimento recebido num dos últimos combates, quisera legar a seu anfitrião algumas ideias que, depois de seu encontro, tivera relativamente ao Absoluto. Essa carta mergulhou Claës numa profunda meditação que parecia honrar seu patriotismo; mas sua mulher não se enganou. Para ela, a festa significou um duplo luto. Essa noitada, durante a qual a Casa Claës lançava seu último esplendor, teve algo de triste e sombrio em meio a tanta magnificência, a curiosidades acumuladas por seis gerações que tiveram cada qual sua mania, e que os habitantes de Douai puderam admirar pela última vez.

 A rainha desse dia foi Marguerite, então com dezesseis anos, e que os pais apresentaram à sociedade. Ela atraiu todos os olhares por uma extrema simplicidade, por seu ar cândido e sobretudo por sua fisionomia que combinava com essa casa. Era realmente a moça flamenga tal como os pintores do país a representaram; uma cabeça perfeitamente redonda e cheia; cabelos castanhos, lisos na fronte e separados em dois bandós; olhos cinzentos, mesclados de verde; belos braços, uma gordura que não prejudicava a beleza; um ar tímido, mas, em sua testa alta e plana, uma firmeza que se ocultava sob uma calma e uma doçura aparentes. Sem ser triste nem melancólica, não parecia ser muito brincalhona. A reflexão, a ordem, o sentimento do dever, as três principais expressões do caráter flamengo, animavam seu rosto, frio à primeira vista, mas para o qual o olhar era novamente atraído por uma certa graça nos contornos e por um tranquilo orgulho que era uma prova de felicidade doméstica.

Por uma singularidade que os fisiologistas ainda não explicaram, não tinha nenhum traço da mãe nem do pai, e oferecia uma viva imagem de sua avó materna, uma Conyncks, de Bruges, cujo retrato, conservado preciosamente, atestava a semelhança.

A ceia deu alguma vida à festa. Se os desastres do exército impediam os prazeres da dança, ninguém pensou que deviam ser excluídos os prazeres da mesa. Os patriotas logo se retiraram. Os indiferentes permaneceram com alguns jogadores e vários amigos de Claës; mas, imperceptivelmente, essa casa tão brilhantemente iluminada, na qual se reuniam todos os notáveis de Douai, foi entrando no silêncio; por volta de uma hora da madrugada, a galeria ficou deserta, as luzes se apagaram de salão a salão. Finalmente o pátio interno, por um momento tão ruidoso, tão luminoso, voltou a ficar triste e sombrio: imagem profética do futuro que esperava a família. Quando os Claës retornaram a seus aposentos, Balthazar fez sua mulher ler a carta do polonês, ela a devolveu com um gesto triste, prevendo o futuro.

De fato, a partir desse dia, Balthazar mal disfarçou o desgosto e o tédio que o dominavam. De manhã, após o desjejum em família, brincava por um momento no salão com o filho Jean, conversava com as duas filhas ocupadas em coser, bordar ou fazer rendas, parecia estar cumprindo um dever. Quando a mulher tornava a descer após ter-se vestido, ela o encontrava sempre sentado na poltrona, olhando Marguerite e Félicie, sem se impacientar com o ruído de seus carretéis. Quando chegava o jornal, lia-o lentamente, como um negociante aposentado que não sabe como passar o tempo. Depois levantava-se, contemplava o céu através das vidraças, voltava a sentar-se e atiçava o fogo sonhadoramente, como um homem em quem a tirania das ideias tirasse a consciência de seus movimentos. A sra. Claës lamentou vivamente sua falta de instrução e de memória. Era-lhe difícil sustentar por muito tempo uma conversa interessante; aliás, isso é talvez impossível para dois seres que se disseram tudo e são forçados a buscar objetos de distração fora da vida do coração ou da vida material. A vida do coração tem seus momentos e quer oposições; os detalhes da vida material não poderiam ocupar por muito tempo espíritos superiores habituados a se decidirem prontamente; e a sociedade é insuportável para as almas amantes. Dois seres solitários que se conhecem inteiramente devem, portanto, buscar seus divertimentos nas regiões mais altas do pensamento, pois é impossível opor uma coisa pequena ao que é imenso. Além disso, quando um homem se acostumou a manejar coisas grandes, ele não consegue ser divertido, se não conserva no fundo do coração aquele princípio de candura, aquele abandono que torna as pessoas de gênio graciosamente crianças; mas essa infância do coração, não é ela um fenômeno muito raro naqueles cuja missão é ver tudo, saber tudo, compreender tudo?

Durante os primeiros meses, a sra. Claës saiu dessa situação crítica por esforços extraordinários que o amor ou a necessidade lhe sugeriram. Ora quis aprender o gamão, que nunca pudera jogar e, por um prodígio bastante concebível, acabou por aprender; ora interessava Balthazar pela educação das filhas, pedindo-lhe para dirigir suas leituras. Esses recursos se esgotaram. Chegou um momento em que Joséphine viu-se diante de Balthazar como Madame de Maintenon[38] diante de Luís XIV; mas ela não tinha, para distrair o senhor enfastiado, nem as pompas do poder, nem as astúcias de uma corte que sabia representar comédias como a da embaixada do rei de Sião ou do sufi da Pérsia. Reduzido, após ter consumido a França, a expedientes de filho de família para conseguir dinheiro, o monarca não tinha mais nem juventude, nem sucesso e sentia uma terrível impotência em meio às grandezas; a servidora real, que soubera embalar os filhos, nem sempre soube embalar o pai,

---

38. Marquesa de Maintenon (1635-1799): casou-se com Luís XIV em 1684. (N.E.)

que sofria por ter abusado das coisas, dos homens, da vida e de Deus. Mas Claës sofria de potência em excesso. Oprimido por um pensamento que o angustiava, sonhava com as pompas da Ciência, com tesouros para a humanidade e, para ele, a glória. Sofria como sofre um artista às voltas com a miséria, como Sansão atado às colunas do templo. O efeito era o mesmo para esses dois soberanos, embora o monarca intelectual estivesse oprimido por sua força e o outro por sua fraqueza. O que podia Pepita sozinha contra essa espécie de nostalgia científica? Depois de usar os meios que lhe ofereciam as ocupações de família, ela chamou a sociedade em seu socorro, oferecendo dois cafés por semana. Em Douai, os cafés substituem os chás. Um café é uma reunião na qual, durante uma noitada, os convidados bebem vinhos requintados e licores abundantes nas adegas desse abençoado país, comem guloseimas, tomam café preto, ou café com leite gelado, enquanto as mulheres cantam romanças, conversam sobre roupas ou contam-se os mexericos da cidade. São sempre os quadros de Miéris ou de Terburg, menos as plumas vermelhas nos chapéus pontudos, menos as violas e os belos trajes do século XVI. Mas os esforços que Balthazar fazia para desempenhar bem o papel de dono da casa, sua afabilidade de empréstimo, os fogos de artifício de seu espírito, tudo indicava a profundidade do mal pela fadiga que demonstrava no dia seguinte.

Essas festas contínuas, frágeis paliativos, atestaram a gravidade da doença. Esses galhos que Balthazar encontrava ao rolar no precipício retardaram sua queda, mas a tornaram mais pesada. Se nunca falou de suas antigas ocupações, se não emitiu um lamento ao sentir a impossibilidade que se impusera de recomeçar suas experiências, tinha, no entanto, os gestos tristes, a voz fraca, o abatimento de um convalescente. Seu tédio transparecia, às vezes, na maneira como pegava as pinças para, distraidamente, construir no fogo alguma fantástica pirâmide com os pedaços de carvão. Quando chegava a hora de dormir, experimentava um contentamento visível; o sono certamente o desembaraçava de um pensamento inoportuno; depois, no dia seguinte, levantava-se melancólico antevendo a jornada a atravessar e parecia medir o tempo que precisava consumir como um viajante cansado contempla um deserto a transpor. Embora conhecesse a causa desse langor, a sra. Claës procurava ignorar o quanto eram extensas suas devastações. Cheia de coragem contra os sofrimentos do espírito, ela não tinha forças contra as generosidades do coração. Não ousava interrogar Balthazar quando ele escutava as conversas das filhas e os risos de Jean com o aspecto de um homem ocupado por um pensamento secreto; mas estremecia ao vê-lo sacudir sua melancolia e procurar, por um sentimento generoso, parecer alegre para não entristecer ninguém. Os galanteios do pai às duas filhas, ou suas brincadeiras com Jean, enchiam de lágrimas os olhos de Joséphine, que se afastava para esconder as emoções que lhe causava um heroísmo cujo preço as mulheres conhecem bem e que lhes parte o coração; a sra. Claës tinha então vontade de dizer: "Mata-me e faz o que quiseres!". Insensivelmente, os olhos de Balthazar perderam seu brilho e adquiriram aquela tonalidade glauca que entristece os dos velhos. Suas atenções para com a mulher, suas palavras, tudo nele ficou pesado. Esses sintomas, que se agravaram no final do mês de abril, assustaram a sra. Claës, para quem esse espetáculo era intolerável e que já se reprovara mil vezes por admirar a fé flamenga com que o marido cumpria sua palavra. Um dia em que Balthazar lhe pareceu mais abatido do que nunca, ela não hesitou mais em sacrificar tudo para devolvê-lo à vida.

— Meu amor — disse ela —, eu te desobrigo de teus juramentos.

Balthazar olhou-a com espanto.

— Estás pensando em tuas experiências? — ela continuou.

Ele respondeu com um gesto de assustadora vivacidade.

Em vez de dirigir-lhe alguma censura, a sra. Claës, que tivera tempo de sondar o abismo no qual os dois iam rolar, pegou-lhe a mão e apertou-a, sorrindo:

– Obrigada, amigo, estou certa de meu poder, tu me sacrificaste mais do que tua vida. A mim, agora, os sacrifícios! Embora eu já tenha vendido alguns de meus diamantes, ainda restam vários, juntando-lhes os de meu irmão, para te conseguir o dinheiro necessário a teus trabalhos. Eu destinava essas joias a nossas filhas, mas tua glória não lhes dará outras mais cintilantes? E não devolverás a elas, um dia, diamantes ainda mais belos?

A alegria que subitamente iluminou o rosto do marido levou ao auge o desespero de Joséphine; ela viu com dor que a paixão desse homem era mais forte do que ele. Claës confiava em sua obra para andar sem tremer num caminho que, para a mulher, era um abismo. A ele a fé, a ela a dúvida, a ela o fardo mais pesado: não sofre a mulher sempre por dois? Nesse momento, ela se comprazia em acreditar no sucesso, querendo justificar a si mesma sua cumplicidade na dilapidação provável de sua fortuna.

– O amor de toda a minha vida não seria bastante para reconhecer teu devotamento, Pepita – disse Claës, enternecido.

Mal terminou de dizer essas palavras, Marguerite e Félicie entraram e disseram-lhes bom-dia. A sra. Claës baixou os olhos e ficou um momento confusa diante das filhas, cuja fortuna acabava de ser alienada em favor de uma quimera, enquanto o marido sentava as duas sobre os joelhos e conversava alegremente com elas, feliz de poder despejar a alegria de que fora tomado. A partir de então, a sra. Claës entrou na vida ardente do marido. O futuro dos filhos e a consideração do pai deles foram para ela motivos tão poderosos como eram a glória e a ciência para Claës. Assim, essa infeliz mulher não teve mais uma hora de calma quando todos os diamantes da casa foram vendidos em Paris por intermédio do padre de Solis, seu diretor espiritual, e os fabricantes de produtos químicos recomeçaram suas remessas.

Constantemente agitada pelo demônio da Ciência e pela fúria de pesquisa que devorava o marido, ela vivia numa espera contínua e permanecia como morta durante dias inteiros, pregada em sua *bergère* pela violência mesma de seus desejos, os quais, não achando alimento, como os de Balthazar nos trabalhos de laboratório, atormentavam sua alma com dúvidas e temores. Em alguns momentos, reprovando sua complacência por uma paixão cuja meta era impossível e que o padre de Solis condenava, levantava-se, ia até a janela do pátio interno e olhava com terror a chaminé do laboratório. Se dali saía fumaça, contemplava-a com desespero, as ideias mais contrárias agitavam seu coração e seu espírito. Via dissipar-se em fumaça a fortuna dos filhos, mas ela salvava a vida do pai: não era seu primeiro dever fazê-lo feliz? Esse último pensamento a acalmava por um instante. Ela obtivera a permissão de entrar no laboratório e lá permanecer, mas logo teve de renunciar a essa triste satisfação. Sentia ali sofrimentos muito vivos ao ver Balthazar não se ocupar nem um pouco dela e parecer mesmo incomodado, muitas vezes, por sua presença; sentia impaciências ciumentas, a vontade cruel de fazer explodir a casa, onde males enormes a faziam morrer. Lemulquinier tornou-se então para ela uma espécie de barômetro: se o ouvia assobiar, quando ia e vinha para servir o almoço ou o jantar, ela adivinhava que as experiências do marido estavam dando certo e que ele alimentava a esperança de um próximo êxito; se Lemulquinier se mostrava triste, soturno, ela dirigia-lhe um olhar de dor, Balthazar estava descontente. A dona da casa e o criado acabaram por se compreender, apesar do orgulho de uma e da submissão arrogante do outro. Frágil e sem defesa contra as terríveis prostrações do pensamento, essa mulher sucumbia sob as alternativas da esperança e da desesperança que, para ela, se faziam mais pesadas com as inquietudes da mulher amante e as ansiedades da mãe preocupada com a família. O silêncio desolador que outrora lhe gelava o coração, ela o partilhava sem perceber com o ar sombrio que reinava na casa, e dias inteiros transcorriam no salão sem um sorriso, muitas vezes sem uma palavra. Por uma triste previsão materna, ela acostumava as filhas aos trabalhos domésticos, procurava torná-las bastante hábeis em algum ofício de mulher, para que dele pudessem viver se caíssem na miséria. A calmaria dessa casa encobria, portanto, terríveis agitações. No final do verão, Balthazar havia devorado o dinheiro dos diamantes vendidos em Paris por intermédio do velho padre de Solis e endividara-se de uns vinte mil francos na casa Protez e Chiffreville.

Em agosto de 1813, cerca de um ano depois da cena pela qual esta história começa, se Claës fizera algumas belas experiências que ele infelizmente desdenhava, seus esforços haviam sido nulos quanto ao objeto principal de suas pesquisas. No dia em que concluiu a série de seus trabalhos, o sentimento de sua impotência o esmagou; a certeza de ter inutilmente dissipado somas consideráveis o desesperou. Foi uma terrível catástrofe. Ele abandonou o sótão, desceu lentamente até o salão, lançou-se numa poltrona em meio aos filhos e ali permaneceu alguns instantes, como morto, sem responder às perguntas que a mulher lhe fazia; as lágrimas o dominaram, ele retirou-se para que ninguém testemunhasse sua dor; Joséphine o acompanhou e o levou a seu quarto onde, a sós com ela, Balthazar deixou vazar seu desespero. Essas lágrimas de homem, as palavras de artista desanimado, os lamentos do pai de família tiveram um caráter de terror, ternura e loucura que causou mais mal à sra. Claës do que todas as suas dores passadas. A vítima consolou o algoz. Quando Balthazar disse, com um terrível acento de convicção:

– Sou um miserável, jogo com a vida de meus filhos, com a tua e para deixá-los felizes eu devia matar-me! – Essa frase a atingiu no coração; conhecendo o caráter do marido e temendo que ele realizasse em seguida esse voto de desespero, ela experimentou uma daquelas revoluções que agitam a vida em sua fonte e que foi tanto mais funesta porque Pepita conteve seus violentos efeitos ostentando uma enganadora calma.

— Meu amor — disse ela —, consultei não Pierquin, cuja amizade não é tão grande para que ele não sinta algum prazer secreto em nos ver arruinados, mas um velho que para mim é como um bondoso pai. O padre de Solis, meu confessor, deu-me um conselho que nos salva da ruína. Ele veio ver teus quadros. O valor dos que se acham na galeria pode servir para pagar todas as somas hipotecadas sobre tuas propriedades e o que deves à casa Protez e Chiffreville, pois certamente tens lá uma conta a saldar, não é?

Claës fez um sinal afirmativo baixando a cabeça, cujos cabelos haviam embranquecido.

— O padre de Solis conhece os Happe e Duncker de Amsterdã; eles são loucos por quadros e desejosos de ostentar, como os novos ricos, uma riqueza que só é permitida a antigas casas; eles pagarão pelos nossos todo o seu valor. Assim recuperaremos nossos rendimentos e poderás, com um valor que deve chegar a cem mil ducados, usar uma parte do capital para continuar tuas experiências. Tuas duas filhas e eu nos contentaremos com pouco. Com o tempo e com economia, substituiremos por outros quadros os espaços vazios e viverás feliz!

Balthazar ergueu a cabeça e olhou a mulher com uma alegria mesclada de temor. Os papéis haviam mudado. A esposa tornava-se a protetora do marido. Esse homem terno, cujo coração era tão coerente com o de sua Joséphine, segurava-a nos braços sem perceber a horrível convulsão que a fazia palpitar, agitando-lhe os cabelos e os lábios por uma contração nervosa.

— Eu não ousava te dizer que apenas um fio de cabelo me separa do Absoluto. Para gaseificar os metais, não me falta senão achar um modo de submetê-los a um imenso calor em que a pressão da atmosfera seja nula, enfim, num vácuo absoluto.

A sra. Claës não pôde suportar o egoísmo dessa resposta. Esperava agradecimentos apaixonados por seus sacrifícios e encontrava um problema de química. Deixou bruscamente o marido, desceu ao salão e caiu na *bergère* entre as filhas assustadas, pondo-se a chorar; Marguerite e Félicie tomaram-lhe cada qual uma das mãos, ajoelharam-se de cada lado da *bergère* chorando como ela, sem saber a causa de sua tristeza e perguntaram-lhe várias vezes: "O que houve, mamãe?".

– Pobres crianças! Sinto que estou morrendo.

Essa resposta fez estremecer Marguerite que, pela primeira vez, percebeu no rosto da mãe os traços da palidez particular às pessoas cuja pele é morena.

– Martha, Martha! – gritou Félicie. – Venha, mamãe precisa de você!

A velha aia acorreu da cozinha e, ao ver a brancura esverdeada nesse rosto levemente bronzeado e tão vigorosamente colorido, exclamou em espanhol:

– Corpo de Cristo! A patroa está morrendo!

Saiu precipitadamente, disse a Josette que aquecesse água para um banho de pés e voltou para junto da patroa.

– Não assuste o patrão, não lhe diga nada, Martha – exclamou a sra. Claës. – Pobres queridas filhas – acrescentou, apertando contra seu coração Marguerite e Félicie num movimento desesperado –, eu queria viver bastante para vê-las felizes e casadas. Martha – continuou –, diga a Lemulquinier que vá à casa do padre de Solis para pedir-lhe que venha até aqui.

Esse raio repercutiu necessariamente até a cozinha. Josette e Martha, ambas devotadas à sra. Claës e às filhas, foram atingidas na única afeição que tinham. Essas terríveis palavras: "A patroa está morrendo por causa do patrão, faz depressa um banho de pés com mostarda!", haviam arrancado frases interjetivas a Josette, que as lançava a Lemulquinier. Este, frio e impassível, comia sentado no canto da mesa, diante de uma das janelas por onde a claridade do pátio entrava na cozinha, onde tudo estava limpo como no toucador de uma dama.

– Tinha que acabar assim! – dizia Josette, olhando para o criado e subindo num banquinho para pegar numa prateleira um caldeirão que reluzia como ouro. – Não há mãe que possa ver com sangue-frio um pai divertir-se em dissipar uma fortuna como a do patrão, para fazer dela picadinho!

Josette, que tinha a cabeça coberta por uma touca pregueada semelhante a um quebra-nozes alemão, lançou a Lemulquinier um olhar ácido que a cor verde de seus olhos inflamados tornava quase venenoso. O velho criado ergueu os ombros num gesto digno de Mirabeau impacientado, depois enfiou na boca uma fatia de pão com manteiga coberto de acepipes.

– Em vez de apoquentar o patrão, a patroa devia dar-lhe dinheiro, logo estaríamos todos ricos, nadando em ouro! Falta muito pouco para chegarmos lá...

– Então você que tem vinte mil francos guardados, por que não os oferece ao patrão? É o seu patrão! E já que está tão certo do que ele vem fazendo...

– Você não entende nada disso, Josette, trate de aquecer a água – respondeu o flamengo, interrompendo a cozinheira.

– Entendo o bastante para saber que havia aqui mil marcos de prataria, que você e seu patrão fundiram, e que, se continuarem agindo assim, logo virarão fumaça e não restará mais nada.

– E o patrão – disse Martha intervindo – matará a patroa para se livrar de uma mulher que o retém e o impede de tudo devorar. Ele está possuído pelo demônio, está se vendo! O mínimo que você arrisca ao ajudá-lo, Mulquinier, é sua alma, se acaso a tiver, pois está aí como uma pedra de gelo, enquanto tudo em volta é desolação. As mocinhas choram como Madalenas. Vá correndo chamar o padre de Solis!

– Tenho serviços para o patrão, arrumar o laboratório – disse o criado-grave. – É muito longe daqui até o bairro de Esquerchin. Vá você mesma.

– Está vendo esse monstro?! – disse Martha. – Quem dará o banho de pés na patroa? Quer deixá-la morrer? Ela está a desmaiar.

– Mulquinier – disse Marguerite, chegando à sala que precedia à cozinha –, ao voltar da casa do padre de Solis, peça ao sr. Pierquin para mandar vir o médico imediatamente.

– Viu? Você irá – disse Josette.

– Senhorita, o patrão disse-me para arrumar seu laboratório – respondeu Lemulquinier, virando-se para as duas mulheres que ele olhou com um ar despótico.

– Papai – disse Marguerite ao sr. Claës, que descia nesse momento –, não poderias deixar-nos Mulquinier para que o enviemos à cidade?

– Você irá, seu vilão chinês! – disse Martha, ao ouvir o sr. Claës colocar Lemulquinier às ordens da filha.

A pouca dedicação do criado pela casa era o grande motivo de disputa entre essas duas mulheres e Lemulquinier, cuja frieza tivera por resultado exaltar a dedicação de Josette e da aia. Essa luta aparentemente tão mesquinha influiu muito sobre o futuro dessa família, quando, mais tarde, ela precisou de auxílio contra a desgraça. Balthazar voltou a ficar tão distraído que não se deu conta do estado doentio em que se achava Joséphine. Pôs Jean sobre os joelhos e o fez saltar maquinalmente, pensando no problema que a partir de agora tinha a possibilidade de resolver. Viu trazerem o banho de pés à sua mulher que, não tendo forças de levantar-se da *bergère* onde jazia, permanecera no salão. Inclusive olhou para as duas filhas que se ocupavam da mãe, sem indagar a causa daqueles cuidados. Quando Marguerite ou Jean queriam falar, a sra. Claës pedia silêncio, mostrando-lhes Balthazar. Uma tal cena dava o que pensar a Marguerite, que, colocada entre o pai e a mãe, já tinha idade e sensatez suficientes para apreciar a conduta deles. Chega um momento na vida interior das famílias em que os filhos se tornam, voluntária ou involuntariamente, os juízes de seus pais. A sra. Claës compreendera o perigo dessa situação. Por amor a Balthazar, procurava justificar aos olhos de Marguerite aquilo que, no espírito justo de uma moça de dezesseis anos, podia se afigurar como faltas num pai. Assim o profundo respeito que a sra. Claës mostrava por Balthazar nessa circunstância, apagando-se diante dele para não perturbar sua meditação, transmitia aos filhos uma espécie de terror pela majestade paterna. Mas esse devotamento, por contagioso que fosse, aumentava ainda mais a admiração que Marguerite tinha pela mãe, com quem partilhava mais particularmente as vicissitudes diárias da vida. Esse sentimento se baseava numa espécie de adivinhação de sofrimentos cuja causa devia naturalmente preocupar uma moça. Nenhuma força humana podia impedir que, às vezes, uma palavra que Martha ou Josette deixavam escapar revelasse a Marguerite a origem da situação vivida pela casa nos últimos quatro anos. Assim, apesar da discrição da sra. Claës, sua filha descobria aos poucos, imperceptivelmente, fio a fio, a trama misteriosa desse drama doméstico. Marguerite haveria de ser, num certo momento, a confidente ativa da mãe e, no desfecho, o mais temível dos juízes. Desse modo, todas as atenções da sra. Claës se dirigiam a Marguerite, a quem procurava transmitir seu devotamento por Balthazar. A firmeza e a razão que ela via na filha faziam-na estremecer à ideia de uma possível luta entre Balthazar e Marguerite, quando esta, após sua morte, a substituísse na condução interna da casa. Essa pobre mulher, portanto, passara a temer mais as consequências de sua morte do que essa morte mesma. Sua solicitude por Balthazar se expunha na resolução que acabara de tomar. Ao liberar os bens do marido, ela assegurava-lhe a independência e evitava toda discussão ao separar seus interesses dos interesses dos filhos; esperava vê-lo feliz até o momento em que ela fechasse os olhos; depois contava transmitir as delicadezas de seu coração a Marguerite, que continuaria a desempenhar junto dele o papel de um anjo de amor, exercendo sobre a família uma autoridade tutelar e conservadora. Não era isso fazer luzir, mesmo do fundo do túmulo, o amor pelos que lhe eram caros? Contudo, não quis desconsiderar o pai aos olhos da filha, iniciando-a antes do tempo nos terrores que lhe inspirava a paixão científica de Balthazar; ela estudava a alma e o caráter de Marguerite para saber se essa jovem se tornaria espontaneamente uma mãe para os irmãos e a irmã, e para o pai uma mulher doce e terna. Com isso, os últimos dias da sra. Claës eram envenenados por cálculos e por temores que ela não ousava confiar a ninguém. Ao sentir-se atingida na própria vida por essa última cena, lançava seus olhares ao futuro, enquanto Balthazar, daí por diante inábil para tudo o que fosse economia, fortuna, sentimentos domésticos, pensava em encontrar o Absoluto. O profundo silêncio que reinava no salão só era interrompido pelo movimento monótono do pé de Claës que continuava a movê-lo sem ter percebido que Jean havia descido. Sentada perto da mãe, de quem contemplava o rosto pálido e desfeito, Marguerite virava-se de quando em quando para o pai, espantando-se com sua insensibilidade. Em breve a porta da rua ressoou ao fechar-se, e a família viu o padre de Solis, apoiado em seu sobrinho, atravessar lentamente o pátio.

– Aí está o sr. Emmanuel – disse Félicie.

– O bom rapaz! – disse a sra. Claës, ao avistar o jovem Emmanuel de Solis – Tenho prazer em revê-lo.

Marguerite corou ao ouvir o elogio que escapava da mãe. Havia dois dias que o aspecto desse jovem despertara em seu coração sentimentos desconhecidos e movimentara em sua inteligência pensamentos até então inertes. Durante a visita feita pelo confessor à sua penitente, haviam se passado aqueles acontecimentos imperceptíveis que ocupam um grande lugar na vida e cujos resultados foram bastante importantes para exigir aqui a descrição dos dois novos personagens introduzidos no seio da família. A sra. Claës tinha por princípio realizar em segredo suas práticas de devoção. Seu diretor espiritual, quase desconhecido em sua casa, comparecia pela segunda vez; mas ali, como em toda parte, não havia como não sentir uma espécie de enternecimento e de admiração à visão do tio e do sobrinho. O padre de Solis, velho octogenário de cabeleira prateada, mostrava um rosto decrépito em que a vida parecia ter-se recolhido nos olhos. Andava com dificuldade, pois, de suas duas pernas miúdas, uma terminava por um pé horrivelmente deformado, contido numa espécie de saco de veludo que o obrigava a servir-se de uma muleta quando não contava com o braço do sobrinho. Seu dorso arqueado, seu corpo ressequido ofereciam o espetáculo de uma natureza sofredora e frágil, dominada por uma vontade de ferro e por um casto espírito religioso que a conservara. Esse padre espanhol, notável por um vasto saber, por uma devoção verdadeira, por conhecimentos muito amplos, fora sucessivamente dominicano, grande penitenciário em Toledo e vigário-geral do arcebispado de Malinas, na Bélgica. Sem a Revolução Francesa, a proteção dos Casa-Real o teria levado às mais altas dignidades da Igreja; mas o pesar que lhe causou a morte do jovem duque, seu discípulo, desgostou-o de uma vida ativa e ele se consagrou inteiramente à educação do sobrinho, que ficara órfão muito cedo. Por ocasião da conquista da Bélgica, ele se fixou junto à sra. Claës. Desde a juventude, o padre de Solis professara por Santa Teresa um entusiasmo que o conduziu, com a tendência de seu espírito, para a parte mística do cristianismo. Ao encontrar em Flandres, onde a srta. Bourignon[39] e outros escritores iluminados e quietistas fizeram mais prosélitos, um grupo de católicos afeitos a suas crenças, lá permaneceu de bom grado, tanto mais porque foi considerado como um patriarca por essa comunidade particular na qual se continua a seguir as doutrinas dos místicos, apesar das censuras que atingiram Fénelon e Madame Guyon. Seus costumes eram rígidos, sua vida, exemplar, e dizia-se que tinha êxtases. Não obstante o desprendimento que um religioso tão severo devia ter pelas coisas deste mundo, a afeição que ele tinha pelo sobrinho o fazia cuidadoso de seus interesses. Quando se tratava de uma obra de caridade, o velho apelava à contribuição dos fiéis de sua igreja antes de recorrer à própria fortuna, mas sua autoridade patriarcal era tão reconhecida, suas intenções eram tão puras e sua perspicácia se enganava tão raramente, que todos atendiam a seus pedidos. Para se

---

39. Escritora flamenga (1616-1680) que propunha abandonar toda a liturgia em proveito de um culto interior e místico. (N.T.)

ter uma ideia do contraste entre o tio e o sobrinho, seria preciso comparar o velho a um salgueiro oco que vegeta à beira d'água, e o jovem a uma roseira-brava carregada de rosas, cuja haste elegante e reta se eleva do seio da árvore musgosa, como se a quisesse aprumar. Severamente educado pelo tio, que o guardava junto a si como uma matrona guarda uma virgem, Emmanuel tinha aquela sensibilidade melindrosa, aquela candura meio sonhadora, flores passageiras de todas as juventudes, mas persistentes nas almas nutridas de princípios religiosos. O velho padre reprimira a expressão dos sentimentos voluptuosos em seu discípulo, preparando-o para os sofrimentos da vida por trabalhos contínuos, por uma disciplina quase claustral. Essa educação, que devia entregar Emmanuel completamente novo ao mundo e fazê-lo feliz se tivesse sorte em suas primeiras afeições, o revestira de uma pureza angélica que dava à sua pessoa o encanto que as moças possuem. Seus olhos tímidos, mas sustentados por uma alma forte e corajosa, lançavam uma luz que vibrava na alma como o som do cristal espalha suas ondulações no ouvido. Seu rosto expressivo, embora simétrico, caracterizava-se por uma grande precisão nos contornos, pela disposição acertada das linhas e pela calma profunda que a paz do coração oferece. Tudo nele era harmonioso. Os cabelos negros, os olhos e as sobrancelhas escuras realçavam ainda mais a tez clara e de cores vivas. A voz era a esperada de um rosto tão belo. Seus movimentos femininos combinavam com a melodia da voz, com o brilho terno do olhar. Ele parecia ignorar a atração provocada pela reserva um pouco melancólica de sua atitude, pela contenção de suas palavras, pelos cuidados respeitosos que prodigalizava ao tio. Ao vê-lo examinando o andar tortuoso do velho padre para prever seus dolorosos desvios de modo a não contrariá-los, olhando de longe o que podia ferir os pés e conduzindo-o pelo melhor caminho, era impossível não reconhecer em Emmanuel os sentimentos generosos que fazem do homem uma sublime criatura. Ele parecia tão grande, ao amar o tio sem julgá-lo, ao obedecer-lhe sem nunca discutir suas ordens, que todos queriam ver uma predestinação no nome suave que lhe dera a madrinha. Quando, em sua própria casa ou na casa dos outros, o velho exercia seu despotismo de dominicano, Emmanuel erguia às vezes a cabeça tão nobremente, como para afirmar sua força diante das exigências de um outro homem, que as pessoas de coração se comoviam, como os artistas à visão de uma grande obra, pois os belos sentimentos não ressoam menos fortemente na alma por suas concepções vivas do que pelas realizações da arte.

Emmanuel havia acompanhado o tio quando este viera à casa de sua penitente para examinar os quadros da Casa Claës. Sabendo por Martha que o padre de Solis estava na galeria, Marguerite, que desejava ver esse homem célebre, achara um falso pretexto qualquer para ir ter com a mãe, a fim de satisfazer sua curiosidade. Tendo entrado de maneira estouvada, fingindo a leviandade sob a qual as moças escondem tão bem seus desejos, ela encontrara junto ao velho, vestido de preto, curvado, arqueado e cadavérico, o frescor, o rosto delicioso de Emmanuel. Os olhares igualmente jovens, igualmente ingênuos desses dois seres, exprimiram o mesmo espanto. Emmanuel e Marguerite certamente já se haviam visto um ao outro em seus sonhos. Os dois baixaram os olhos e os ergueram em seguida num mesmo movimento, deixando escapar uma mesma confissão. Marguerite tomou o braço da mãe, falou-lhe em voz baixa por compostura, e abrigou-se, por assim dizer, sob a asa materna, esticando o pescoço num movimento de cisne para olhar de novo Emmanuel que, por seu lado, permanecia preso ao braço do tio. Embora bem distribuída para valorizar cada tela, a pouca claridade da galeria favoreceu essa troca de olhares furtivos que são a alegria dos tímidos. Certamente nenhum dos dois chegou, mesmo em pensamento, àquele *sim* pelo qual começam as paixões; mas ambos sentiram aquela agitação profunda que remexe o coração e sobre a qual, na juventude, cada um guarda para si o segredo, por gula ou por pudor. A primeira impressão que faz transbordar uma sensibilidade há muito guardada é seguida em todos os jovens do assombro meio estúpido que os primeiros sons musicais causam nas crianças. Entre as crianças, algumas riem e pensam, outras só riem depois de ter pensado; mas aquelas cuja alma é chamada a viver de poesia ou de amor escutam por muito tempo e voltam a pedir a melodia por um olhar onde já se acende o prazer, onde desponta a curiosidade do infinito. Se amamos irresistivelmente os lugares onde fomos, em nossa infância, iniciados nas belezas da harmonia, se nos lembramos com delícia do músico e mesmo do instrumento, como não amar a criatura que pela primeira vez nos revela as músicas da vida? O primeiro coração onde aspiramos o amor não é como uma pátria? Emmanuel e Marguerite foram, um para o outro, essa voz musical que desperta um sentido, essa mão que ergue véus de nuvens e mostra as praias banhadas pela luz do meio-dia. Quando a sra. Claës deteve o velho diante de um quadro de Guido[40] que representava um anjo, Marguerite avançou a cabeça para ver qual seria a impressão de Emmanuel, e o jovem buscou Marguerite para comparar o mudo pensamento da tela ao pensamento vivo da criatura. Essa involuntária e encantadora lisonja foi compreendida e saboreada. O velho padre louvava gravemente a bela composição e a sra. Claës lhe respondia; mas os dois adolescentes estavam silenciosos. Assim foi o encontro deles. A luz misteriosa da galeria e a tranquilidade da casa contribuíam para gravar mais fundo no coração os traços delicados daquela vaporosa miragem. Os mil pensamentos confusos que acabavam de afluir a Marguerite se acalmaram, fizeram em sua alma uma vastidão límpida e tingiram-se de um raio luminoso quando Emmanuel balbuciou algumas frases ao despedir-se da sra. Claës. Essa voz, cujo timbre fresco e aveludado espalhava

---

40. Pintor italiano (1575-1642). (N.T.)

no coração encantamentos extraordinários, completou a revelação súbita que Emmanuel causara e que haveria de fecundar a seu favor; pois o homem que o destino utiliza para despertar o amor no coração de uma jovem ignora muitas vezes sua obra e a deixa então inacabada. Marguerite inclinou-se muito confusa e despediu-se com um olhar onde parecia pintar-se o lamento de perder essa pura e encantadora visão. Como a criança, ela queria outra vez sua melodia. Esse adeus foi dito ao pé da velha escada, diante da porta do salão onde ela entrou, olhando o tio e o sobrinho até que a porta da rua se fechasse. A sra. Claës estivera muito ocupada com assuntos graves, abordados na conversa com o diretor espiritual, para poder examinar a fisionomia da filha. No momento em que o padre de Solis e o sobrinho apareceram pela segunda vez, ela estava ainda mais violentamente perturbada para notar o rubor que coloriu o rosto de Marguerite, revelando as fermentações do primeiro prazer num coração virgem. Quando o velho padre foi anunciado, Marguerite retomara seu bordado, e pareceu estar tão atenta no trabalho que saudou o tio e o sobrinho sem olhar para eles. O sr. Claës retribuiu maquinalmente a saudação que o padre de Solis lhe fez e saiu do salão como um homem levado por suas ocupações. O velho dominicano sentou-se junto à sua penitente, lançando-lhe um daqueles olhares profundos com que sondava as almas; bastara-lhe ver o sr. Claës e sua mulher para adivinhar uma catástrofe.

– Meus filhos – disse a mãe –, vão ao jardim. Marguerite, mostra a Emmanuel as tulipas de teu pai.

Meio envergonhada, Marguerite tomou Félicie pelo braço, olhou para o rapaz, que corou e, para disfarçar, saiu do salão levando Jean. Quando os quatro chegaram ao jardim, Félicie e Jean foram para um lado e deixaram Marguerite, que, estando quase a sós com o jovem de Solis, levou-o até o canteiro de tulipas invariavelmente arranjado do mesmo modo, todo ano, por Lemulquinier.

— Gosta de tulipas? – perguntou Marguerite, depois de ficar por um momento no mais completo silêncio, sem que Emmanuel parecesse querer rompê-lo.

— São flores bonitas, senhorita, mas, para gostar delas, certamente é preciso conhecê-las, saber apreciar suas belezas. Essas flores me deslumbram. O hábito do trabalho, no pequeno quarto escuro onde moro junto ao meu tio, me faz certamente preferir o que é suave aos olhos.

Ao dizer essas últimas palavras, ele contemplou Marguerite, mas sem que esse olhar cheio de confusos desejos contivesse qualquer alusão à brancura fosca, à calma, às cores delicadas que faziam do rosto dela uma flor.

— Então trabalha muito? – retomou Marguerite, conduzindo Emmanuel a um banco de madeira com encosto pintado de verde. – Daqui – disse ela –, não verá as tulipas tão de perto, elas lhe fatigarão menos os olhos. Tem razão, essas cores ofuscam e ferem a vista.

— Em que trabalho? – disse o rapaz, após um momento de silêncio durante o qual alisava com o pé a areia da aleia. – Trabalho em todo tipo de coisas. Meu tio queria que eu fosse padre...

— Oh! – fez Marguerite, ingenuamente.

— Eu resisti, não me sentia com vocação. Mas foi preciso muita coragem para contrariar os desejos do meu tio. Ele é tão bom, gosta tanto de mim! Recentemente pagou um homem para me livrar do recrutamento, a mim, pobre órfão.

— E o que quer ser então? – perguntou Marguerite, que pareceu querer retomar a frase, deixando escapar um gesto e acrescentando: – Desculpe, deve estar me achando muito curiosa.

— Oh! Senhorita – disse Emmanuel olhando-a com admiração e ternura ao mesmo tempo –, ninguém, com exceção do meu tio, ainda me fez essa pergunta. Estudo para ser professor. Que mais posso querer? Não sou rico. Se puder ser diretor de um colégio em Flandres, terei com que viver modestamente e casarei com uma mulher simples a quem amarei muito. Essa é a vida que tenho em perspectiva. Talvez por isso eu prefira uma bonina em que todos pisam, na planície de Orchies, a essas belas tulipas cheias de ouro, púrpura, safira e esmeralda que representam uma vida faustosa, assim como a bonina representa uma vida doce e patriarcal, a vida de um pobre professor como serei.

– Sempre chamei as boninas, até agora, de margaridas – disse ela.

Emmanuel de Solis corou fortemente e buscou uma resposta remexendo a areia com os pés. Não sabendo escolher entre as ideias que lhe vinham e que lhe pareciam tolices, depois embaraçado pela demora em responder, falou:

– Não me atrevia a pronunciar seu nome... – E não terminou.

– Professor! – ela disse.

– Oh! Senhorita, serei professor para ter uma profissão, mas quero realizar obras que possam me tornar mais útil. Tenho muito gosto pelos trabalhos históricos.

– Ah!

Esse ah! cheio de pensamentos secretos deixou o rapaz ainda mais envergonhado, ele pôs-se a rir como um tolo e disse:

– Você me faz falar de mim, senhorita, quando eu deveria falar apenas de você.

– Acho que minha mãe e seu tio terminaram a conversa – disse ela olhando através das janelas do salão.

– Achei sua mãe bastante mudada.

– Ela está sofrendo, sem querer nos dizer o motivo de seus sofrimentos, e não podemos senão padecer com suas dores.

De fato, a sra. Claës acabava de terminar uma consulta delicada, que envolvia um caso de consciência que somente o padre de Solis podia resolver. Prevendo uma ruína completa, ela queria reter, à revelia de Balthazar, que pouco se preocupava com seus negócios, uma quantia considerável sobre o valor dos quadros que o padre de Solis se encarregara de vender na

Holanda, a fim de ocultá-la e reservá-la para o momento em que a miséria pesasse sobre a família. Após uma madura deliberação e tendo apreciado as circunstâncias nas quais se achava a penitente, o velho dominicano aprovara esse ato de prudência. E ele partiu para se ocupar dessa venda, que devia ser secreta para não prejudicar ainda mais a reputação do sr. Claës. O velho enviou o sobrinho com uma carta de recomendação a Amsterdã, onde o jovem, encantado de poder servir à Casa Claës, conseguiu vender os quadros da galeria aos célebres banqueiros Happe e Duncker, por uma soma declarada de 85 mil ducados da Holanda, e por outros quinze mil que seriam dados em segredo à sra. Claës. Os quadros eram tão bem conhecidos que bastava, para fechar o negócio, a resposta de Balthazar à carta que a casa Happe e Duncker lhe escreveu. Emmanuel de Solis foi encarregado por Claës de receber o dinheiro dos quadros, que ele enviou secretamente a fim de que a cidade de Douai não tomasse conhecimento dessa venda. Por volta do final de setembro, Balthazar quitou as quantias que lhe haviam sido emprestadas, desonerou seus bens e retomou seus trabalhos; mas a Casa Claës fora despojada de seu mais belo ornamento. Cego por sua paixão, ele não demonstrou nenhum pesar, tinha tanta certeza de poder logo reparar essa perda que fizera essa venda com cláusula de retrovenda. Cem telas pintadas nada significavam aos olhos de Joséphine comparadas à felicidade doméstica e à satisfação do marido; aliás, ela mandou encher a galeria com os quadros que estavam nos aposentos de recepção e, para dissimular o vazio que eles deixavam na casa da frente, mudou a posição dos móveis. Pagas as dívidas, Balthazar teve cerca de duzentos mil francos à sua disposição para recomeçar suas experiências. O padre de Solis e seu sobrinho foram os depositários dos quinze mil ducados reservados pela sra. Claës. Para aumentar essa soma, o padre vendeu os ducados que os acontecimentos da guerra continental haviam feito valorizar. Cento e setenta mil francos em escudos foram enterrados na adega da casa habitada pelo padre de Solis. A sra. Claës teve a triste felicidade de ver o marido constantemente ocupado durante cerca de oito meses. Contudo, rudemente atingida pelo golpe que ele lhe desferira, caiu num estado de langor que haveria necessariamente de piorar. A Ciência devorou tão completamente Balthazar que nem os reveses sofridos pela França, nem a primeira queda de Napoleão, nem o retorno dos Bourbon o tiraram de suas ocupações; ele não era nem marido, nem pai, nem cidadão; era químico. Por volta do fim do ano de 1814, a sra. Claës chegara a um grau de definhamento que não lhe permitia mais deixar o leito. Não querendo vegetar no quarto onde vivera feliz, onde as lembranças de sua felicidade extinta lhe teriam inspirado involuntárias e opressivas comparações com o presente, ela permanecia no salão. Os médicos haviam favorecido o anseio de seu coração, achando essa peça mais arejada, mais alegre e mais conveniente a seu estado do que seu quarto. O leito onde essa mulher infeliz se esvaía foi colocado entre a lareira e a janela que dava para o jardim. Ela passou ali seus últimos dias santamente ocupada em aperfeiçoar a alma das duas filhas, nas quais se comprazia em deixar-se irradiar o fogo da sua. Enfraquecido em suas manifestações, o amor conjugal permitiu que o amor materno se desenvolvesse. A mãe mostrou-se tanto mais afetuosa quanto tardara a sê-lo. Como todas as pessoas generosas, experimentava sublimes delicadezas de sentimentos que tomava como remorsos. Acreditando ter privado os filhos de algumas ternuras, buscava redimir suas faltas imaginárias e dava-lhes atenções e cuidados que a tornavam deliciosa para eles; queria de algum modo fazê-los viver colados a seu coração, cobri-los com suas asas desfalecentes e amá-los num dia por todos aqueles durante os quais os negligenciara. Os sofrimentos davam a seus carinhos, a suas palavras, uma untuosa tepidez que exalava de sua alma. Seus olhos acariciavam os filhos antes que sua voz os comovesse com entonações repletas de boa vontade, e sua mão parecia sempre derramar bênçãos sobre eles.

Se a Casa Claës, após ter retomado seus hábitos de luxo, logo não recebeu mais ninguém, se seu isolamento voltou a ser completo, se Balthazar não ofereceu mais festa de aniversário de seu casamento, isso não surpreendeu a cidade de Douai. Primeiro, a doença da sra. Claës pareceu uma razão suficiente para essa mudança; depois, o pagamento das dívidas deteve o curso das maledicências; enfim, as vicissitudes políticas a que Flandres foi submetida, a guerra dos Cem Dias e a ocupação estrangeira fizeram esquecer completamente o químico. Durante esses dois anos, a cidade esteve tantas vezes a ponto de ser tomada, tão seguidamente ocupada, seja pelos franceses, seja pelos inimigos, a ela vieram tantos estrangeiros, nela se refugiaram tantos camponeses, houve tantos interesses agitados, tantas existências postas em questão, tantos movimentos e desgraças, que cada um só podia pensar em si. O padre de Solis, seu sobrinho e os dois irmãos Pierquin eram as únicas pessoas que vinham visitar a sra. Claës, o inverno de 1814 a 1815 foi para ela a mais dolorosa das agonias. O marido raramente vinha vê-la, depois do jantar ficava algumas horas a seu lado, mas, como ela não tinha mais forças para sustentar uma longa conversa, ele dizia uma ou duas frases eternamente semelhantes, sentava-se, calava-se e deixava reinar no salão um silêncio assustador. Essa monotonia era quebrada nos dias em que o padre de Solis e o sobrinho passavam o serão na Casa Claës. Enquanto o velho padre jogava gamão com Balthazar, Marguerite conversava com Emmanuel junto ao leito da mãe, que sorria ante suas inocentes alegrias sem deixar perceber o quanto era ao mesmo tempo boa e dolorosa, sobre sua alma mortificada, a brisa fresca daquele amor virginal que se espalhava em ondas, de palavra em palavra. A inflexão de voz que encantava os dois adolescentes despedaçava-lhe o coração, um olhar de inteligência surpreendido entre eles trazia-lhe, a ela, quase morta, lembranças de suas horas jovens e felizes que contrastavam com a amargura do presente. Emmanuel e Marguerite tinham uma delicadeza que os fazia reprimir as deliciosas infantilidades do amor para não ofenderem uma mulher magoada cujas feridas eles instintivamente adivinhavam. Ninguém ainda observou que os sentimentos têm uma vida própria, uma natureza que procede das circunstâncias nas quais nasceram; eles conservam tanto a fisionomia dos lugares onde cresceram quanto a marca das ideias que influíram sobre seu desenvolvimento. Há paixões ardentemente concebidas que continuam ardentes, como a da sra. Claës pelo marido; depois, há sentimentos aos quais tudo sorriu, que conservam uma vivacidade matinal, suas colheitas de alegria se acompanham sempre de risos e de festas; mas há também amores fatalmente enquadrados de melancolia ou cingidos pela infelicidade, cujos prazeres são penosos, custosos, carregados de temores, envenenados por remorsos ou repletos de desesperança. O amor sepultado no coração de Emmanuel e de Marguerite, sem que nenhum dos dois compreendesse ainda que era amor, o sentimento surgido sob o arco sombrio da galeria Claës, diante de um velho padre severo, num momento de silêncio e calma, esse amor grave e discreto, mas rico em matizes suaves, em volúpias secretas, saboreadas como uvas roubadas no canto de um vinhedo, era tingido pela cor escura e a tonalidade cinzenta que o enfeitaram em suas primeiras horas. Não ousando entregar-se a nenhuma demonstração viva diante desse leito de dor, os dois adolescentes faziam seus gozos crescerem, sem que o soubessem, por uma concentração que os imprimia no fundo do coração. Eram cuidados dispensados à doente, e dos quais Emmanuel queria participar, feliz por poder unir-se a Marguerite fazendo-se antecipadamente o filho daquela mãe. Um agradecimento melancólico substituía nos lábios da moça a linguagem melosa dos amantes. Os suspiros de seus corações, repletos de alegria por uma troca de olhares, pouco se distinguiam dos suspiros arrancados ante o espetáculo da dor materna. Seus pequenos momentos de confissões indiretas, de promessas inacabadas, de desabafos comprimidos podiam se comparar às alegorias pintadas por Rafael sobre fundo negro. Ambos tinham uma certeza que não se confessavam; sabiam do sol acima deles, mas ignoravam que vento afastaria as grandes nuvens negras amontoadas sobre suas cabeças; duvidavam do futuro e, temendo serem sempre escoltados pelos sofrimentos, permaneciam timidamente nas sombras desse crepúsculo sem ousarem dizer-se: *Terminaremos juntos a jornada?*

No entanto, a ternura que a sra. Claës mostrava pelos filhos ocultava nobremente tudo o que ela calava a si mesma. Os filhos não lhe causavam nem estremecimentos, nem terror, eram seu consolo, mas não eram sua vida; ela vivia por eles, mas morria por Balthazar. Por penosa que fosse para ela a presença do marido pensativo durante horas inteiras, e que de tempo em tempo lançava-lhe um olhar monótono, ela só esquecia suas dores durante esses cruéis instantes. A indiferença de Balthazar pela esposa moribunda teria parecido criminosa a um estranho que a testemunhasse; mas a sra. Claës e as filhas haviam se acostumado a isso, conheciam o coração desse homem e o absolviam. Se, durante o dia, a sra. Claës tinha uma crise perigosa, se seu estado piorava, se parecia prestes a expirar, Claës era o único na casa e na cidade a ignorar; Lemulquinier, seu criado, o sabia; mas nem as filhas, a quem a mãe impunha o silêncio, nem a esposa lhe informavam os perigos que corria uma criatura outrora tão ardentemente amada. Quando seus passos ressoavam na galeria no momento em que vinha jantar, a sra. Claës ficava feliz, ia vê-lo, juntava suas forças para saborear essa alegria. No instante em que ele entrava, essa mulher pálida e semimorta recuperava uma cor viva, um semblante de saúde; o cientista se aproximava do leito, tomava-lhe a mão, e via-a sob essa falsa aparência; somente para ele ela estava bem. Quando ele perguntava: "Minha querida, como se sente hoje?", ela respondia: "Melhor, meu amor!", e fazia esse homem distraído acreditar que no dia seguinte ela se levantaria, se restabeleceria. A preocupação de Balthazar era tão grande que ele aceitava a doença que consumia a mulher como uma simples indisposição. Quase morta para todos, ela estava viva para ele. Uma separação completa entre os esposos foi o resultado desse ano. Claës dormia longe da mulher, levantava cedo e encerrava-se no laboratório ou no gabinete; não a vendo senão em presença das filhas ou dos dois ou três amigos que vinham visitá-la, desabituou-se dela. Esses dois seres, outrora acostumados a pensar juntos, não tiveram mais, senão de longe em longe, aqueles momentos de comunicação, abandono e desafogo que constituem a vida do coração, e chegou o momento em que essas raras volúpias cessaram. Os sofrimentos físicos vieram socorrer a pobre mulher e ajudaram-na a suportar um vazio, uma separação que a teria matado, se estivesse viva. Sentiu dores tão fortes que às vezes se alegrou por fazer que aquele que ela continuava amando não as testemunhasse. Contemplava Balthazar durante uma parte do serão e, sabendo-o feliz como ele queria ser, esposava essa felicidade que lhe dera. Bastava-lhe esse frágil gozo, ela não se perguntava mais se era amada, procurava acreditar que sim e pisava nessa camada de gelo levemente, com receio de rompê-la e de afogar seu coração num terrível nada. Como nenhum acontecimento perturbava essa calma, e a doença que devorava lentamente a sra. Claës contribuía para essa paz doméstica, mantendo a afeição conjugal num estado passivo, o tempo foi passando nesse triste estado até os primeiros dias do ano de 1816.

No final de fevereiro, o notário Pierquin desferiu o golpe que haveria de precipitar no túmulo uma mulher angélica, cuja alma, dizia o padre de Solis, era quase sem pecado.

– Senhora – ele cochichou-lhe ao ouvido num momento em que as filhas não podiam ouvir a conversa –, o sr. Claës encarregou-me de negociar um empréstimo de trezentos mil francos sobre suas propriedades, tome precauções quanto à fortuna de seus filhos.

A sra. Claës juntou as mãos, ergueu os olhos para o teto e agradeceu ao notário com uma inclinação de cabeça benevolente e um sorriso triste que o comoveram. Essa frase foi a punhalada que matou Pepita. Nesse dia ela se entregara a tristes reflexões que lhe incharam o coração e viu-se numa daquelas situações em que uma pequena pedra faz o viajante perder o equilíbrio e rolar até o fundo do precipício que por muito tempo e corajosamente costeou. Quando o notário partiu, a sra. Claës fez Marguerite trazer-lhe tudo o que era necessário para escrever, reuniu as forças e ocupou-se por alguns instantes com um escrito testamentário. Deteve-se várias vezes para contemplar a filha. Chegara a hora das confissões. Conduzindo a casa desde a doença da mãe, Marguerite realizara tão bem as esperanças da moribunda que a sra. Claës lançou sobre o futuro da família um olhar sem desespero, vendo-se reviver nesse anjo amado e forte. Certamente as duas mulheres pressentiam mútuas e tristes confidências a serem feitas, a filha olhava a mãe assim que esta a olhava, e as duas tinham lágrimas nos olhos. Várias vezes, no momento em que a mãe repousava, Marguerite dizia: "Mamãe?", como se fosse falar; depois se interrompia, como que sufocada, sem que a mãe, entregue a seus últimos pensamentos, lhe perguntasse o porquê daquela interrogação. Finalmente, a sra. Claës quis lacrar a carta; Marguerite, que lhe estendia uma vela, retirou-se por discrição para não ver a subscrição.

– Podes ler, minha filha! – disse-lhe a mãe num tom dilacerante.

Marguerite viu a mãe traçar estas palavras: *À minha filha Marguerite.*

– Conversaremos depois que eu tiver repousado – ela acrescentou, pondo a carta sob seu travesseiro.

Depois caiu sobre ele como que exausta pelo esforço que fizera e dormiu durante algumas horas. Quando despertou, as duas filhas e os dois filhos estavam ajoelhados diante de seu leito e rezavam com fervor. Esse dia era uma quinta-feira. Gabriel e Jean acabavam de chegar do colégio, trazidos por Emmanuel de Solis, havia seis meses nomeado professor de história e de filosofia.

– Queridos filhos, temos que nos dizer adeus – ela exclamou. – Não me abandonem, vocês! E aquele que...
Não terminou. – Sr. Emmanuel – disse Marguerite vendo a mãe empalidecer. – Vá dizer a meu pai que mamãe está muito mal.

O jovem Solis subiu até o laboratório e, depois de obter de Lemulquinier que Balthazar viesse lhe falar, este respondeu ao pedido urgente do rapaz: "Estou indo".

– Meu amigo – disse a sra. Claës a Emmanuel quando ele retornou –, leve meus dois filhos e vá buscar seu tio. Creio que é necessário dar-me os últimos sacramentos, gostaria de recebê-los da mão dele.

Quando se viu sozinha com as duas filhas, fez um sinal a Marguerite que, compreendendo a mãe, pediu a Félicie para retirar-se.

– Eu também precisava lhe falar, minha mãe querida – disse Marguerite que, não acreditando a mãe tão mal quanto estava, aumentou a ferida feita por Pierquin. – Há dez dias não tenho mais dinheiro para as despesas da casa e devo aos domésticos seis meses de salário. Já duas vezes quis pedir dinheiro a meu pai e não ousei fazê-lo. A senhora não sabe! Os quadros da galeria e da adega foram vendidos.

– Ele não me disse nada sobre isso – exclamou a sra. Claës.
– Ó meu Deus! Me chamais a tempo para junto de vós! Minhas pobres crianças, o que será de vocês? – fez uma prece ardente que lhe acendeu nos olhos a chama do arrependimento. – Marguerite – ela retomou tirando a carta debaixo do travesseiro –, aqui está uma carta que você só abrirá e lerá no momento em que, depois de minha morte, estiver na maior penúria, isto é, se faltar pão em casa. Minha querida Marguerite, ama bem teu pai, mas cuida de tua irmã e de teus irmãos. Dentro de alguns dias, de algumas horas talvez, estarás no comando da casa. Sê econômica. Se te achares em oposição às vontades de teu pai – e isso pode acontecer, pois ele gastou enormes somas buscando

um segredo cuja descoberta deve ser o objeto de uma glória e de uma fortuna imensas, certamente ele terá necessidade de dinheiro e talvez te peça –, procura conciliar os interesses que serás a única a proteger com o que deves a um pai, a um grande homem que sacrifica sua felicidade, sua vida, à fama de sua família; ele só pode estar errado na forma, suas intenções serão sempre nobres, é um homem excelente, seu coração está cheio de amor. Vocês tornarão a vê-lo bom e afetuoso, vocês! Eu precisava te dizer essas palavras à beira do túmulo, Marguerite. Se queres suavizar as dores de minha morte, me prometerás, filha minha, substituir-me junto a teu pai, não causar-lhe nenhum desgosto; não o censures em nada, não o julgues! Enfim, sê uma mediadora doce e complacente até que, terminada sua obra, ele volte a ser o chefe da família.

– Eu a compreendo, mãe querida – disse Marguerite beijando os olhos inflamados da moribunda –, e farei o que deseja.

– Só te cases, meu anjo – continuou a sra. Claës –, no momento em que Gabriel puder te suceder no governo dos negócios e da casa. Se te casasses, teu marido poderia não partilhar teus sentimentos, traria confusão à família e atormentaria teu pai.

Marguerite olhou a mãe e disse:
– A senhora tem alguma outra recomendação a fazer sobre meu casamento?
– Acaso hesitarias, querida filha? – disse a moribunda com pavor.
– Não – ela respondeu –, prometo obedecer.
– Pobre filha, eu não soube sacrificar-me por vocês – acrescentou a mãe derramando lágrimas abundantes –, e te peço para sacrificar-te por todos. A felicidade nos faz egoístas. Sim, Marguerite, fui fraca porque fui feliz. Sê forte, tem juízo pelos que não o terão aqui. Faz com que teus irmãos e tua irmã jamais me acusem, ama teu pai, mas não o contraries... em excesso.

Inclinou a cabeça sobre o travesseiro e não disse mais nada, suas forças a haviam traído. O combate interior entre a

Mulher e a Mãe fora demasiado violento. Uns instantes depois, chegou o clero, precedido do padre de Solis, e o salão se encheu com as pessoas da casa. Quando a cerimônia começou, a sra. Claës, que seu confessor despertara, olhou as pessoas que estavam à sua volta e não viu Balthazar.

– E meu marido? – perguntou.

Essa pergunta, na qual se resumia sua vida e sua morte, foi pronunciada num tom tão lamentável que causou um frêmito horrível entre os presentes. Apesar de sua avançada idade, Martha se lançou como uma flecha, subiu as escadas e bateu duramente à porta do laboratório.

– Patrão, sua senhora está morrendo, e o esperam para os últimos sacramentos! – bradou com a violência da indignação.

– Estou descendo – respondeu Balthazar.

Lemulquinier veio um momento depois, dizendo que o patrão já viria. A sra. Claës não cessou de olhar a porta do salão, mas o marido só apareceu no momento em que a cerimônia havia terminado. O padre de Solis e os filhos cercavam a cabeceira da moribunda. Ao ver entrar o marido, Joséphine corou e algumas lágrimas rolaram-lhe pelas faces.

– *Certamente ias decompor o azoto* – disse a ele com uma doçura de anjo que fez estremecer os que ali estavam.

– É verdade – ele exclamou com um ar alegre. – O azoto contém oxigênio e uma substância da natureza dos imponderáveis que provavelmente é o princípio da...

Elevaram-se murmúrios de horror que o interromperam e lhe devolveram sua presença de espírito.

– O que se passa? – retomou. – Então pioraste? Que aconteceu?

– Acontece, senhor – disse-lhe ao ouvido o padre de Solis, indignado –, que sua mulher está morrendo e o senhor a matou.

Sem esperar resposta, o padre tomou o braço de Emmanuel e saiu acompanhado das crianças que o conduziram até o pátio. Balthazar permaneceu como que fulminado e olhou para a mulher com lágrimas nos olhos.

— Estás morrendo e eu te matei — exclamou. — Foi o que ele disse?

— Meu amigo — ela falou —, eu só vivia por teu amor, e sem que o soubesses retiraste-me a vida.

— Deixem-nos — disse Claës aos filhos no momento em que entraram. — Acaso um único instante deixei de te amar? — continuou, sentando-se à cabeceira da mulher e tomando-lhe as mãos, que beijou.

— Meu amigo, não farei recriminações. Tu me fizeste feliz, muito feliz; não pude suportar a comparação dos primeiros dias de nosso casamento, que eram plenos, com estes últimos durante os quais deixaste de ser tu mesmo e que se esvaziaram. A vida do coração, como a vida física, tem seus combates. De seis anos para cá, morreste para o amor, para a família, para tudo o que fazia nossa felicidade. Não te falarei daquelas que são o apanágio da juventude, elas devem cessar no outono da vida; mas elas deixam frutos dos quais se alimentam as almas, uma confiança sem limites, doces hábitos; pois bem, tu me roubaste os tesouros de nossa idade. Estou partindo a tempo: não vivíamos juntos de maneira alguma, me ocultavas teus pensamentos e tuas ações. Como chegaste, então, a me temer? Alguma vez te dirigi uma palavra, um gesto, um olhar marcados de censura? Mas vendeste teus últimos quadros, vendeste até os vinhos da adega, fizeste novos empréstimos sobre teus bens sem me dizer uma palavra. Ah!, sairei então da vida, desgostosa da vida! Se cometes faltas, se te cegas buscando o impossível, acaso não te mostrei que havia em mim bastante amor para encontrar doçura em partilhar tuas faltas, em marchar sempre contigo, ainda que me levasses pelos caminhos do crime? Tu me amaste muito: essa é minha glória e minha dor. Minha doença durou muito tempo, Balthazar! Começou no dia em que, neste lugar onde vou expirar, me provaste que pertencias mais à ciência do que à família. Eis agora tua mulher morta e tua própria fortuna consumida. Tua fortuna e tua mulher te pertenciam, podias dispor delas; mas, no dia em que eu não mais estiver, minha fortuna será a de teus filhos e dela nada poderás tomar. Que será de ti? Devo-te agora a verdade, os agonizantes veem longe! Onde encontrarás agora o contrapeso a essa paixão maldita na qual converteste tua vida? Se me sacrificaste a ela, teus filhos serão de pouca importância para ti, pois devo-te a justiça de reconhecer que me preferias a tudo. Dois milhões e seis anos de trabalho foram jogados nesse abismo, e nada encontraste...

A essas palavras, Claës pôs a cabeça embranquecida entre as mãos dela e escondeu o rosto.

– Nada encontrarás senão a vergonha para ti, a miséria para teus filhos – continuou a moribunda. – Já te chamam, por derrisão, Claës, o alquimista, mais tarde será Claës, o louco! Mas eu, eu acredito em ti. Sei que és um gênio, grande, sábio; mas, para o vulgo, o gênio se assemelha à loucura. A glória é o sol dos mortos; em vida, serás infeliz como tudo o que foi grande, e arruinarás teus filhos. Parto sem ter usufruído teu renome, que me consolaria de ter perdido a felicidade. Pois bem, meu querido Balthazar, para que essa morte fosse menos amarga, eu precisaria ter a certeza de que nossos filhos terão um pedaço de pão; mas nada, nem mesmo tu, poderia acalmar minhas inquietudes...

– Eu juro – disse Claës – que...

– Não jures, meu amor, para não faltar a teus juramentos – disse ela interrompendo-o. – Devias a nós tua proteção, ela tem nos faltado há quase sete anos. A ciência é tua vida. Os grandes homens não podem ter mulher nem filhos. Devem ir sozinhos pelos caminhos da miséria! Suas virtudes não são as das pessoas vulgares, pertencem ao mundo, não poderiam pertencer a uma esposa ou a uma família. Secam a terra em torno deles como fazem as grandes árvores! Eu, pobre planta, não pude me elevar bastante alto, expiro na metade da tua vida.

Esperava este último dia para te dizer esses horríveis pensamentos, que só descobri nos clarões da dor e do desespero. Poupa meus filhos! Que essa frase ressoe em teu coração! Eu a repetirei até meu último suspiro. A mulher morreu, estás vendo? Despojaste-a lentamente e aos poucos de seus sentimentos, de seus prazeres. Ai! Sem as atenções cruéis que involuntariamente me deste, teria eu vivido tanto tempo? Mas essas pobres crianças, elas não me abandonaram! Cresceram perto de minhas dores, a mãe sobreviveu. Poupa, poupa nossos filhos.

– Lemulquinier! – bradou Balthazar com voz trovejante. O velho criado logo se apresentou. – Vá destruir tudo lá em cima, máquinas, aparelhos; faça com precaução, mas quebre tudo. Renuncio à ciência! – disse ele à esposa.

– É tarde demais – ela falou, olhando para Lemulquinier. – Marguerite! – exclamou, sentindo-se morrer. Marguerite apareceu no limiar da porta e deu um grito ao ver os olhos da mãe empalidecerem. – Marguerite! – repetiu a agonizante.

Essa última exclamação continha um apelo tão violento à filha, investia-a de tanta autoridade, que foi todo um testamento. A família assustada acorreu e viu expirar a sra. Claës, que esgotara suas últimas forças na conversa com o marido. Balthazar e Marguerite, imóveis, ela à cabeceira, ele ao pé do leito, não podiam acreditar na morte dessa mulher, cujas virtudes e a inesgotável ternura só eles conheciam. O pai e a filha trocaram um olhar carregado de pensamentos: a filha julgava o pai, o pai já tremia ao ver na filha o instrumento de uma vingança. Embora as lembranças de amor com que a mulher enchera sua vida voltassem em atropelo a assediar-lhe a memória e dessem às últimas palavras dela uma autoridade sagrada cuja voz ele haveria sempre de escutar, Balthazar duvidava de seu coração demasiado fraco contra seu gênio; além disso, ouvia um terrível rosnar de paixão que lhe negava a força de seu arrependimento e o fazia temer a si próprio. Quando essa mulher desapareceu, todos compreenderam que a Casa Claës tinha uma alma e que essa alma não mais existia. Assim, a dor foi tão intensa na família que o salão onde a nobre Joséphine parecia reviver permaneceu fechado, ninguém tinha coragem de entrar lá.

A sociedade não pratica nenhuma das virtudes que exige dos homens, ela comete crimes a toda hora, mas os comete em palavras; prepara as más ações pelo gracejo, assim como degrada o belo pelo ridículo; zomba dos filhos que choram demais por seus pais, anatematiza os que não choram o bastante; e então se diverte, ela, em sopesar os cadáveres antes que tenham esfriado. Na noite do dia em que a sra. Claës expirou, os amigos dessa mulher lançaram algumas flores sobre seu túmulo entre duas partidas de uíste, prestaram homenagem a suas belas qualidades enquanto buscavam copas ou espadas. Depois, após algumas frases lacrimosas que são a cartilha da dor coletiva e que se pronunciam com as mesmas entonações, sem mais nem menos sentimento, em todas as cidades da França e em todas as horas, cada um calculou o produto dessa sucessão. Pierquin foi o primeiro a observar, aos que conversavam sobre o fato, que a morte dessa excelente mulher era um bem para ela, o marido a fazia muito infeliz; mas que, para os filhos, era um bem ainda maior; ela não teria sabido recusar sua fortuna ao marido adorado, ao passo que agora Claës não podia mais dispor dela. E cada um avaliava a herança da sra. Claës, calculava suas economias (ela as fizera?, não as fizera?), inventariava suas joias, vasculhava seu guarda-roupa, suas gavetas, enquanto a família atribulada chorava e rezava junto ao leito mortuário. Com o olhar de um perito em avaliar fortunas, Pierquin calculou que os próprios da sra. Claës, para empregar sua expressão, podiam ainda ser recuperados e deviam chegar a uma soma de um milhão e meio de francos, representada seja pela floresta de Waignies, cujas madeiras haviam adquirido nos últimos doze anos um valor enorme – e ele contou seus bosques, suas árvores antigas e novas com reserva de corte –, seja pelos bens de Balthazar que ainda eram *bons* para *indenizar* os filhos, se os valores da liquidação não o quitassem em relação a eles. A srta. Claës, portanto, para continuar usando seu jargão, era uma moça de quatrocentos mil francos.

– Mas, se ela não se casar em breve – acrescentou –, o que a emanciparia e permitiria licitar a floresta de Waignies, liquidar a parte dos menores e empregá-la de maneira a que o pai não possa tocá-la, o sr. Claës é homem de arruinar os filhos.

Todos pensaram quais seriam, na província, os jovens capazes de pretender a mão da srta. Claës, mas ninguém fez a Pierquin o galanteio de supô-lo um deles. O notário encontrava razões para rejeitar como indignos de Marguerite todos os partidos propostos. Os interlocutores olhavam-se sorrindo, deliciando-se em prolongar essa malícia provinciana. Pierquin vira na morte da sra. Claës um acontecimento favorável a suas pretensões e já despachava o cadáver em seu proveito.

"Aquela mulher" ele pensou, voltando para casa a fim de dormir, "era orgulhosa como um pavão, jamais me teria dado a filha. Pois bem, por que não manobro agora de modo a desposá-la? O pai é um homem embriagado de carbono que não se preocupa mais com os filhos; se eu lhe pedir a mão de Marguerite, após tê-la convencido da urgência de casar-se para salvar a fortuna dos irmãos e da irmã, ele ficará contente de livrar-se de uma filha que pode importuná-lo."

Adormeceu entrevendo as belezas matrimoniais do contrato, meditando em todas as vantagens que o negócio lhe oferecia e nas garantias que ele encontrava, para sua felicidade, na pessoa da qual seria o esposo. Era difícil encontrar na província uma moça mais delicadamente bela e melhor educada do que Marguerite. Sua modéstia, sua graça eram comparáveis às da flor que Emmanuel não ousara nomear diante dela, temendo descobrir assim os desejos secretos de seu coração. Seus sentimentos eram altivos, seus princípios, religiosos; prometia ser uma casta esposa; mas ela não adulava apenas a vaidade que todo homem põe, em maior ou menor grau, na escolha da mulher, satisfazia também o orgulho do notário pela imensa consideração que a família, duplamente nobre, desfrutava em Flandres, e que o marido partilharia. No dia seguinte, Pierquin tirou do cofre algumas notas de mil francos e veio amistosamente oferecê-las a Balthazar, a fim de evitar-lhe os aborrecimentos pecuniários no momento em que estava mergulhado na dor. Tocado por essa delicada atenção, Balthazar certamente faria à filha o elogio do coração e da pessoa do notário. Mas não foi o que aconteceu. O sr. Claës e a filha acharam esse ato natural, e o sofrimento deles era muito exclusivo para que pensassem em Pierquin. De fato, o desespero de Balthazar foi tão grande que as pessoas dispostas a censurar sua conduta a perdoaram, menos em nome da Ciência que podia escusá-lo, do que graças a seus lamentos que não reparavam de modo algum o mal. A sociedade contenta-se com aparências, satisfaz-se com aquilo que ela oferece, sem verificar a qualidade; para ela, a verdadeira dor é um espetáculo, uma espécie de gozo que a dispõe a tudo absolver, mesmo um criminoso; em sua avidez de emoções, perdoa sem discernimento tanto quem a faz rir quanto quem a faz chorar, sem pedir-lhe conta dos meios.

    Marguerite completara dezenove anos quando o pai entregou-lhe o governo da casa, onde sua autoridade foi religiosamente respeitada pela irmã e pelos dois irmãos a quem, nos últimos momentos de sua vida, a sra. Claës pedira que obedecessem à primogênita. O luto realçava-lhe o branco frescor, assim como a tristeza punha em relevo sua doçura e sua paciência. Já nos primeiros dias ela prodigalizou as provas daquela coragem feminina, daquela serenidade constante que devem ter os anjos encarregados de espalhar a paz, tocando com sua verde palma os corações sofredores. Mas ao habituar-se, no entendimento prematuro de seus deveres, a ocultar suas dores, estas se tornaram ainda mais vivas; sua calma exterior estava em desacordo com a profundidade de suas sensações; e ela foi destinada a conhecer muito cedo as terríveis explosões de sentimento que o coração nem sempre consegue conter; seu pai haveria de mantê-la permanentemente pressionada entre as generosidades naturais às almas jovens e a voz de uma imperiosa necessidade. Os cálculos que a envolveram logo após a morte da mãe puseram-na às voltas com os interesses da vida, num momento em que as moças pensam apenas nos seus prazeres. Terrível educação do sofrimento que nunca faltou às naturezas angélicas! O amor que se apoia no dinheiro e na vaidade é a mais teimosa das paixões, e Pierquin não tardou a assediar a herdeira. Alguns dias após o início do luto, ele buscou uma ocasião para falar com Marguerite e começou suas operações com uma habilidade que poderia tê-la seduzido; mas o amor havia lançado na alma dela uma clarividência que a impediu de deixar-se levar pelas aparências, tanto mais favoráveis aos enganos sentimentais quanto Pierquin, nessas circunstâncias, mostrava a bondade que lhe era própria, a bondade do notário que se crê amante quando salva escudos. Contando com seu duvidoso parentesco, com o constante hábito de administrar os negócios e partilhar os segredos dessa família, seguro da estima e da amizade do pai, bem servido pela despreocupação de um cientista que não tinha nenhum projeto definido para o estabelecimento da filha, e não supondo que Marguerite pudesse ter uma predileção, passou-lhe a cortejar de um modo em que ela só via a paixão aliada aos cálculos mais odiosos às almas jovens, e que ele não soube velar. Foi ele que se mostrou ingênuo, foi ela que usou de dissimulação, precisamente porque ele acreditava agir contra uma jovem indefesa e porque ignorava os privilégios da fraqueza.

– Minha querida prima – disse ele a Marguerite com quem passeava pelas aleias do jardim –, você conhece meu coração e sabe o quanto respeito os sentimentos dolorosos que a afetam neste momento. Tenho a alma muito sensível para ser notário, vivo apenas pelo coração e sou obrigado a ocupar-me constantemente dos interesses de outrem, quando gostaria de entregar-me às doces emoções que fazem a vida feliz. Assim me pesa muito ser forçado a lhe falar de projetos discordantes com o estado de sua alma, mas é preciso. Acabo de verificar que, por uma fatalidade singular, a fortuna de seus irmãos e de sua irmã, a sua também, estão em perigo. Não quer salvar sua família de uma ruína completa?

– Que seria preciso fazer? – disse ela, meio assustada por essas palavras.

– Casar-se – respondeu Pierquin.

– Não me casarei de jeito nenhum! – ela exclamou.

– Você se casará – retomou o notário –, quando tiver refletido maduramente sobre a situação crítica na qual se encontra...

– De que maneira meu casamento pode salvar...

– Eis onde eu queria chegar, minha prima – disse ele interrompendo-a. – O casamento emancipa!

– E para que me emancipar? – disse Marguerite.

– Para entrar na posse do que é seu, querida prima – disse o notário com um ar de triunfo. – Nesse caso, você recebe a quarta parte da fortuna de sua mãe. Para que lhe seja dada, é preciso liquidá-la; ora, para liquidá-la, não terá que ser vendida a floresta de Waignies? Com isso, todos os valores da sucessão se capitalizarão, e seu pai será obrigado, como tutor, a reservar a parte de seus irmãos e de sua irmã, de modo que a Química não poderá mais tocar nela.

– Caso contrário, o que aconteceria? – ela perguntou.

– Ora – disse o notário –, seu pai administrará os bens de vocês. Se ele continuar insistindo em querer produzir ouro, poderá vender o bosque de Waignies e deixá-los nus como pequenos São Joãos. A floresta de Waignies vale neste momento cerca de 1.400.000 francos; mas se, de hoje para amanhã, seu pai resolver depená-la, seus treze mil alqueires não valerão trezentos mil francos. Não é melhor evitar esse perigo mais ou menos certo, fazendo decidir desde já a partilha através de sua emancipação? Assim se evitarão cortes da floresta a que seu pai poderia recorrer mais tarde em prejuízo de vocês. Neste momento em que a Química dorme, ele colocará necessariamente os valores da liquidação a render nos títulos da dívida pública. Os fundos estão cotados em 59, nossas queridas crianças terão, portanto, cerca de cinco mil francos de renda por cinquenta mil francos; e, já que não se pode dispor de capitais pertencentes a menores, ao chegarem à maioridade seus irmãos e sua irmã terão a fortuna dobrada. Ao passo que, de outro modo, francamente... É isso... Aliás, seu pai já desfalcou os bens de sua mãe, saberemos o deficit por um inventário. Se ele for devedor, você hipotecará os bens dele e assim já salvará alguma coisa.

— De jeito nenhum! – disse Marguerite. – Seria ultrajar meu pai. As últimas palavras de minha mãe não foram pronunciadas há tanto tempo para que eu não as lembre. Meu pai é incapaz de despojar seus filhos – ela disse, deixando escapar lágrimas de dor. – O senhor não o conhece, sr. Pierquin.

— Mas se seu pai, querida prima, voltar à Química, ele...

— Estaríamos arruinados, não é mesmo?

— Oh! Mas completamente arruinados! Acredite-me, Marguerite – disse ele tomando-lhe a mão que pôs sobre seu coração –, eu faltaria a meus deveres se não insistisse. Seu único interesse...

— Senhor – disse Marguerite com um ar frio retirando-lhe a mão –, o interesse bem compreendido de minha família exige que eu não me case. Minha mãe julgou assim.

— Prima – ele exclamou com a convicção de um homem de dinheiro que vê perder uma fortuna –, isso é suicídio, está jogando fora a herança de sua mãe. Pois bem, terei o devotamento da extrema amizade que sinto por você! Não sabe o quanto a amo, adoro-a desde o dia em que a vi no último baile oferecido por seu pai! Você estava encantadora. Pode confiar na voz do coração quando ela fala de negócios, minha querida Marguerite. – Fez uma pausa. – Sim, convocaremos um conselho de família e a emanciparemos sem consultá-la.

– Mas o que é ser emancipada?
– É gozar de seus direitos.
– Se posso ser emancipada sem me casar, por que quer então que eu me case? E com quem?

Pierquin tentou olhar a prima com um ar terno, mas a expressão contrastava tanto com a rigidez de seus olhos habituados a falar de dinheiro que Marguerite acreditou perceber um cálculo nessa ternura improvisada.

– Você casaria com a pessoa que lhe agradasse... na cidade... – ele retomou. – Um marido lhe é indispensável, mesmo como negócio. Você estará diante de seu pai. Sozinha, resistirá a ele?

– Sim, senhor, saberei defender meus irmãos e minha irmã quando chegar a hora.

"Arre! A tagarela!", pensou Pierquin.

– Não, não saberá resistir-lhe – disse em voz alta.

– Ponhamos um fim nesse assunto – ela falou.

– Adeus, prima, procurarei servi-la mesmo contra sua vontade e provarei o quanto a amo protegendo-a, à sua revelia, contra uma desgraça que todos preveem na cidade.

– Agradeço o interesse que tem por mim; mas suplico-lhe nada propor nem fazer empreender que possa causar o menor desgosto a meu pai.

Marguerite ficou pensativa ao ver Pierquin afastar-se, comparou a voz metálica, as maneiras que tinham somente a flexibilidade de molas, os olhares que revelavam mais servilismo que doçura, às poesias melodiosamente mudas que revestiam os sentimentos de Emmanuel. Não importa o que se faça, o que se diga, existe um magnetismo admirável cujos efeitos nunca enganam. O som da voz, o olhar, os gestos apaixonados do homem que ama podem ser imitados, uma moça pode ser enganada por um hábil ator; mas este só triunfa se não houver mais ninguém. Se essa moça tem perto de si uma alma que vibra em uníssono com seus sentimentos, não reconhece ela imediatamente as expressões do verdadeiro amor? Emmanuel se achava nesse momento, como Marguerite, sob a influência das nuvens que, depois de seu encontro, haviam formado fatalmente uma sombria atmosfera sobre suas cabeças, que lhes furtavam a visão do céu azul do amor. Ele tinha, por sua eleita, aquela idolatria que a falta de esperança torna tão doce e tão misteriosa em suas piedosas manifestações. Socialmente muito distante da srta. Claës por sua pequena fortuna, e tendo apenas um belo nome a oferecer-lhe, não via nenhuma chance de ser aceito como seu esposo. Havia sempre esperado um encorajamento que Marguerite lhe recusara dar sob os olhos abatidos de uma agonizante. Igualmente puros, eles não haviam se dito, portanto, uma única palavra de amor. Suas alegrias haviam sido as alegrias egoístas que os infelizes são forçados a saborear sozinhos. Haviam tido frêmitos separadamente, embora agitados por um raio partido da mesma esperança. Pareciam ter medo de si mesmos, sentindo-se já pertencerem um ao outro. Assim Emmanuel estremecia ao roçar a mão da soberana à qual fizera um santuário em seu coração. O mais inadvertido contato teria despertado nele volúpias demasiado irritantes, não seria mais senhor de seus sentidos desencadeados. Mas, embora não se concedessem nenhum dos frágeis e imensos, inocentes e sérios testemunhos que os amantes mais tímidos se permitem, estavam, no entanto, tão bem alojados no coração um do outro, que ambos se sabiam prontos a fazer os maiores sacrifícios, único prazer que poderiam desfrutar. Desde a morte da sra. Claës, o amor secreto deles se abafara sob os véus do luto. Escuras, as cores da esfera onde viviam haviam se tornado negras, e as claridades se extinguiam nas lágrimas. A reserva de Marguerite transformou-se quase em frieza, pois ela fazia questão de cumprir o juramento exigido pela mãe; ao tornar-se mais livre do que antes, fez-se mais rígida. Emmanuel desposara o luto de sua bem-amada, compreendendo que o menor desejo de amor, a mais simples exigência seriam uma infração às leis do coração.

Assim, esse grande amor estava mais oculto do que nunca. Essas duas almas ternas emitiam sempre o mesmo som; mas, separadas pela dor, como o haviam sido pela timidez da juventude e pelo respeito devido aos sofrimentos da falecida, limitavam-se ainda à magnífica linguagem dos olhos, à muda eloquência das ações devotadas, a uma coerência contínua – harmonias sublimes da juventude, primeiros passos do amor em sua infância. Emmanuel vinha, toda manhã, saber notícias de Claës e de Marguerite, mas só penetrava na sala de jantar quando trazia uma carta de Gabriel ou quando Balthazar o convidava a entrar. Seu primeiro olhar lançado a Marguerite transmitia-lhe mil pensamentos simpáticos: ele sofria com a discrição imposta pelas circunstâncias, ele não a deixara, ele partilhava sua tristeza; enfim, derramava o orvalho de suas lágrimas no coração da amiga, por um olhar que nenhum pensamento oculto alterava. Esse bom rapaz vivia tão bem no presente, dedicava-se tanto a uma felicidade que acreditava fugaz, que Marguerite às vezes censurava-se por não lhe estender generosamente a mão, dizendo: "Sejamos amigos!".

 Pierquin continuou suas obsessões com aquela teimosia que é a paciência irrefletida dos tolos. Julgava Marguerite segundo as regras ordinárias empregadas pela multidão para apreciar as mulheres. Acreditava que as palavras casamento, liberdade, fortuna, que lhe soprara no ouvido, germinariam em sua alma e fariam florescer um desejo que o beneficiaria, e imaginava que sua frieza era dissimulação. Mas, embora a cercasse com cuidados e atenções galantes, ocultava mal as maneiras despóticas de um homem habituado a resolver as mais altas questões relativas à vida das famílias. Para consolá-la, dizia aqueles lugares-comuns familiares aos homens de sua profissão, que passam como lesmas sobre as dores e deixam um rastro de palavras secas que lhes defloram a santidade. Sua ternura era bajulação. Deixava sua fingida melancolia à porta e, ao partir, retomava os calçados duplos, ou o guarda-chuva. Servia-se do tom que sua longa familiaridade o autorizava a tomar, como de um instrumento para penetrar ainda mais no coração da família, para fazer Marguerite decidir por um casamento proclamado por antecipação em toda a cidade. O amor verdadeiro, devotado, respeitoso, formava assim um contraste impressionante com um amor egoísta e calculado. Tudo era homogêneo nesses dois homens. Um fingia uma paixão e armava-se das menores vantagens a fim de poder desposar Marguerite; o outro ocultava seu amor e temia deixar perceber seu devotamento. Algum tempo após a morte da mãe, e numa mesma jornada, Marguerite pôde comparar os dois únicos homens que tinha condições de julgar. Até então, a solidão a que fora condenada não lhe permitira ver a sociedade e a situação em que se achava não dava nenhum acesso aos que podiam pensar em pedi-la em casamento. Um dia, depois do desjejum, numa das primeiras e belas manhãs do mês de abril, Emmanuel chegou no momento em que o sr. Claës saía. Balthazar suportava com tanta dificuldade o aspecto da casa que ia passear ao longo das muralhas da cidade durante uma parte do dia. Emmanuel quis acompanhar Balthazar, hesitou, pareceu buscar forças nele mesmo, olhou para Marguerite e permaneceu. Esta adivinhou que o professor queria lhe falar e propôs que fossem ao jardim. Mandou a irmã Félicie para junto de Martha que trabalhava na antecâmera, situada no primeiro andar; depois dirigiu-se até um banco onde podia ser vista pela irmã e pela velha aia.

– O sr. Claës está tão absorvido pelo pesar quanto estava por suas pesquisas científicas – disse o jovem ao ver Balthazar caminhando lentamente no pátio. – Todos têm pena dele na cidade; anda como um homem que não tem mais ideias; para sem motivo, olha sem ver...

– Cada dor tem sua expressão – disse Marguerite, retendo as lágrimas. – O que queria me dizer? – retomou, após uma pausa e com uma dignidade fria.

– Senhorita – respondeu Emmanuel com uma voz comovida –, será que tenho o direito de lhe falar como vou fazer? Peço que veja apenas meu desejo de ser-lhe útil e que acredite que um professor pode se interessar pela sorte de seus alunos a ponto de se inquietar por seu futuro. Seu irmão Gabriel já completou quinze anos, está no segundo grau, e certamente é necessário dirigir seus estudos no sentido da carreira que abraçará. Seu pai é quem deve decidir essa questão; mas, se ele não pensar nisso, não seria um infortúnio para Gabriel? E não seria igualmente mortificante, para seu pai, se a senhorita lhe fizesse observar que ele não se ocupa do filho? Sendo assim, não poderia a senhorita mesma consultar seu irmão sobre seus gostos, fazer que ele próprio escolha uma carreira, a fim de que mais tarde, se o pai quiser fazer dele um magistrado, um administrador, um militar, Gabriel possua já conhecimentos especiais? Acredito que nem a senhorita nem o sr. Claës gostariam de deixá-lo ocioso...

– Oh! De jeito nenhum – disse Marguerite. – Agradeço-lhe, sr. Emmanuel, tem razão. Minha mãe, ao nos ensinar a fazer renda, ao insistir que aprendêssemos a desenhar, a costurar, a bordar, a tocar piano, nos dizia com frequência que não se sabia o que podia acontecer na vida. Gabriel deve ter um valor pessoal e uma educação completa. Mas qual é a carreira mais conveniente que um homem pode seguir?

– Senhorita – disse Emmanuel, tremendo de felicidade –, Gabriel é quem mais possui, em sua classe, aptidão à matemática; se quisesse entrar na Escola Politécnica, creio que lá adquiriria conhecimentos úteis em todas as carreiras. Ao formar-se, teria condições de escolher aquela pela qual tivesse mais gosto. Sem nenhuma ideia antecipada sobre o futuro dele, a senhorita terá ganhado tempo. Os que se formam com mérito nessa escola são bem-sucedidos em toda parte. Dela saíram administradores, diplomatas, cientistas, engenheiros, generais, marinheiros, magistrados, manufatureiros e banqueiros. Portanto, não há nada de extraordinário em ver um rapaz rico ou de boa família trabalhando com o objetivo de lá ser aceito. Se Gabriel concordar, eu lhe pediria... conceda-me, diga que sim!

— O que quer?
— Ser seu preceptor – disse ele, trêmulo.
Marguerite olhou o sr. de Solis, tomou-lhe a mão e disse: "Sim". Fez uma pausa e acrescentou com voz comovida:
— Como aprecio a delicadeza com que oferece precisamente o que posso aceitar da sua parte! Pelo que acaba de dizer, vejo que pensa muito em nós. Agradeço-lhe.

Embora essas palavras fossem ditas com simplicidade, Emmanuel desviou a cabeça para não mostrar as lágrimas que o prazer de ser agradável a Marguerite lhe fez vir aos olhos.

— Eu lhe trarei os dois – disse ele quando retomou um pouco de calma –, amanhã é dia de folga.

Levantou-se, saudou Marguerite que o acompanhou, e, quando estava no pátio, viu-a ainda à porta da sala de jantar de onde lhe dirigiu um aceno amistoso. Depois do jantar, o notário veio fazer uma visita ao sr. Claës e sentou-se no jardim, entre o primo e Marguerite, precisamente no banco onde sentara-se Emmanuel.

— Caro primo – disse ele –, vim hoje para lhe falar de negócios. Quarenta e três dias se passaram desde o óbito de sua esposa.

— Não os contei – disse Balthazar, enxugando uma lágrima que o termo legal óbito lhe arrancou.

— Oh! Senhor – disse Marguerite, olhando para o notário –, como pode...

— Mas minha prima, somos forçados, nós, a contar os prazos fixados pela lei. Trata-se precisamente da senhorita e de seus coerdeiros. O sr. Claës tem somente filhos menores, ele é obrigado a fazer um inventário nos 45 dias que seguem o óbito de sua esposa, a fim de constatar os valores da comunhão. Acaso não é preciso saber se esta é boa ou má, para aceitá-la ou para ater-se aos direitos puros e simples dos menores?

Marguerite levantou-se.

— Fique, prima – disse Pierquin –, esses assuntos dizem respeito a você e a seu pai. Sabe o quanto participo de seus pesares; mas é preciso que se ocupem hoje mesmo desses detalhes, caso contrário poderão ver-se em grandes dificuldades! Cumpro neste momento meu dever como notário da família.

– Ele tem razão – disse Claës.

– O prazo expira daqui a dois dias – continuou o notário –, devo então proceder, a partir de amanhã, à abertura do inventário, quando não seja apenas para retardar o pagamento dos direitos de sucessão que o fisco virá exigir; o fisco não tem coração, não se preocupa com sentimentos, põe suas garras sobre nós o tempo todo. Portanto, nos próximos dias, das dez às quatro da tarde, meu escrivão e eu viremos com o oficial avaliador, sr. Raparlier. Quando tivermos verificado os bens na cidade, iremos ao campo. Quanto à floresta de Waignies, conversaremos a respeito. Isso posto, passemos a um outro ponto. Temos de convocar um conselho de família para nomear um subtutor. O sr. Conyncks, de Bruges, é hoje o parente mais próximo de vocês; mas agora ele é belga! Você poderia escrever-lhe, primo, para saber se o homem planeja fixar-se na França, onde possui belas propriedades, e assim poderia incentivá-lo a vir com a filha habitar a Flandres francesa. Se ele recusar, terei de compor o conselho segundo os graus de parentesco.

– Para que serve um inventário? – perguntou Marguerite.

– Para constatar os direitos, os valores, o ativo e o passivo. Quando tudo está bem estabelecido, o conselho de família toma, no interesse dos menores, as determinações que ele julga...

– Pierquin – disse Claës, que se levantou do banco –, proceda aos atos que julgar necessários à conservação dos direitos de meus filhos; mas evite-nos o desgosto de ver vender o que pertencia à minha querida... – Não terminou, disse essas palavras com um ar tão nobre e um tom tão compenetrado que Marguerite tomou a mão do pai e a beijou.

– Até amanhã – disse Pierquin.

– Venha almoçar – disse Balthazar. Depois Claës pareceu reunir suas lembranças e exclamou:

– Mas, de acordo com meu contrato de casamento feito segundo o costume da região de Hainaut, dispensei minha mulher do inventário a fim de que não a atormentassem; provavelmente também não estou obrigado a ele...
– Ah, que bom! – disse Marguerite. – Isso nos teria causado tanto incômodo.
– Bem, examinaremos seu contrato amanhã – respondeu o notário, um pouco confuso.
– Então não o conhecia? – disse-lhe Marguerite.
Essa observação interrompeu a conversa. O notário sentiu-se muito embaraçado para continuar após a observação da prima.
"O diabo vem se intrometer!", disse a si mesmo, no pátio. "Esse homem distraído recupera a memória exatamente no momento de impedir que se tomem precauções contra ele. Seus filhos serão despojados! É tão certo como dois e dois são quatro. Vá alguém falar de negócios a moças de dezenove anos, sentimentais! Quebro a cabeça para salvar os bens dessas crianças, procedendo regularmente e entendendo-me com o velhote Conyncks, e aí está! Perco-me no espírito de Marguerite, que vai perguntar ao pai a razão de eu querer proceder a um inventário que ela julga inútil. E o sr. Claës lhe dirá que os notários têm mania de fazer certidões, que somos notários antes de sermos parentes, primos ou amigos, enfim, besteiras..."
Fechou a porta com violência, praguejando contra clientes que se arruinavam por sentimentalismo. Balthazar tinha razão. O inventário não foi feito. Portanto, nada foi fixado sobre a situação na qual se achava o pai diante dos filhos. Vários meses transcorreram sem que a situação da Casa Claës mudasse. Gabriel, habilmente conduzido pelo sr. de Solis, que se tornara seu preceptor, aprendia línguas estrangeiras e preparava-se para prestar o exame de ingresso à Escola Politécnica. Félicie e Marguerite viviam num retiro absoluto e durante o verão iam habitar, por economia, a bela casa de campo do pai. O sr. Claës

ocupou-se de seus negócios, pagou as dívidas por meio de um empréstimo considerável sobre seus bens e visitou a floresta de Waignies. Na metade do ano de 1817, sua dor, lentamente apaziguada, deixou-o sozinho e indefeso contra a monotonia da vida que levava e que lhe pesou. Primeiro lutou corajosamente contra a Ciência que despertava imperceptivelmente, e proibiu-se de pensar na Química. Depois pensou nela. Mas não quis se ocupar ativamente, ocupou-se apenas de maneira teórica. Esse estudo constante fez ressurgir sua paixão, que passou a questioná-lo. Discutiu consigo mesmo se havia se comprometido a não continuar suas pesquisas e lembrou que a mulher não quis seu juramento. Embora tivesse se prometido não mais buscar a solução de seu problema, não podia ele mudar de determinação no momento em que entrevia um sucesso? Já estava com 59 anos. Nessa idade, a ideia que o dominava adquiriu a áspera fixidez pela qual começam as monomanias. As circunstâncias conspiraram ainda mais contra sua lealdade vacilante. A paz na Europa permitira a circulação das descobertas e das ideias científicas adquiridas durante a guerra pelos cientistas de diferentes países, entre os quais não havia relações desde cerca de vinte anos. A Ciência avançara, portanto. Claës achou que os progressos da Química haviam se dirigido, sem que o soubessem, para o objeto de suas pesquisas. Os homens dedicados à alta ciência pensavam, como ele, que a luz, o calor, a eletricidade, o galvanismo e o magnetismo eram diferentes efeitos da mesma causa, que a diferença existente entre os corpos até então considerados simples devia ser produzida pelas diversas dosagens de um princípio desconhecido. O temor de ver um outro descobrir a redução dos metais e o princípio constituinte da eletricidade, duas descobertas que conduziam à solução do Absoluto químico, aumentou aquilo que os habitantes de Douai chamavam loucura, e levou seus desejos a um paroxismo que as pessoas apaixonadas pelas ciências, ou submetidas à tirania das ideias, conhecem. Assim Balthazar foi logo arrebatado por uma paixão tanto mais violenta quanto maior o tempo em que estivera adormecida. Marguerite, que espreitava as disposições de alma por que passava o pai, reabriu o salão. Ali, reanimou as lembranças dolorosas que a morte da mãe devia causar e conseguiu, de fato, ao despertar as saudades do pai, retardar sua queda no abismo onde haveria, no entanto, de cair. Ela quis frequentar a sociedade e forçou Balthazar a distrair-se. Vários partidos consideráveis apresentaram-se para ela e ocuparam Claës, embora Marguerite declarasse que não se casaria antes dos 25 anos. Apesar dos esforços da filha, apesar de violentos combates, no começo do inverno Balthazar retomou em segredo seus trabalhos. Era difícil ocultar tais ocupações a mulheres curiosas. Assim, um dia, Martha disse a Marguerite enquanto ajudava a vesti-la:

– Senhorita, estamos perdidas! Esse monstro do Mulquinier, que é o diabo disfarçado, pois nunca o vi fazer o sinal da cruz, voltou a subir ao sótão. O senhor seu pai está embarcando para o inferno. Queira Deus que não a mate como matou a pobre querida senhora.

– Isso não é possível – disse Marguerite.
– Venha ver a prova do que estão fazendo...

A srta. Claës correu até a janela e avistou, de fato, uma leve fumaça que saía pela chaminé do laboratório.

"Farei 21 anos dentro de alguns meses", ela pensou, "saberei me opor à dissipação de nossa fortuna."

Deixando-se levar pela paixão, Balthazar haveria de ter menos respeito pelos interesses dos filhos do que tivera pelos da mulher. As barreiras eram menos altas, sua consciência tornara-se mais larga, e a paixão, mais forte. Assim marchou em sua carreira de glória, de trabalho, de esperança e de miséria com a fúria de um homem cheio de convicção. Seguro do resultado, pôs-se a trabalhar noite e dia com um arrebatamento que assustou as filhas, que ignoravam o quanto é pouco nocivo a um homem o trabalho feito com prazer. Assim que o pai recomeçou suas experiências, Marguerite suprimiu o supérfluo da mesa, tornou-se de uma parcimônia digna de um avarento e foi admiravelmente ajudada por Josette e por Martha. Claës não se deu conta dessa reforma que reduzia a vida ao estritamente necessário. De início não fazia o desjejum, depois só descia de seu laboratório no momento do jantar, por fim deitava-se algumas horas depois de ter ficado no salão entre as duas filhas, sem dizer-lhes uma palavra. Quando se retirava, elas desejavam-lhe boa noite e ele deixava-se beijar maquinalmente nas faces. Semelhante conduta teria causado as maiores infelicidades domésticas, se Marguerite não tivesse sido preparada a exercer a autoridade de uma mãe e prevenida, por uma paixão secreta, contra as desgraças de tão grande liberdade. Pierquin cessara de visitar os primos, julgando que sua ruína seria completa. As propriedades rurais de Balthazar, que rendiam dezesseis mil francos e valiam cerca de duzentos mil escudos, já estavam oneradas em trezentos mil francos de hipotecas. Antes de retornar à Química, Claës fizera um empréstimo considerável. Os rendimentos bastavam apenas para pagar os juros; mas, como ele entregava a Marguerite, com a imprevidência natural dos homens voltados a uma ideia, seus ganhos rurais para custear as despesas da casa, o notário calculara que três anos seriam suficientes para levar os negócios à bancarrota, e os homens da justiça devorariam o que Balthazar não tivesse consumido. A frieza de Marguerite provocara em Pierquin um estado de indiferença quase hostil. Para dar-se o direito de renunciar à mão da prima, se ela ficasse muito pobre, ele dizia dos Claës com um ar de compaixão: "Essa pobre gente se arruinou, fiz tudo o que pude para salvá-los, mas de que adiantou? A srta. Claës recusou-se a todos os arranjos legais que haveriam de preservá-los da miséria".

 Nomeado diretor do colégio de Douai, graças à proteção do tio, Emmanuel, cujo mérito transcendente o fizera digno desse cargo, vinha ver todos os dias, durante a noite, as duas moças que chamavam para junto delas a aia, tão logo o pai se retirava.

A batida suave à porta, pelo jovem de Solis, não tardava nunca. Nos últimos três meses, encorajado pelo gracioso e mudo reconhecimento com que Marguerite aceitava suas atenções, ele se mostrava como era. As irradiações de sua alma pura como um diamante brilhavam sem nuvens, e Marguerite pôde apreciar sua força, sua constância, vendo quão inesgotável era a fonte. Ela via desabrochar uma a uma as flores, após ter aspirado antes seus perfumes. A cada dia Emmanuel realizava uma das esperanças de Marguerite, e fazia brilhar nas terras encantadas do amor novas luzes que afastavam as nuvens, serenavam o céu e coloriam as fecundas riquezas sepultadas até então na sombra. Mais à vontade, Emmanuel pôde mostrar as seduções de seu coração que antes ficavam discretamente escondidas: a alegria expansiva da juventude, a simplicidade de uma vida dedicada ao estudo, os tesouros de um espírito delicado que a sociedade não corrompera, a inocente jovialidade que combina tão bem com um jovem amoroso. Sua alma e a de Marguerite se entendiam melhor, eles foram juntos ao fundo de seus corações e lá encontraram os mesmos pensamentos: pérolas de um mesmo esplendor, suaves e puras harmonias como as que estão sob o mar e que, dizem, fascinam os mergulhadores! Fizeram-se conhecer um ao outro por trocas de palavras, por uma alternada curiosidade que adquiria, em ambos, as formas mais deliciosas do sentimento. Isso era feito sem falsa vergonha, mas não sem mútuos coquetismos. As duas horas que Emmanuel passava, todas as noites, entre as duas jovens e Martha, faziam Marguerite aceitar a vida de angústias e de resignação na qual entrara. Esse amor ingênuo e crescente foi seu amparo. Emmanuel mostrava em suas demonstrações de afeto aquela graça natural que tanto seduz, aquele espírito doce e fino que matiza a uniformidade do sentimento, como as facetas que tiram a monotonia de uma pedra preciosa, fazendo destacar todos os seus brilhos; admiráveis maneiras que pertencem aos corações amantes, e que tornam as mulheres fiéis à Mão artista sob a qual as formas renascem sempre novas, à Voz que jamais repete uma frase sem refrescá-la por novas modulações. O amor não é apenas um sentimento, é também uma arte. Uma palavra simples, uma precaução, um nada revelam a uma mulher o grande e sublime artista que pode tocar seu coração sem machucá-lo. Quanto mais avançava Emmanuel, mais encantadoras eram as expressões de seu amor.

— Antecipei-me a Pierquin — disse ele uma noite —, ele vem anunciar-lhe uma má notícia, prefiro dá-la eu mesmo. Seu pai vendeu a floresta a especuladores que a revenderam em parcelas; as árvores foram cortadas e já levaram as tábuas. O sr. Claës recebeu trezentos mil francos à vista, que ele usou para pagar suas dívidas em Paris; e, para quitá-las inteiramente, foi obrigado a fazer uma consignação de cem mil francos sobre os cem mil escudos que ainda restam a pagar pelos compradores.

Pierquin entrou nesse momento.

— Pois é, querida prima — disse ele —, vocês estão arruinados como eu havia previsto. Você não quis me escutar. Seu pai tem bom apetite. Na primeira bocada, devorou seus bosques. O subtutor, sr. Conyncks, está em Amsterdã, ocupado com a liquidação de sua fortuna, e o sr. Claës aproveitou o momento para dar o golpe. Isso não é direito. Acabo de escrever ao velho Conyncks; mas, quando ele chegar, tudo já estará consumado. Vocês serão obrigados a processar seu pai; o processo não será longo, mas será um processo humilhante que o sr. Conyncks não pode deixar de mover, a lei o exige. Reconhece agora o quanto fui prudente, o quanto eu era devotado a seus interesses?

— Trago-lhe uma boa notícia, senhorita — disse o jovem de Solis, com sua voz suave. — Gabriel foi admitido na Escola Politécnica. As dificuldades levantadas para sua admissão foram superadas.

Marguerite agradeceu ao amigo com um sorriso e disse:

— Minhas economias terão um destino! Martha, a partir de amanhã nos ocuparemos do enxoval de Gabriel. Minha pobre Félicie, vamos ter que trabalhar — disse ela, beijando a irmã na testa.

– Amanhã vocês o terão aqui por dez dias, ele deve estar em Paris dia 15 de novembro.
– Meu primo Gabriel tomou uma boa decisão – disse o notário, olhando o jovem de alto a baixo –, ele precisará fazer uma fortuna. Mas, querida prima, trata-se de salvar a honra da família; quer me escutar desta vez?
– Não – disse ela –, se voltará a falar de casamento.
– Mas o que irá fazer?
– Eu, primo?... Nada.
– No entanto é maior de idade.
– Dentro de alguns dias. Acaso tem – disse Marguerite – um partido a me propor que possa conciliar nossos interesses e o que devemos a nosso pai, à honra da família?
– Prima, nada podemos fazer sem seu tio. Sendo assim, voltarei quando ele chegar.
– Adeus, senhor – disse Marguerite.
"Quanto mais pobre, mais se finge de virtuosa", pensou o notário.
– Adeus, senhorita – disse Pierquin em voz alta. – Senhor diretor, saúdo-o cordialmente. – E saiu, sem dar atenção nem a Félicie nem a Martha.
– Há dois dias venho estudando o Código, e consultei um velho advogado, amigo de meu tio – disse Emmanuel com uma voz trêmula. – Partirei, se me autorizar, amanhã para Amsterdã. Escute, querida Marguerite...
Ele dizia essa palavra pela primeira vez, ela agradeceu com um olhar úmido, um sorriso e uma inclinação da cabeça. Ele se deteve, mostrando Félicie e Martha.
– Fale diante de minha irmã – disse Marguerite. – Ela não tem necessidade dessa discussão para se resignar à nossa vida de privações e de trabalho, ela é doce e corajosa! Mas deve saber quanta coragem nos é necessária.
As duas irmãs tomaram-se as mãos e abraçaram-se como para se darem uma nova prova de união diante do infortúnio.

– Deixe-nos, Martha.

– Querida Marguerite – prosseguiu Emmanuel, deixando transparecer na inflexão da voz a felicidade de conquistar os pequenos direitos da afeição –, consegui os nomes e a residência dos compradores que devem os duzentos mil francos restantes sobre o preço dos bosques abatidos. Amanhã, se consentir, um procurador agindo em nome do sr. Conyncks, que não o desaprovará, lhes entregará uma ordem de embargo. Dentro de seis dias seu tio-avô terá chegado, ele convocará um conselho de família e fará emancipar Gabriel, que tem dezoito anos. Estando autorizados a exercerem seus direitos, a senhorita e seu irmão pedirão sua parte no preço dos bosques, o sr. Claës não poderá lhes recusar os duzentos mil francos detidos pelo embargo; quanto aos outros cem mil que lhes são ainda devidos, poderão obter uma obrigação hipotecária que repousará sobre a casa onde moram. O sr. Conyncks exigirá garantias para os trezentos mil francos que cabem à srta. Félicie e a Jean. Nessa situação, seu pai será forçado a deixar hipotecar seus bens da planície de Orchies, já onerados em cem mil escudos. A lei dá uma prioridade retroativa às inscrições feitas no interesse dos menores; portanto, tudo será salvo. O sr. Claës terá daqui em diante as mãos atadas, as terras de vocês são inalienáveis; não poderá mais tomar empréstimos sobre as dele, que responderão por somas superiores a seu valor, os negócios se farão em família, sem escândalo, sem processo. Seu pai será forçado a prosseguir com prudência em suas pesquisas, se porventura não as cessar de todo.

– Sim – disse Marguerite –, mas de onde virão nossos rendimentos? Os cem mil francos hipotecados sobre esta casa não nos renderão nada, já que moramos aqui. O produto dos bens que meu pai possui na planície de Orchies pagará os juros dos trezentos mil francos devidos a estranhos; com que viveremos?

– Primeiro – disse Emmanuel –, aplicando em fundos públicos os cinquenta mil francos que restarão a Gabriel da parte que lhe cabe, vocês terão, a taxas atuais, mais de quatro mil francos de renda que serão suficientes para sua pensão e seus gastos em Paris. Gabriel não pode dispor nem da quantia vinculada à casa de seu pai nem do dinheiro de suas rendas; assim não há o perigo de que venha a dissipá-los e terão um encargo a menos. Além disso, não lhe restam cinquenta mil francos, seus?

– Meu pai os pedirá – disse ela com pavor –, e não saberei recusar-lhe.

– Então, querida Marguerite, você pode preservá-los privando-se deles. Aplique-os nos títulos da dívida pública, em nome de seu irmão. Essa quantia lhe dará doze ou treze mil francos de renda que lhes permitirão viver. Como os menores emancipados nada podem alienar sem a opinião de um conselho de família, vocês ganharão assim três anos de tranquilidade. Até lá, provavelmente seu pai terá resolvido seu problema ou renunciado a ele. Gabriel, já maior de idade, lhe restituirá os fundos para acertar as contas entre vocês quatro.

Marguerite pediu-lhe para explicar de novo os dispositivos da lei que não chegara a compreender de início. Foi certamente uma cena inédita a dos dois namorados estudando o código que Emmanuel consultara, a fim de explicar à amada as leis que regiam os bens dos menores; ela logo compreendeu-lhes o espírito, graças à penetração natural às mulheres e que o amor aguçava ainda mais.

No dia seguinte, Gabriel voltou à casa paterna. Quando o sr. de Solis levou-o até Balthazar, anunciando-lhe a admissão na Escola Politécnica, o pai agradeceu ao diretor do colégio com um gesto de mão e disse:

– Estou satisfeito, Gabriel será então um cientista.

– Oh meu irmão! – disse Marguerite, vendo Balthazar voltar ao laboratório. – Trabalha bem, não desperdices o dinheiro! Faz tudo o que for preciso fazer, mas sê econômico. Nos dias em que saíres, em Paris, vai à casa de nossos amigos, de nossos parentes, para não adquirir nenhum dos gostos que arruínam os jovens. Tua pensão chega a quase mil escudos, te restarão mil francos para as despesas miúdas, isso deve bastar.

– Responderei por ele – disse Emmanuel de Solis, batendo no ombro do discípulo.

Um mês depois, o sr. Conyncks havia, em concordância com Marguerite, obtido de Claës todas as garantias desejáveis. Os planos sabiamente concebidos por Emmanuel de Solis foram inteiramente aprovados e executados. Em presença da lei, diante do primo cuja probidade feroz dificilmente transigia nas questões de honra, Balthazar, envergonhado da venda que consentira num momento em que era pressionado pelos credores, submeteu-se a tudo que lhe foi exigido. Satisfeito de poder reparar o dano que quase involuntariamente causara aos filhos, assinou os documentos com a preocupação de um cientista. Tornara-se completamente imprevidente, à maneira dos negros que de manhã vendem sua mulher por um copo de cachaça e à noite choram por ela. Não punha os olhos sequer no seu futuro mais próximo, não se perguntava quais seriam seus recursos, quando tivesse gasto o último vintém; prosseguia seus trabalhos, continuava a fazer aquisições, sem saber que não era mais senão o possuidor titular de sua casa, de suas propriedades, e que lhe seria impossível, graças à severidade das leis, obter desses bens, dos quais era de certo modo o guardião judiciário, um centavo que fosse. O ano de 1818 terminou sem nenhum acontecimento infeliz. As duas moças pagaram as despesas necessárias à educação de Jean e deram conta dos gastos da casa com os dezoito mil francos resultantes da aplicação em nome de Gabriel, cujos rendimentos semestrais lhes foram exatamente enviados pelo irmão. O sr. de Solis perdeu o tio no mês de dezembro daquele ano. Uma manhã, Marguerite soube por Martha que seu pai vendera a coleção de tulipas, os móveis da casa da frente e toda a prataria. Ela foi obrigada a comprar os talheres necessários ao serviço de mesa e os fez marcar com seu monograma. Até esse dia guardara silêncio sobre as depredações de Balthazar; mas à noite, depois do jantar, pediu à Félicie que a deixasse a sós com o pai, e quando este sentou-se, como de hábito, junto à lareira do salão, Marguerite lhe disse:

— Meu querido pai, o senhor tem o direito de vender tudo aqui, mesmo seus filhos. Aqui, todos lhe obedeceremos sem murmurar; mas sou forçada a lhe dizer que estamos sem dinheiro, que mal temos com o que viver este ano, e que seremos obrigadas, Félicie e eu, a trabalhar noite e dia para pagar a pensão de Jean com o dinheiro do vestido de renda que iniciamos. Suplico-lhe, meu bom pai, que interrompa seus trabalhos.

— Tens razão, minha filha, dentro de seis semanas tudo estará acabado! Terei encontrado o Absoluto, ou o Absoluto será inencontrável. Ficaremos todos milionários...

— Dê-nos por enquanto um pedaço de pão — respondeu Marguerite.

— Não há pão aqui? — disse Claës com um ar assustado. — Não há pão na casa de um Claës? E todos os nossos bens?

— O senhor arrasou a floresta de Waignies. O solo ainda não está livre, nada pode produzir. Quanto a suas terras de Orchies, os rendimentos são insuficientes para pagar os juros das quantias que tomou emprestadas.

— Com que vivemos então? — ele perguntou.

Marguerite mostrou-lhe sua agulha e acrescentou:

— Os rendimentos de Gabriel nos ajudam, mas são insuficientes. Eu teria o pão para o ano todo se não nos pesassem contas inesperadas, o senhor não me fala de suas compras na cidade. Quando acredito ter o suficiente para o trimestre, e meus pequenos arranjos estão feitos, chega-me uma conta de sódio, de potássio, de zinco, de enxofre, sei lá!

— Minha querida filha, mais seis semanas de paciência, depois me conduzirei ajuizadamente. E verás maravilhas, minha pequena Marguerite!

– Já é tempo de pensar em seus negócios. O senhor vendeu tudo: quadros, tulipas, prataria, nada mais nos resta; pelo menos, não contraia novas dívidas.

– Não quero aumentá-las mais – disse o pai.

– Mais? – ela exclamou. – Então voltou a endividar-se?

– Pouca coisa, ninharias – ele respondeu, baixando os olhos e corando.

Marguerite sentiu-se pela primeira vez humilhada pela fraqueza do pai e sofreu tanto com isso que não ousou interrogá-lo. Um mês depois dessa cena, um banqueiro da cidade apresentou-se para cobrar uma letra de câmbio de dez mil francos, assinada por Claës. Tendo pedido ao banqueiro que aguardasse até o fim do dia, e demonstrando pesar por não ter sido avisada desse pagamento, este a advertiu que a casa Protez e Chiffreville tinha outras nove da mesma quantia, que venciam a cada mês.

– Tudo está dito – exclamou Marguerite –, chegou a hora.

Mandou chamar o pai e ficou andando agitada de um lado a outro do salão, dizendo a si mesma: "Arranjar cem mil francos, ou ver nosso pai na prisão! Que fazer?".

Balthazar não desceu. Cansada de esperar, Marguerite subiu ao laboratório. Ao entrar, viu o pai no meio de uma peça imensa, muito iluminada, guarnecida de máquinas e vidros cobertos de pó; aqui e ali, livros, mesas atulhadas de produtos etiquetados, numerados. Por toda parte a desordem causada pela preocupação do cientista ofendia os hábitos flamengos. Esse conjunto de balões de ensaio, retortas, metais, cristalizações de cores fantásticas, amostras penduradas nas paredes ou lançadas sobre fornos, era dominado pela figura de Balthazar Claës que, sem casaco, de braços nus como os de um operário, mostrava o peito coberto de pelos brancos como seus cabelos. Os olhos terrivelmente fixos miravam uma máquina pneumática. O recipiente dessa máquina tinha no alto uma lente formada por vidros duplos convexos cujo interior estava cheio de álcool e que reunia os raios do sol que entravam por um dos compartimentos do vitral do sótão. O recipiente, cuja base era isolada, comunicava-se com os fios de uma imensa pilha de Volta. Lemulquinier, ocupado em fazer girar a base dessa máquina montada sobre um eixo móvel, a fim de sempre manter a lente numa direção perpendicular aos raios do sol, levantou-se, com o rosto enegrecido de poeira, e disse:

– Ah! Senhorita, não se aproxime!

O aspecto do pai que, quase ajoelhado diante de sua máquina, recebia a luz do sol a pino, e cujos cabelos esparsos assemelhavam-se a fios prateados, seu crânio abaulado, seu rosto contraído por uma espera terrível, a singularidade dos objetos que o cercavam, a obscuridade na qual se achavam as partes desse vasto sótão de onde se erguiam máquinas estranhas, tudo desferiu como que um golpe em Marguerite, que disse a si mesma com horror: "Meu pai está louco!". Aproximou-se dele para dizer-lhe ao ouvido:

– Mande Lemulquinier sair.

– Não, não, minha filha, preciso dele, espero o efeito de uma bela experiência na qual os outros não pensaram. Há três dias estamos à espreita de um raio de sol. Tenho os meios de submeter os metais, num vácuo perfeito, aos fogos solares e às correntes elétricas. Vê, daqui a pouco a ação mais enérgica de que um químico pode dispor vai se manifestar, e eu só...

– Meu pai! Em vez de vaporizar os metais, o senhor deveria reservá-los para pagar suas letras de câmbio...

– Espera, espera!

– O sr. Mersktus chegou, meu pai, ele exige dez mil francos às quatro da tarde!

– Sim, sim, daqui a pouco. Assinei esses papéis para este mês, é verdade. Acreditava que teria descoberto o Absoluto. Meu Deus, se eu tivesse o sol de julho, minha experiência teria dado certo!

Puxou os cabelos, sentou-se numa velha cadeira de vime e algumas lágrimas rolaram-lhe pela face.

– O patrão tem razão. Tudo é por causa desse maldito sol que é muito fraco, o covarde, o preguiçoso! – disse Lemulquinier. O mestre e o criado não prestavam mais atenção em Marguerite.
– Deixe-nos, Mulquinier – disse ela.
– Ah! Imaginei uma nova experiência – exclamou Claës.
– Meu pai, esqueça suas experiências – disse-lhe a filha quando ficaram a sós. – O senhor tem cem mil francos a pagar e não possuímos um vintém. Abandone seu laboratório, trata-se agora de sua honra. O que será do senhor quando estiver na prisão, manchará seus cabelos brancos e o nome Claës pela infâmia de uma bancarrota? Não deixarei que isso aconteça. Terei a força de combater sua loucura, seria terrível vê-lo sem pão em seus últimos dias. Abra os olhos para a nossa situação, recupere enfim a razão!
– Loucura! – bradou Balthazar, que se ergueu de um salto, fixou os olhos luminosos na filha, cruzou os braços sobre o peito e repetiu a palavra loucura tão majestosamente que Marguerite tremeu. – Ah! Tua mãe não me teria dito essa palavra! – continuou. – Ela não ignorava a importância de minhas pesquisas, estudou a ciência para me compreender, sabia que trabalho para a humanidade, que não há nada de pessoal nem de sórdido em mim. Estou vendo que o sentimento da mulher que ama está acima da afeição filial. Sim, o amor é o mais belo de todos os sentimentos! Recuperar a razão? – ele prosseguiu, batendo no peito. – Acaso deixei de tê-la? Não continuo sendo eu mesmo? Estamos pobres, minha filha; pois bem, que seja assim. Sou seu pai, obedeça-me. Eu a farei rica quando me aprouver. Sua fortuna? Mas é uma miséria! Quando eu tiver encontrado um dissolvente do carbono, encherei nosso salão de diamantes, e isso é pouco em comparação ao que busco. Você pode muito bem esperar, enquanto me consumo em esforços gigantescos.
– Meu pai, não tenho o direito de lhe pedir satisfações dos quatro milhões que consumiu neste sótão sem resultados.

Não lhe falarei de minha mãe, que o senhor matou. Se eu tivesse um marido, certamente o amaria tanto quanto minha mãe o amou, e estaria pronta a lhe sacrificar tudo, como ela lhe sacrificou. Segui as ordens dela entregando-me inteiramente ao senhor, provei isso não me casando a fim de não obrigá-lo a prestar-me contas de sua tutela. Deixemos o passado, pensemos no presente. Venho aqui representar a necessidade que o senhor mesmo criou. É preciso dinheiro para suas letras de câmbio, será que me entende? Não há nada a penhorar aqui a não ser o retrato de nosso avô Van Claës. Venho portanto em nome de minha mãe, que se sentiu fraca demais para defender os filhos contra o pai e que me ordenou que resistisse, venho em nome de meus irmãos e de minha irmã, venho, meu pai, em nome de todos os Claës ordenar-lhe que abandone suas experiências, que constitua uma fortuna própria antes de prossegui-las. Se o senhor invoca sua paternidade, que só manifesta para nos matar, tenho a meu favor seus antepassados e a honra que falam mais alto que a Química. As famílias vêm antes da Ciência. Tenho sido demais sua filha!

— E queres ser então meu carrasco — disse ele com uma voz enfraquecida.

Marguerite saiu para não abdicar o papel que acabava de assumir, ela julgou ouvir a voz da mãe quando esta lhe disse: "*Não contraries demais teu pai, ama-o bastante!*".

— A senhorita está fazendo lá em cima um belo trabalho! — disse Lemulquinier ao descer à cozinha para almoçar. — Íamos pôr a mão no segredo, só precisávamos de um raio de sol de julho, pois o patrão, ah!, que homem!, estava quase a tocar os calções do bom Deus! Faltava muito pouco — disse ele a Josette, batendo com a unha do polegar direito no dente incisivo superior — para conhecermos o princípio de tudo. *Patatrás!* Ela chega berrando por uma besteira de letras de câmbio.

— Ora, pague-as então com seu salário — disse Martha —, essas letras de câmbio!

— Não há manteiga para passar no pão? – disse Lemulquinier a Josette.

— E dinheiro para comprá-la? – respondeu com acidez a cozinheira. – Se estão fazendo ouro em sua cozinha do demônio, velho monstro, por que não fazem um pouco de manteiga? Não seria tão difícil, e a venderia no mercado para termos o que comer. Estamos comendo pão seco, nós! As duas senhoritas se contentam com pão e nozes; quer ser mais bem alimentado que os patrões? A senhorita não quer gastar mais que cem francos por mês para toda a casa. Fazemos só uma refeição. Se quer gulodices, tem seus fornos lá em cima para assar pérolas, só se fala disso no mercado. Façam então frangos assados!

Lemulquinier pegou seu pão e saiu.

— Ele vai comprar alguma coisa com seu dinheiro – disse Martha. – Tanto melhor, será uma economia. É um avarento, esse chinês!

— Devíamos pegá-lo pela fome – disse Josette. – Há oito dias não faz nenhum outro serviço, está sempre lá em cima, faço o trabalho dele! Bem que podia nos pagar por isso, presenteando-nos com uns arenques; se os trouxer, darei um jeito de surrupiá-los!

— Ah! – disse Martha. – Estou ouvindo a srta. Marguerite a chorar. Seu velho pai feiticeiro vai devorar a casa sem dizer uma palavra cristã. Na minha terra, já o teriam queimado vivo; mas aqui não se tem mais religião do que entre os mouros da África.

A srta. Claës mal continha os soluços ao atravessar a galeria. Chegou a seu quarto, procurou a carta da mãe e leu o que segue:

*Minha filha, se Deus permitir, meu espírito estará em teu coração quando leres estas linhas, as últimas que terei traçado! Elas são cheias de amor por meus queridos filhos que estão entregues a um demônio ao qual eu não soube resistir. Ele terá então consumido o pão de vocês, assim como devorou minha vida e até mesmo meu amor. Sabias, minha bem-amada, o quanto eu amava teu pai! Vou expirar amando-o menos, pois tomo contra ele precauções que não teria confessado em vida. Sim, terei guardado no fundo de meu ataúde um último recurso para o dia em que estiverem no mais alto grau do infortúnio. Se forem reduzidos à indigência, ou se for preciso salvar a honra, minha filha, encontrarás na casa do padre de Solis, se ainda estiver vivo, ou então na casa de seu sobrinho, nosso bom Emmanuel, cerca de cento e setenta mil francos que os ajudarão a viver. Se nada puder domar a paixão de teu pai, se os filhos não forem uma barreira mais forte para ele do que foi minha felicidade, e não o detiverem em sua marcha criminosa, deixem-no, vivam ao menos! Eu não podia abandoná-lo, estava consagrada a ele. Tu, Marguerite, salva a família! Absolvo-te de tudo o que fizeres para defender Gabriel, Jean e Félicie. Tem coragem, sê o anjo tutelar dos Claës. Sê firme, não ouso dizer sem piedade; mas, para poder reparar os males já feitos, é preciso conservar alguma fortuna, e deves considerar-te como estando no dia seguinte à miséria, nada deterá a fúria da paixão que me arrebatou tudo. Assim, minha filha, será bondade de coração esquecer teu coração; tua dissimulação, se for preciso mentir a teu pai, seria gloriosa; teus atos, por censuráveis que possam parecer, seriam todos heroicos no objetivo de proteger a família. Foi o que me disse o virtuoso padre de Solis, e nunca houve consciência mais pura e mais clarividente que a dele. Eu não teria tido a força de te dizer estas palavras, mesmo ao morrer. Sê, no entanto, sempre respeitosa e boa nessa horrível luta! Resiste adorando, recusa com doçura. Assim terei tido lágrimas desconhecidas e dores que só se manifestarão após minha morte. Beija em meu nome meus queridos filhos, no momento em que te tornas a proteção deles. Que Deus e os santos estejam contigo.*

*Joséphine*

A essa carta juntava-se uma declaração dos srs. de Solis, tio e sobrinho, que se comprometiam a entregar o valor colocado em suas mãos pela sra. Claës àquele de seus filhos que lhes apresentasse esse escrito.

– Martha! – gritou Marguerite à aia, que subiu prontamente. – Vá à casa do sr. Emmanuel e peça-lhe que venha até aqui. – "Nobre e discreta criatura! Ele nunca me disse nada, a mim", ela pensou, "a mim cujos desgostos e os pesares se tornaram os seus."

Emmanuel chegou antes que Martha estivesse de volta.

– Você guardou segredos de mim? – disse ela mostrando-lhe o escrito.

Emmanuel baixou a cabeça.

– Marguerite, a situação é então muito grave? – ele falou, e algumas lágrimas escorreram-lhe dos olhos.

– Oh! Sim, seja meu amparo, você que minha mãe chamou *nosso bom Emmanuel* – disse ela, mostrando-lhe a carta e não podendo reprimir um movimento de alegria ao ver sua escolha aprovada pela mãe.

– Meu sangue e minha vida se tornaram seus logo após o dia em que a vi na galeria – ele respondeu chorando de alegria e de dor –, mas eu não sabia, não ousava esperar que um dia você aceitasse meu sangue. Se me conhece bem, deve saber que minha palavra é sagrada. Perdoe-me essa perfeita obediência às vontades de sua mãe, não me cabia julgar as intenções dela.

– Você nos salvou – ela disse, interrompendo-o e pegando-o pelo braço para descer ao salão.

Após ficar sabendo a origem da quantia que Emmanuel guardava, Marguerite confiou-lhe a triste situação que afligia a casa.

– É preciso pagar as letras de câmbio – disse Emmanuel –, se estiverem todas com Mersktus, você ganhará os juros. Entregar-lhe-ei os setenta mil francos que restarem. Meu pobre tio deixou-me uma quantia semelhante em ducados que será fácil transportar em segredo.

– Sim – disse ela –, traga-os à noite; quando meu pai estiver dormindo, nós dois os esconderemos. Se ele souber que tenho dinheiro, talvez queira tomá-lo à força. Oh! Emmanuel, desconfiar do próprio pai! – e começou a chorar, apoiando a testa sobre o coração do rapaz.

Esse gracioso e triste gesto pelo qual Marguerite buscava uma proteção foi a primeira expressão de um amor sempre envolto em melancolia, sempre contido numa esfera de dor; mas o coração muito repleto tinha que transbordar, e transbordou sob o peso de uma miséria!

– Que fazer? Que será de nós? Ele não enxerga nada, não se preocupa nem conosco nem com ele, pois não sei como consegue viver naquele sótão cujo ar queima.

– O que esperar – disse Emmanuel – de um homem que a todo momento exclama como Ricardo III: "Meu reino por um cavalo!"? Ele será sempre implacável, e você deve ser tanto quanto ele. Pague suas letras de câmbio, dê a ele, se quiser, sua fortuna; mas a de sua irmã e a de seus irmãos não são suas nem dele.

– Dar minha fortuna? – disse ela, apertando a mão de Emmanuel e lançando-lhe um olhar de fogo. – Você me aconselha isso, você! Enquanto Pierquin dizia mil mentiras para que eu a conservasse.

– Ai, será que sou egoísta à minha maneira? – ele falou. – Às vezes gostaria de vê-la sem fortuna, parece que estaria mais perto de mim; outras vezes gostaria que fosse rica, feliz, achando uma mesquinharia julgarmo-nos separados pelas pobres grandezas da fortuna.

– Querido! Não falemos de nós...

– Nós! – ele repetiu com enlevo. Depois de uma pausa, acrescentou: – O mal é grande, mas não é irreparável.

– Será reparado somente por nós, a família Claës não tem mais chefe. Para chegar a não ser mais nem pai nem homem, para não ter nenhuma noção do justo e do injusto, pois, sendo tão nobre, generoso e probo, dissipou, não obstante a lei, os bens dos filhos aos quais deve servir de defensor, em que abismo terá caído? Meu Deus!, o que será que ele busca?

– Infelizmente, minha querida Marguerite, se age mal como chefe de família, ele tem razão cientificamente; e uns vinte homens da Europa irão admirá-lo, lá onde os outros só veem loucura; mas você pode, sem escrúpulos, recusar-lhe a fortuna dos filhos. Uma descoberta sempre foi um acaso. Se seu pai deve encontrar a solução de seu problema, ele a encontrará sem tanto custo, e talvez no momento em que tiver desesperado dela.

– Minha pobre mãe é feliz – disse Marguerite –, terá sofrido mil vezes a morte antes de morrer, ela que pereceu em seu primeiro choque contra a Ciência. Mas esse combate não tem fim...

– Há um fim – retorquiu Emmanuel. – Quando não tiverem mais nada, o sr. Claës não obterá mais crédito e terá que parar.

– Que pare então a partir de hoje! – exclamou Marguerite. – Estamos sem recursos.

O sr. de Solis foi resgatar as letras de câmbio e veio entregá-las a Marguerite. Balthazar desceu alguns momentos antes do jantar, contrariando seus hábitos. Pela primeira vez, depois de dois anos, a filha percebeu em sua fisionomia os sinais de uma tristeza horrível de ver: ele voltara a ser pai, a razão havia expulsado a Ciência; olhou para o pátio, para o jardim, e, quando teve certeza de estar a sós com a filha, aproximou-se dela por um movimento cheio de melancolia e de bondade.

– Minha filha – disse, tomando-lhe a mão e apertando-a com untuosa ternura –, perdoa teu velho pai. Sim, Marguerite, eu errei. Somente tu tens razão. Enquanto eu não tiver encontrado, sou um miserável! Irei embora daqui. Não quero ver vender Van Claës – disse ele, mostrando o retrato do mártir. – Ele morreu pela Liberdade, eu terei morrido pela Ciência, ele venerado, eu odiado.

– Odiado, meu pai? Não – disse ela, lançando-se contra o peito dele. – Nós todos o adoramos. Não é mesmo, Félicie? – disse à irmã que entrava nesse momento.

– O que houve, meu querido pai? – disse a filha mais jovem, tomando-lhe a mão.

– Eu arruinei vocês.

– Ora! – retorquiu Félicie. – Nossos irmãos nos farão uma fortuna. Jean é sempre o primeiro em sua classe.

– Veja, meu pai – retomou Marguerite, levando Balthazar com um movimento cheio de graça e de meiguice filial até a lareira onde pegou alguns papéis que estavam debaixo do relógio de parede –, aqui estão suas letras de câmbio; mas não assine mais nenhuma, não haveria mais nada para pagá-las...

– Então tens dinheiro – disse Balthazar ao ouvido de Marguerite, quando se recuperou de sua surpresa.

Essa frase sufocou a heroica filha, ante o delírio, a alegria e a esperança que brotaram no rosto do pai que olhava ao redor, como para descobrir ouro.

– Meu pai – disse ela com um acento de dor –, tenho minha fortuna.

– Dá-me essa fortuna – disse ele deixando escapar um gesto ávido –, eu te devolverei multiplicada por cem.

– Sim, eu darei – respondeu Marguerite, contemplando Balthazar que não compreendeu o sentido que a filha colocava nessa palavra.

– Ah! querida filha – ele disse –, salvas minha vida! Imaginei uma última experiência, depois da qual nada mais será possível. Se desta vez não o encontrar, terei que renunciar ao Absoluto. Dá teu braço, vem, filha querida, gostaria de fazer de ti a mulher mais feliz da terra, me devolves à felicidade, à glória, me ofereces o poder de cumular todos vocês de tesouros, irei enchê-los de joias, de riquezas.

Beijou a filha na testa, tomou-lhe as mãos, apertou-as, testemunhou-lhe sua alegria por meiguices que pareceram quase servis a Marguerite; durante o jantar Balthazar via somente ela, mirava-a com desvelo, com atenção, com a vivacidade que um amante manifesta por sua amada: se ela fazia um gesto, ele buscava adivinhar seu pensamento, seu desejo, e levantava-se para servi-la; deixava-a envergonhada, havia em suas atenções uma espécie de juventude que contrastava com sua velhice antecipada. A essas meiguices, porém, Marguerite opunha o quadro da miséria atual, seja por uma palavra de dúvida, seja por um olhar às prateleiras vazias do guarda-louça da sala de jantar.

– Olha, dentro de seis meses – ele falou – tudo isso estará cheio de ouro e de maravilhas. Serás como uma rainha. Sim! A natureza inteira nos pertencerá, estaremos acima de tudo... e graças a ti... minha Marguerite. Margarita! – ele continuou, sorrindo. – Teu nome é uma profecia. Margarita quer dizer uma pérola, Sterne disse isso em algum lugar. Já leste Sterne? Queres um Sterne? Vais gostar.

– Dizem que a pérola é o fruto de uma doença – ela respondeu –, e já sofremos bastante!

– Não fiques triste, farás a felicidade daqueles que amas, serás muito poderosa, muito rica.

– A senhorita tem um bom coração – disse Lemulquinier, cuja face bexiguenta esboçou penosamente um sorriso.

Durante o resto da noite, Balthazar exibiu para as duas filhas todas as graças de seu caráter e todo o charme de sua conversa. Sedutor como a serpente, suas palavras e seus olhares espalhavam um fluido magnético, ele prodigalizava aquela força do gênio, aquele suave espírito que fascinara Joséphine, e pôs, por assim dizer, as filhas dentro de seu coração. Quando Emmanuel de Solis chegou, ele encontrou, pela primeira vez depois de muito tempo, o pai e as filhas reunidos. Apesar de sua reserva, o jovem diretor de colégio cedeu ao prestígio dessa cena, pois a conversação e as maneiras de Balthazar tinham um encanto irresistível. Embora mergulhados nos abismos do pensamento, e incessantemente ocupados em observar o mundo moral, os homens de ciência percebem mesmo assim os menores detalhes na esfera onde vivem. Mais intempestivos do que distraídos, nunca estão em harmonia com o que os cerca, sabem e esquecem tudo; prejulgam o futuro, profetizam para si mesmos, estão a par de um acontecimento antes que ocorra, mas nada dizem a respeito. Se, no silêncio das meditações, fazem uso de seu poder para reconhecer o que se passa ao redor, basta-lhes ter adivinhado: o trabalho os arrebata, e eles aplicam quase sempre em vão os conhecimentos que adquiriram sobre as coisas da vida. Às vezes, quando despertam de sua apatia social, ou quando caem do mundo moral no mundo exterior, retornam ao primeiro com uma memória enriquecida e não são alheios a nada. Assim Balthazar, que juntava a perspicácia do coração à perspicácia do cérebro, sabia todo o passado da filha, conhecia ou adivinhava os menores acontecimentos do amor misterioso que a unia a Emmanuel, provou-lhes isso de maneira fina, e aprovou essa afeição partilhando-a. Era a mais doce lisonja que um pai podia fazer, e os dois amantes não souberam resistir-lhe. Essa noite foi deliciosa pelo contraste com os desgostos que assaltavam a vida dessas pobres crianças. Quando Balthazar retirou-se, depois de tê-los, por assim dizer, enchido com sua luz e banhado em sua ternura, Emmanuel de Solis, que até então se mostrara contido, desembaraçou-se dos três mil ducados em ouro que trazia nos bolsos, temendo que o percebessem. Colocou-os na mesa de trabalho de Marguerite, que os cobriu com a roupa que remendava, e foi buscar o resto da quantia. Quando voltou, Félicie tinha ido deitar-se. Soaram onze horas. Martha se ocupava com Félicie, ajudando-a a despir-se.

– Onde esconder isso? – disse Marguerite, que não resistiu ao prazer de manejar alguns ducados, uma criancice que lhe foi fatal.

– Vou levantar essa coluna de mármore cuja base é oca – disse Emmanuel –, você introduz os pacotes e o diabo não irá procurá-los aí.

No momento em que Marguerite fazia a última viagem da mesa à coluna, ela deu um grito agudo, deixou cair os pacotes cujas moedas romperam o papel e se espalharam no chão: o pai estava à porta do salão, e mostrava no rosto uma expressão de avidez que a assustou.

– Que estão fazendo aí? – ele disse, olhando alternadamente para a filha, que o medo pregava ao chão, e para o rapaz que bruscamente se erguera, mas cuja atitude junto à coluna era bastante significativa. O ruído das moedas no soalho foi horrível, e sua dispersão parecia profética. – Não me enganei – disse Balthazar sentando-se –, eu tinha ouvido o som do ouro.

Ele não estava menos emocionado que os dois jovens, cujos corações palpitavam em uníssono com as pulsações do relógio de pêndulo, em meio ao profundo silêncio que reinou de repente no salão.

– Agradeço-lhe, sr. de Solis – disse Marguerite a Emmanuel, lançando-lhe um olhar que significava: "Ajude-me a salvar essa quantia".

– Quê! Esse ouro... – retomou Balthazar, dirigindo olhares de uma assustadora lucidez à filha e a Emmanuel.

– Esse ouro pertence a este senhor que teve a bondade de emprestá-lo para que eu honrasse nossos compromissos – ela respondeu.

O sr. de Solis corou e quis sair.

– Senhor – disse Balthazar pegando-o pelo braço –, não se furte a meus agradecimentos.

– O senhor não me deve nada, esse dinheiro pertence à srta. Marguerite, que o toma de empréstimo com a garantia de seus bens – ele falou olhando para sua amada, que lhe agradeceu com um imperceptível piscar de pálpebras.

– Não aceitarei isso – disse Claës, que pegou uma pena e uma folha de papel na mesa onde Félicie costumava trabalhar, e virou-se para os dois jovens espantados: – Quanto temos aí?

A paixão tornara Balthazar mais astuto que o mais tratante e habilidoso dos administradores; a quantia ia ser dele. Marguerite e o sr. de Solis hesitavam.

— Contemos — disse ele.

— Há seis mil ducados — respondeu Emmanuel.

— Setenta mil francos — disse Claës.

O olhar que Marguerite lançou ao namorado deu-lhe coragem.

— Senhor — disse ele tremendo —, seu compromisso é sem valor, perdoe-me esta expressão puramente técnica; emprestei esta manhã à senhorita cem mil francos para resgatar as letras de câmbio que o senhor não tinha condições de pagar, portanto não poderia dar-me nenhuma garantia. Esses setenta mil francos são da senhorita sua filha, que pode dispor deles como bem lhe aprouver, mas só os empresto sob a promessa que ela fez de assinar um contrato que me dê garantias sobre a parte dela nas terras nuas de Waignies.

Marguerite desviou a cabeça para esconder as lágrimas que lhe vieram aos olhos, ela conhecia a pureza de coração que distinguia Emmanuel. Educado pelo tio na prática mais severa das virtudes religiosas, o jovem tinha um horror especial à mentira; após ter oferecido a vida e o coração a Marguerite, ele fazia-lhe ainda o sacrifício de sua consciência.

— Adeus, senhor — disse-lhe Balthazar. — Eu achava que tinha mais confiança num homem que o via com os olhos de um pai.

Depois de trocar com Marguerite um olhar deplorável, Emmanuel foi acompanhado por Martha até a porta da rua. No momento em que o pai e a filha ficaram a sós, Claës disse à filha:

— Tu me amas, não é?

— Não faça rodeios, meu pai. O senhor quer essa quantia, mas não a terá de modo algum.

Pôs-se a juntar os ducados, o pai ajudou-a em silêncio a recolhê-los e a verificar a quantia que semeara, e Marguerite

deixou que ele o fizesse sem mostrar a menor desconfiança. Empilhados os dois mil ducados, Balthazar disse com um ar de desespero:
— Marguerite, preciso desse ouro!
— Seria um roubo se o tomasse — ela respondeu friamente.
— Escute, meu pai: é preferível matar-nos de uma vez do que fazer-nos sofrer mil mortes diariamente. Escolha quem deve sucumbir, o senhor ou nós.
— Vocês terão assim assassinado seu pai — ele retorquiu.
— Teremos vingado nossa mãe — ela disse, mostrando o lugar onde a sra. Claës morrera.
— Minha filha, se soubesses do que se trata, não me dirias tais palavras. Escuta, vou te explicar o problema... Mas será que me compreenderás? — exclamou com desespero. — Enfim, aceita! Acredita uma vez em teu pai! Sim, sei que fiz tua mãe sofrer; que dissipei, para empregar a palavra dos ignorantes, minha fortuna e dilapidei a de vocês; que todos vocês trabalham por aquilo que chamas uma loucura; mas escuta, meu anjo, minha bem-amada, meu amor, minha Marguerite, podes me escutar? Se eu não tiver êxito, entrego-me a ti, te obedecerei como deverias, tu, me obedecer; farei tuas vontades, deixarei que governes minha fortuna, não serei mais o tutor de meus filhos, me despojarei de toda autoridade. Juro por tua mãe — ele disse, derramando lágrimas.

Marguerite desviou a cabeça para não ver esse rosto em prantos, e Claës lançou-se aos joelhos da filha acreditando que ela ia ceder.

— Marguerite, Marguerite, aceita! Que são setenta mil francos para evitar remorsos eternos? Olha, vou morrer, isso me matará. Estás ouvindo? Minha palavra será sagrada. Se eu fracassar, renuncio a meus trabalhos, abandono Flandres, até mesmo a França, se exigires, irei trabalhar como servente de pedreiro para refazer centavo a centavo minha fortuna e devolver um dia a meus filhos o que a Ciência lhes terá tomado.

Marguerite queria erguer o pai que insistia em ficar de joelhos, e ele acrescentou, chorando:

— Sê uma última vez terna e devotada! Se eu não for bem-sucedido, eu mesmo te darei razão em tua dureza. Poderás me chamar de velho louco, de mau pai! Enfim, dirás que sou um ignorante! Eu, quando ouvir essas palavras, beijarei tuas mãos, deixarei que me batas, se quiseres; e, quando me bateres, te abençoarei como a melhor das filhas ao lembrar que me deste teu sangue!

— Se fosse apenas o meu sangue, eu lhe daria — ela exclamou —, mas posso deixar que a Ciência esfole minha irmã e meus irmãos? Não! Basta, basta — disse ela enxugando as lágrimas e afastando as mãos acariciantes do pai.

— Setenta mil francos e dois meses — disse ele, levantando-se com raiva —, não preciso mais que isso; mas minha filha coloca-se entre mim e a glória e a riqueza. Sê maldita! — praguejou. — Não és nem filha, nem mulher, não tens coração, não serás nem mãe, nem esposa — acrescentou, para dizer em seguida: — Deixa eu pegar, minha queridinha, minha filha querida, eu te adorarei! — estendendo a mão para o ouro num gesto de energia atroz.

— Não tenho defesa contra a força, mas Deus e o grande Claës nos veem! — disse Marguerite, apontando o retrato.

— Está bem! Tenta viver coberta com o sangue de teu pai — bradou Balthazar, lançando-lhe um olhar de horror. Levantou-se, contemplou o salão e saiu lentamente. Ao chegar à porta, virou-se como faria um mendigo e interrogou a filha por um gesto ao qual Marguerite respondeu com um sinal de cabeça negativo. — Adeus, minha filha — disse ele com doçura —, procura viver feliz.

Quando ele desapareceu, Marguerite permaneceu num estupor que teve por efeito isolá-la da terra, ela não estava mais no salão, não sentia mais seu corpo, tinha asas e voava nos espaços do mundo moral onde tudo é imenso, onde o pensamento aproxima as distâncias e os tempos, onde alguma mão divina ergue o véu estendido sobre o futuro. Pareceu-lhe que dias inteiros transcorriam entre cada um dos passos dados pelo pai ao subir a escada; depois sentiu um arrepio de horror no momento em que o ouviu entrar no quarto. Guiada por um pressentimento que atravessou sua alma com a claridade pungente de um relâmpago, subiu a escada, sem luz, sem ruído, com a velocidade de uma flecha e viu o pai que encostava à testa uma pistola.

– Tome tudo! – ela gritou, lançando-se em direção a ele.

Caiu sobre uma poltrona e Balthazar, vendo-a pálida, pôs-se a chorar como choram os velhos; voltou a ser criança, beijou-a na testa, disse-lhe palavras sem nexo, estava prestes a saltar de alegria e parecia querer brincar com ela como um amante com sua amada depois de ter obtido a felicidade.

– Basta, basta, meu pai! – ela disse. – Lembre sua promessa! Se não for bem-sucedido, o senhor me obedecerá!

– Sim.

– Ó minha mãe – disse ela virando-se para o quarto da sra. Claës –, a senhora teria dado tudo, não é mesmo?

– Dorme em paz – disse Balthazar –, és uma boa filha.

– Dormir! – disse ela. – Não tenho mais as noites da minha juventude; o senhor me envelhece, meu pai, assim como lentamente fez murchar o coração de minha mãe.

– Pobre criança, eu gostaria de te tranquilizar explicando os efeitos da magnífica experiência que acabo de imaginar, compreenderias que...

– Compreendo apenas nossa ruína – ela falou e saiu.

Na manhã seguinte, que era um feriado, Emmanuel de Solis trouxe Jean.

– E então? – disse ele com tristeza ao abordar Marguerite.

– Eu cedi – ela respondeu.

– Amor da minha vida – disse ele com um movimento de alegria melancólica –, se tivesse resistido, eu a teria admirado; fraca, porém, eu a adoro!

– Pobre, pobre Emmanuel, o que nos restará?
– Deixe-me agir – exclamou o rapaz com um ar radioso –, nós nos amamos, tudo dará certo!

Alguns meses se passaram numa tranquilidade perfeita. O sr. de Solis fez Marguerite compreender que suas míseras economias nunca constituiriam uma fortuna e a aconselhou a viver confortavelmente tomando, para manter a abundância na casa, o dinheiro restante da quantia da qual ele fora o depositário. Durante esse tempo, Marguerite foi entregue às ansiedades que outrora haviam agitado a mãe em semelhante situação. Por incrédula que fosse, acabara por confiar no gênio do pai. Por um fenômeno inexplicável, muita gente tem esperança sem ter fé. A esperança é a flor do Desejo, a fé é o fruto da Certeza. Marguerite dizia a si mesma: "Se meu pai conseguir, seremos felizes!". Claës e Lemulquinier eram os únicos a dizer: "Conseguiremos!". Infelizmente, dia após dia o rosto desse homem entristecia. Quando vinha jantar, não ousava, às vezes, olhar a filha, outras vezes lançava-lhe olhares de triunfo. Marguerite dedicou suas noites a explicar ao jovem de Solis várias dificuldades legais. Atormentou o pai com perguntas sobre suas relações de família. Por fim completou sua educação viril; preparava-se evidentemente para executar o plano que concebera se o pai sucumbisse mais uma vez em seu duelo com o Desconhecido (o X).

No começo do mês de julho, Balthazar passou um dia inteiro sentado no banco de seu jardim, mergulhado numa triste meditação. Olhou várias vezes o canteiro despojado de tulipas, as janelas do quarto de sua esposa; estremecia certamente ao pensar em tudo que sua luta lhe custara: seus gestos atestavam pensamentos alheios à Ciência. Marguerite veio sentar-se e trabalhar perto dele alguns momentos antes do jantar.

– Então, meu pai, o senhor não conseguiu.
– Não, minha filha.

— Não lhe farei a mais leve censura — disse Marguerite com uma voz suave —, somos igualmente culpados. Exigirei apenas o cumprimento de sua palavra, ela deve ser sagrada, o senhor é um Claës. Seus filhos o cercarão com amor e respeito; mas hoje o senhor me pertence e me deve obediência. Não se inquiete, meu reinado será brando, e inclusive me esforçarei por fazê-lo prontamente terminar. Estou levando Martha, deixo-o por cerca de um mês e para me ocupar do senhor; pois agora — disse ela, beijando-lhe a testa — é meu filho. Amanhã Félicie passará a administrar a casa. A pobre menina só tem dezessete anos, não poderia resistir-lhe; seja generoso, não lhe peça um vintém, pois ela só terá o estritamente necessário às despesas da casa. Tenha coragem, renuncie durante dois ou três anos a seus trabalhos e a seus pensamentos. O problema amadurecerá, terei juntado para o senhor o dinheiro necessário para resolvê-lo, e o resolverá. Está vendo como sua rainha é clemente?

— Nem tudo está então perdido — disse o velho.

— Não, se for fiel à sua palavra.

— Eu obedecerei, minha filha — respondeu Claës com uma profunda emoção.

No dia seguinte, o sr. Conyncks veio de Cambrai buscar sua sobrinha-neta. Estava num carro de viagem e só quis permanecer na casa do primo o tempo necessário até que Marguerite e Martha concluíssem seus preparativos. O sr. Claës recebeu o primo com afabilidade, mas estava visivelmente triste e humilhado. O velho Conyncks adivinhou os pensamentos de Balthazar e, durante o almoço, disse-lhe com uma rude franqueza:

— Tenho alguns de seus quadros, primo, tenho o gosto dos belos quadros, é uma paixão ruinosa; mas todos temos nossa loucura...

— Meu caro tio! — disse Marguerite.

— Você é tido como arruinado, primo, mas um Claës tem sempre tesouros aqui, disse ele batendo na testa. E aqui também, não é mesmo? — acrescentou, apontando o coração. — Sendo assim, conto com você! Achei em minha bolsa de couro uns escudos que coloco a seu serviço.

— Ah! — exclamou Balthazar. — Eu lhe devolverei tesouros...

— Os únicos tesouros que possuímos em Flandres, primo, são a paciência e o trabalho — respondeu severamente Conyncks. — Nosso antepassado tem essas duas palavras gravadas na testa — disse ele, mostrando o retrato do magistrado Van Claës.

Marguerite abraçou o pai, disse-lhe adeus, fez suas recomendações a Josette, a Félicie, e partiu em diligência rumo a Paris. Viúvo, o tio-avô só tinha uma filha de doze anos e possuía uma imensa fortuna, portanto não era impossível que quisesse se casar; assim os habitantes de Douai acreditaram que a srta. Claës desposava seu tio-avô. O boato desse rico casamento trouxe o notário Pierquin de volta à casa dos Claës. Grandes mudanças haviam se produzido nas ideias desse excelente calculista. De dois anos para cá, a sociedade da cidade dividira-se em dois campos inimigos. A nobreza formara um primeiro círculo, e a burguesia, um segundo, naturalmente hostil ao primeiro. Essa separação súbita que ocorreu em toda a França e a dividiu em duas nações inimigas, cujas irritações e ciúmes vinham crescendo, foi uma das principais razões que fizeram a província aceitar a revolução de julho de 1830. Entre as duas sociedades, uma ultramonárquica e a outra ultraliberal, achavam-se os funcionários admitidos, segundo sua importância, em uma ou em outra ala, e que, no momento da queda do poder legítimo, ficaram neutros. No começo da luta entre a nobreza e a burguesia, os cafés realistas ganharam um esplendor inusitado e rivalizaram tão brilhantemente com os cafés liberais que essas festas gastronômicas custaram, dizem, a vida a vários personagens, os quais, como argamassas mal preparadas, não puderam resistir a tais exercícios. Naturalmente as duas sociedades tornaram-se exclusivas e se depuraram. Embora bastante rico para um homem da província, Pierquin foi excluído dos círculos aristocráticos e lançado nos da burguesia. Seu amor-próprio sofreu muito com os fracassos sucessivos que experimentou ao ser imperceptivelmente rejeitado por pessoas com quem pouco antes convivia. Chegava aos quarenta anos de idade, única época da vida em que os homens que se destinam ao casamento podem ainda desposar mulheres jovens. Os partidos aos quais podia aspirar pertenciam à burguesia, e sua ambição tendia a permanecer na alta sociedade, onde uma bela aliança devia introduzi--lo. O isolamento no qual vivia a família Claës deixou-a alheia a esse movimento social. Embora Claës pertencesse à velha aristocracia da província, suas preocupações certamente o impediam de obedecer às antipatias criadas por essa nova classificação das pessoas. Ainda que pudesse ser pobre, uma senhorita Claës trazia ao marido aquela fortuna de vaidade a que aspiram todos os novos ricos. Assim, Pierquin chegou à casa dos Claës com a secreta intenção de fazer os sacrifícios necessários para chegar a um casamento que realizasse doravante todas as suas ambições. Fez companhia a Balthazar e a Félicie durante a ausência de Marguerite, mas reconheceu tardiamente um concorrente temível em Emmanuel de Solis. A herança do falecido padre era tida como considerável; e, aos olhos de um homem que punha ingenuamente em números todas as coisas da vida, o jovem herdeiro parecia mais poderoso por seu dinheiro do que pelas seduções do coração com que jamais se preocupava Pierquin. Essa fortuna dava ao nome de Solis todo o seu valor. O ouro e a nobreza eram como dois lustres que, iluminando-se mutuamente, redobravam o brilho. A afeição sincera que o jovem diretor de colégio demonstrava por Félicie, que tratava como uma irmã, excitou a emulação do notário. Este tentou eclipsar Emmanuel misturando o jargão da moda e as expressões de um galanteio superficial com ares sonhadores, com elegias tristonhas que combinavam tão bem com sua fisionomia. Ao dizer-se desencantado de tudo no mundo, ele virava os olhos para Félicie de modo a fazê-la crer que somente ela poderia reconciliá-lo com a vida. Félicie, a quem pela primeira vez um homem dirigia atenções, escutou essa linguagem sempre tão doce, mesmo quando é mentirosa; tomou o vazio por profundidade e, na necessidade que sentia de fixar os sentimentos vagos e abundantes em seu coração, ocupou-se do primo. Talvez inconscientemente com ciúmes das atenções amorosas que Emmanuel prodigalizava à irmã, certamente queria ver-se, como esta, o objeto dos olhares, dos pensamentos e dos cuidados de um homem. Pierquin notou facilmente a preferência que Félicie lhe dava em relação a Emmanuel, e para ele foi uma razão de persistir em seus esforços, de modo que se comprometeu mais do que queria. Emmanuel vigiou os começos dessa paixão talvez falsa no notário, ingênua em Félicie, cujo futuro estava em jogo. Seguiram-se, entre a prima e o primo, algumas conversas doces, algumas palavras ditas em voz baixa às costas de Emmanuel, enfim, aquelas pequenas ilusões que dão a um olhar, a uma palavra uma expressão cuja doçura insidiosa pode causar inocentes erros. Aproveitando a aproximação a Félicie, Pierquin tentou penetrar o segredo da viagem empreendida por Marguerite, a fim de saber se era casamento e se ele devia renunciar a suas esperanças; mas, apesar de sua grande esperteza, nem Balthazar nem Félicie puderam dar-lhe alguma luz, pois estes nada sabiam dos projetos de Marguerite que, ao tomar o poder, parecia seguir-lhe as máximas, calando sobre seus projetos. A sombria tristeza de Balthazar e seu abatimento tornavam as noites difíceis de passar. Embora Emmanuel tivesse conseguido fazer o químico jogar gamão, Balthazar estava distraído; na maior parte do tempo, esse homem, tão grande por sua inteligência, parecia estúpido. Frustrado em suas esperanças, humilhado por ter devorado três fortunas, jogador sem dinheiro, ele curvava-se ao peso de sua ruína, sob o fardo de suas esperanças menos destruídas do que traídas. Esse homem de gênio, amordaçado pela necessidade, condenando a si mesmo, oferecia um espetáculo verdadeiramente trágico, que teria tocado o homem mais insensível. O próprio Pierquin não contemplava sem um sentimento de respeito esse leão enjaulado, cujos olhos cheios de poder reprimido haviam se tornado calmos à força de tristeza, opacos à força de luz, e que pediam uma esmola que a boca não ousava proferir. Às vezes um brilho passava por essa face seca que se reanimava ao conceber uma nova experiência; depois, quando os olhos de Balthazar se detinham no lugar onde a esposa morrera, pequenas lágrimas rolavam como grãos de areia ardentes no deserto de suas pupilas que o pensamento fazia imensas, e a cabeça tornava a cair sobre o peito. Ele erguera o mundo como um Titã, e o mundo retornava mais pesado sobre seu peito. Essa dor gigantesca, tão virilmente contida, agia sobre Pierquin e sobre Emmanuel que, por vezes, sentiam-se bastante comovidos para querer oferecer a esse homem a quantia necessária a uma série de experiências, a tal ponto são comunicativas as convicções do gênio! Os dois concebiam como a sra. Claës e Marguerite tinham podido jogar milhões nesse sorvedouro; mas a razão interrompia prontamente os impulsos do coração e suas emoções se traduziam por consolos que agravavam ainda mais as penas desse Titã fulminado. Claës não falava da filha mais velha e não se inquietava nem com sua ausência nem com o silêncio que ela mantinha, pois não escrevia nem a ele nem a Félicie. Quando Solis ou Pierquin lhe pediam notícias dela, ele deixava transparecer algum desagrado. Acaso pressentia que Marguerite agia contra ele? Sentia-se humilhado de ter cedido às mãos da filha os direitos majestosos da paternidade? Amava-a menos porque agora ela seria o pai e ele o filho? Talvez houvesse muitas dessas razões e muitos desses sentimentos, que passam como nuvens na alma, no desvalimento mudo que ele fazia pesar sobre Marguerite. Não obstante a grandeza que possam ter os grandes homens conhecidos ou desconhecidos, felizes ou infelizes em suas tentativas, eles têm pequenezas pelas quais se prendem à humanidade. Por uma dupla infelicidade, não sofrem menos por suas qualidades do que por seus defeitos; e talvez Balthazar tivesse que se familiarizar com as dores de suas vaidades feridas. A vida que ele levava e as noites durante as quais essas quatro pessoas se achavam reunidas na ausência de Marguerite foram assim uma vida e foram noites marcadas de tristeza, repletas de vagas apreensões. Foram dias inférteis como charnecas dessecadas, onde brotavam, no entanto, algumas flores, raras consolações. A atmosfera parecia-lhes brumosa na ausência da filha primogênita, que se tornara a alma, a esperança e a força dessa família. Dois meses passaram-se desse modo, durante os quais Balthazar esperou pacientemente a filha. Marguerite foi trazida de volta a Douai pelo tio, que permaneceu na casa em vez de retornar a Cambrai, certamente para apoiar com sua autoridade alguma ação meditada pela sobrinha. O regresso de Marguerite foi uma pequena festa de família. O notário e o sr. de Solis foram convidados a jantar por Félicie e por Balthazar. Quando o carro de viagem deteve-se diante da porta da casa, os quatro foram receber os viajantes com grandes demonstrações de alegria. Marguerite pareceu feliz de rever a casa paterna, seus olhos encheram-se de lágrimas quando atravessou o pátio para chegar até o salão. Ao beijar o pai, suas carícias de moça tinham, porém, pensamentos ocultos, ela corou como uma esposa culpada que não sabe fingir; mas seus olhares logo recuperaram a pureza quando pousaram no sr. de Solis, em quem ela parecia buscar a força de concluir o empreendimento que secretamente iniciara. Durante o jantar, apesar da alegria que animava as fisionomias e as palavras, o pai e a filha se examinaram com desconfiança e curiosidade. Balthazar não fez a Marguerite nenhuma pergunta sobre sua estada em Paris, certamente por dignidade paterna. Emmanuel de Solis imitou essa reserva. Mas Pierquin, que se habituara a conhecer os segredos da família, disse a Marguerite, encobrindo sua curiosidade sob uma falsa bonomia:

– E então, prima, foi a Paris, viu os espetáculos...

– Não vi nada em Paris – ela respondeu –, não fui lá para me divertir. Os dias se passaram tristemente para mim, estava muito impaciente de rever Douai.

– Se eu não tivesse me zangado, ela não teria ido ao Teatro da Ópera, onde, aliás, se aborreceu! – disse o sr. Conyncks.

A noitada foi penosa, todos estavam constrangidos, sorriam com dificuldade ou procuravam demonstrar aquela alegria de encomenda sob a qual se ocultam ansiedades reais. Marguerite e Balthazar estavam às voltas com surdas e cruéis apreensões que reagiam sobre seus corações. Com o passar da noite, mais se alterava a atitude do pai e da filha. Às vezes Marguerite tentava sorrir, mas seus gestos, seus olhares, o som de sua voz traíam uma viva inquietação. Os srs. Conyncks e de Solis pareciam conhecer a causa dos secretos movimentos que agitavam essa nobre moça e a encorajavam por olhares expressivos. Ferido por estar excluído de uma resolução e de procedimentos feitos em seu favor, Balthazar distanciava-se imperceptivelmente das filhas e dos amigos, fingindo guardar silêncio. Marguerite certamente ia lhe dizer o que decidira a respeito dele. Para um homem nobre, para um pai, era uma situação intolerável. Tendo chegado à idade em que nada se dissimula em meio aos filhos, em que a extensão das ideias dá força aos sentimentos, ele tornou-se assim cada vez mais grave, pensativo e tristonho, vendo aproximar-se o momento de sua morte civil. Essa noitada encerrava uma daquelas crises da vida interior que só podem ser explicadas por imagens. As nuvens e os raios se acumulavam no céu, no campo as pessoas riam. Todos sentiam calor, pressentiam a tempestade, levantavam a cabeça e seguiam pela estrada. O primeiro a retirar-se foi o sr. Conyncks, conduzido a seu quarto por Balthazar. Durante sua ausência, Pierquin e o sr. de Solis foram embora. Marguerite despediu-se do notário com muita afeição; não disse nada a Emmanuel, mas apertou-lhe a mão e dirigiu-lhe um olhar úmido. Pediu que Félicie se retirasse e, quando Claës voltou ao salão, encontrou ali a filha sozinha.

– Meu bom pai – disse ela com uma voz trêmula –, foram necessárias as circunstâncias graves em que vivemos para que eu deixasse a casa; no entanto, depois de muitas angústias e após ter superado dificuldades extraordinárias, retorno com algumas chances de salvação para todos nós. Graças ao seu nome, à influência de nosso tio e à proteção do sr. de Solis, obtivemos, para o senhor, um cargo de recebedor das finanças na Bretanha, que dizem render de dezoito a vinte mil francos por ano. Nosso tio fez a caução. Aqui está sua nomeação – disse ela tirando uma carta de sua bolsa. – Sua permanência aqui, durante nossos anos de privações e de sacrifícios, seria intolerável. Nosso pai deve permanecer numa situação ao menos igual àquela em que sempre viveu. Nada lhe pedirei de seus rendimentos, o senhor os empregará como bem quiser. Suplico-lhe apenas que pense que não temos um vintém de renda e que todos viveremos com o que Gabriel nos der de seus rendimentos. A cidade nada saberá dessa vida claustral. Se continuasse em casa, o senhor seria um obstáculo aos meios que empregaremos, minha irmã e eu, para tentar restabelecer seu conforto. Será abusar da autoridade que me deu colocá-lo numa posição em que o senhor mesmo terá de refazer sua fortuna? Dentro de alguns anos, se quiser, será recebedor-geral.

– Quer dizer, Marguerite – disse docemente Balthazar –, que me expulsas de minha casa.

– Não mereço uma censura tão dura – respondeu a filha, contendo os movimentos tumultuosos de seu coração. – O senhor retornará entre nós quando puder habitar sua cidade natal como lhe convém. Aliás, meu pai, não tenho sua palavra? – ela acrescentou friamente. – O senhor deve me obedecer. Meu tio permaneceu para levá-lo à Bretanha, a fim de que não faça a viagem sozinho.

– Não irei – bradou Balthazar, levantando-se –, não preciso da ajuda de ninguém para restabelecer minha fortuna e pagar o que devo a meus filhos.

– Será melhor – retorquiu Marguerite sem se perturbar. – Vou pedir que reflita sobre nossa situação respectiva que explicarei em poucas palavras. Se permanecer nesta casa, seus filhos sairão, a fim de deixá-lo dono de tudo.

– Marguerite! – gritou Balthazar.

– Além disso – ela continuou sem querer notar a irritação do pai –, será preciso informar o ministro de sua recusa, se não aceitar um cargo lucrativo e honroso que, não obstante nossos esforços e nossas proteções, não teríamos obtido sem algumas notas de mil francos habilmente postas por meu tio nas luvas de uma dama...

– Abandonar-me!

– Ou o senhor nos deixa, ou iremos embora – disse ela. – Se eu fosse sua única filha, imitaria minha mãe, sem murmurar contra a sorte que me caberia. Mas minha irmã e meus dois irmãos não morrerão de fome ou de desespero junto do senhor; foi o que prometi àquela que morreu aí – disse ela mostrando o lugar do leito da mãe. – Escondemos do senhor nossas dores, sofremos em silêncio, hoje nossas forças estão gastas. Estamos à beira de um abismo, chegamos ao fundo dele, meu pai! Para sairmos, precisamos não apenas coragem, mas também que nossos esforços não sejam incessantemente frustrados pelos caprichos de uma paixão...

– Meus queridos filhos! – exclamou Balthazar pegando a mão de Marguerite. – Eu os ajudarei, trabalharei, eu...

– Aqui estão os meios – ela respondeu, estendendo-lhe a carta ministerial.

– Mas, meu anjo, o meio que me ofereces para refazer minha fortuna é muito lento! Fazes-me perder o fruto de dez anos de trabalhos e as quantias enormes investidas em meu laboratório. Lá – disse ele, indicando o sótão – estão todos os nossos recursos.

Marguerite caminhou até a porta, dizendo:

– Meu pai, o senhor escolherá!

– Ah! Minha filha, você é muito dura! – ele respondeu, sentando-se numa poltrona e deixando-a partir.

Na manhã seguinte, Marguerite soube por Lemulquinier que o sr. Claës havia saído. Esse simples anúncio a fez empalidecer, e sua atitude foi tão cruelmente significativa que o velho criado lhe disse:

— Fique tranquila, senhorita, o patrão disse que estaria de volta às onze horas para almoçar. Ele não se deitou esta noite. Às duas da madrugada, estava ainda de pé no salão, olhando pela janela o telhado do laboratório. Eu esperava na cozinha, via-o, ele chorava, estava triste. Eis que chega o famoso mês de julho durante o qual o sol é capaz de enriquecer todos nós, e, se a senhorita quisesse...

— Basta! – disse Marguerite, adivinhando todos os pensamentos que deviam ter assaltado o pai.

De fato, com Balthazar ocorrera aquele fenômeno que se apodera de todas as pessoas sedentárias, sua vida dependia, por assim dizer, do lugar com o qual se identificara, seu pensamento casado ao laboratório e à casa os fazia indispensáveis para ele, como é a Bolsa para o jogador que considera perdidos os dias feriados. Nesse lugar estavam suas esperanças, ali circulava a única atmosfera de onde seus pulmões podiam obter o ar vital. Essa aliança dos lugares e das coisas entre os homens, tão poderosa nas naturezas fracas, torna-se quase tirânica nos homens de ciência e de estudo. Deixar a casa era, para Balthazar, renunciar à Ciência, a seu problema, era morrer. Marguerite foi dominada por uma extrema agitação até a hora do almoço. A cena que levara Balthazar a querer matar-se voltou-lhe à lembrança e ela teve medo de um desfecho trágico à situação desesperada em que o pai se achava. Andava de um lado a outro no salão e estremecia toda vez que soava a campainha da porta. Finalmente Balthazar voltou. Enquanto ele atravessava o pátio, Marguerite, que examinou seu rosto com inquietude, viu nele apenas a expressão de uma dor tempestuosa. Quando ele entrou no salão, ela avançou em sua direção para desejar-lhe bom dia; ele a

pegou afetuosamente pela cintura, encostou-a contra o peito, beijou-lhe a testa e disse-lhe ao ouvido:
— Fui solicitar meu passaporte. — O som da voz, o olhar resignado, o movimento do pai, tudo esmagou o coração da pobre filha que desviou a cabeça para esconder suas lágrimas; mas, não podendo reprimi-las, foi até o jardim, de onde voltou após ter chorado à vontade. Durante o almoço, Balthazar mostrou-se alegre como um homem que tomou uma decisão.
— Vamos então partir para a Bretanha, meu tio — disse ele ao sr. Conyncks. — Sempre tive vontade de conhecer essa terra.
— Lá a vida é barata — respondeu o velho tio.
— Meu pai está indo embora? — exclamou Félicie.
O sr. de Solis entrou, trazendo Jean.
— Você deixará ele conosco hoje — disse Balthazar, colocando o filho perto dele —, parto amanhã e quero dizer-lhe adeus.
Emmanuel olhou para Marguerite, que baixou a cabeça. Foi um dia pesaroso, durante o qual todos estavam tristes e reprimiam pensamentos ou lágrimas. Não era uma ausência, mas um exílio. Além do mais, todos sentiam instintivamente o que havia de humilhante para um pai em declarar assim, publicamente, seus desastres, aceitando um cargo e abandonando a família na idade de Balthazar. Mas havia nisso uma grandeza comparável à firmeza de Marguerite, ele parecia aceitar nobremente essa penitência das faltas que o arrebatamento do gênio o fizera cometer. Quando a noitada chegou ao fim e o pai e a filha ficaram a sós, Balthazar, que durante o dia mostrara-se terno e afetuoso como o fora nos belos tempos de sua vida patriarcal, estendeu a mão a Marguerite e disse-lhe com uma ternura mesclada de desespero:
— Estás contente com teu pai?
— O senhor é digno daquele — ela respondeu, mostrando-lhe o retrato de Van Claës.
No dia seguinte, Balthazar, acompanhado de Lemulquinier, subiu ao laboratório como para se despedir das esperanças

que acalentara e que suas operações começadas lhe mantinham acesas. O patrão e o criado trocaram um olhar cheio de melancolia ao entrarem no sótão que iam abandonar talvez para sempre. Balthazar contemplou aquelas máquinas sobre as quais seu pensamento por tanto tempo pairara, cada uma delas ligada à lembrança de uma pesquisa ou de uma experiência. Com um ar triste, ordenou a Lemulquinier que fizesse evaporar gases ou ácidos perigosos, separar substâncias que poderiam causar explosões. Ao tomar esses cuidados, proferia lamentos amargos, como os de um condenado à morte antes de subir ao cadafalso.

– No entanto aqui está – disse ele detendo-se diante de uma cápsula na qual mergulhavam os dois fios de uma pilha de Volta – uma experiência cujo resultado deveria ser esperado. Se ela tivesse êxito, terrível pensamento! Meus filhos não expulsariam de casa um pai que lançaria diamantes a seus pés. Eis aqui uma combinação de carbono e de enxofre – acrescentou falando a si mesmo – na qual o carbono desempenha o papel de corpo eletropositivo; a cristalização deve começar no polo negativo; e, no caso de decomposição, o carbono se transportaria cristalizado...

– Ah! É o que aconteceria – disse Lemulquinier, contemplando o patrão com admiração.

– Ora – prosseguiu Balthazar após uma pausa –, a combinação é submetida à influência dessa pilha que pode agir...

– Se o senhor quiser, vou aumentar seu efeito...

– Não, não, é preciso deixar como está. O repouso e o tempo são condições essenciais à cristalização...

– É verdade! A cristalização precisa de tempo – exclamou o criado-grave.

– Se a temperatura baixar, o sulfeto de carbono se cristalizará – disse Balthazar, continuando a exprimir por pedaços os pensamentos indistintos de uma meditação completa em seu entendimento –, mas, se a ação da pilha operar em certas condições que ignoro... Seria preciso vigiar isso... é possível... Mas em que penso eu? Não se trata mais de Química, meu amigo, devemos ir administrar uma receita na Bretanha.

Claës saiu precipitadamente e desceu para fazer um último almoço de família, do qual participaram Pierquin e o sr. de Solis. Balthazar, querendo acabar com sua agonia científica, disse adeus aos filhos e subiu no carro com o tio, toda a família o acompanhou até a porta. Ali Marguerite despediu-se do pai com um abraço desesperado, ao qual este respondeu dizendo-lhe ao ouvido:

— És uma boa filha, nunca vou te querer mal! — depois cruzou o pátio, refugiou-se no salão, ajoelhou-se no lugar onde a mãe morrera e fez uma ardente prece a Deus para pedir-lhe a força de realizar os duros trabalhos de sua nova vida. Ela já estava fortalecida por uma voz interior que lhe lançara no coração os aplausos dos anjos e os agradecimentos da mãe, quando sua irmã, seu irmão, Emmanuel e Pierquin entraram de volta, após terem olhado a carruagem se afastar até perder-se de vista.

— E agora, senhorita, o que vai fazer? — perguntou-lhe Pierquin.

— Salvar a casa — ela respondeu com simplicidade. — Possuímos cerca de trezentos alqueires em Waignies, minha intenção é fazer desbravar o terreno, dividi-lo em três herdades, construir as instalações necessárias para sua exploração, arrendá-las; creio que dentro de alguns anos, com bastante economia e paciência, cada um de nós — disse ela mostrando a irmã e o irmão — terá uma herdade de quatrocentos e poucos alqueires que poderá render, algum dia, uns quinze mil francos. Meu irmão Gabriel, por sua vez, ficará com esta casa e com o que possui em títulos da Dívida Pública. Depois devolveremos a nosso pai, algum dia, sua fortuna livre de qualquer ônus, usando nossos rendimentos para pagar suas dívidas.

— Mas, querida prima — disse o notário estupefato com o entendimento dos negócios e a fria razão de Marguerite —, serão necessários mais de duzentos mil francos para desbravar suas terras, construir granjas e comprar animais. Onde conseguirá essa quantia?

– Aqui começam meus problemas – disse ela olhando alternadamente para o notário e o sr. de Solis –, não ouso pedi-los a meu tio, que já fez a caução de meu pai.

– Você tem amigos! – exclamou Pierquin, percebendo de repente que as senhoritas Claës *ainda seriam moças de mais de quinhentos mil francos.*

Emmanuel de Solis olhou Marguerite com ternura; mas, infelizmente para ele, Pierquin continuou sendo notário em meio a seu entusiasmo e disse assim:

– Pois eu lhe ofereço esses duzentos mil francos!

Emmanuel e Marguerite se consultaram por um olhar que foi um raio de luz para Pierquin. Félicie corou excessivamente, tal foi sua felicidade de ver o primo tão generoso quanto ela desejava. Olhou para a irmã que, de repente, adivinhou que na sua ausência a pobre menina se deixara levar por alguns galanteios banais de Pierquin.

– Você só me pagará cinco por cento de juros – disse ele.

– Reembolsar-me-á quando quiser e me dará uma hipoteca sobre seus terrenos. Mas fique tranquila, não terá de pagar senão os desembolsos para todos os seus contratos, conseguirei bons granjeiros e farei os negócios gratuitamente a fim de ajudá-la como um bom parente.

Emmanuel fez um sinal a Marguerite para que recusasse; mas ela estava muito ocupada em estudar as mudanças na fisionomia da irmã para percebê-lo. Após uma pausa, ela olhou para o notário com um ar irônico e disse-lhe espontaneamente, para a grande alegria do sr. de Solis:

– Você é um bom parente, não esperava menos de sua parte; mas os juros de cinco por cento retardariam demais nossa liberação, aguardarei a maioridade de meu irmão e venderemos seus bens.

Pierquin mordeu os lábios, Emmanuel pôs-se a sorrir docemente.

– Félicie, minha querida, leva Jean de volta ao colégio, Martha te acompanhará – disse Marguerite mostrando o irmão.

– Jean, meu anjo, tem juízo, não rasgues tuas roupas, não somos bastante ricos para renová-las tão frequentemente como o fazíamos! E agora vai, meu pequeno, estuda bastante.

Félicie saiu com o irmão.

– Certamente vocês – disse Marguerite a Pierquin e ao sr. de Solis – vieram ver meu pai durante minha ausência, agradeço-lhes essas provas de amizade. Com certeza não farão menos por duas pobres moças que vão precisar de conselhos. Quero que me entendam a esse respeito... Quando eu estiver na cidade, os receberei sempre com o maior prazer; mas, quando Félicie estiver aqui sozinha com Josette e Martha, não preciso dizer que ela não deve ver ninguém nem mesmo um velho amigo ou o mais devotado de nossos parentes. Nas atuais circunstâncias, nossa conduta deve ser de uma irreprochável severidade. Por muito tempo estaremos votadas ao trabalho e à solidão.

O silêncio reinou durante alguns instantes. Emmanuel, abismado na contemplação do rosto de Marguerite, parecia mudo, Pierquin não sabia o que dizer. O notário despediu-se da prima, sentindo um impulso de raiva contra si mesmo: acabava de adivinhar que Marguerite amava Emmanuel e que ele havia se comportado como um verdadeiro tolo.

"Pierquin, meu velho", disse ele apostrofando a si mesmo na rua, "um homem que dissesse que és um grande animal teria razão! Como sou estúpido! Tenho doze mil francos de renda, fora o meu cargo, sem contar a sucessão de meu tio Des Racquets, de quem sou o único herdeiro, e que dobrará minha fortuna de um dia para o outro (mas não desejo que ele morra, pois sabe economizar!)... e tenho a infâmia de pedir juros à srta. Claës! Estou certo de que os dois estão agora rindo de mim. Não devo mais pensar em Marguerite! Não. Afinal, Félicie é uma doce e bondosa criatura que me convém mais. Marguerite tem um caráter de ferro, ia querer me dominar, e me dominaria! Vamos, sejamos generosos, não sejamos tão notário! Acaso não posso me livrar desses arreios? Pois vou amar Félicie e permanecerei firme nesse sentimento! Ela terá uma granja de 430 alqueires que, daqui a algum tempo, valerá entre quinze e vinte mil francos de renda, pois as terras de Waignies são boas. Quando meu tio Des Racquets morrer, pobre velho!, vendo meu escritório e serei um homem de cin-quen-ta-mil-fran-cos-de--ren-da. Minha esposa será uma Claës, estarei aliado a famílias consideráveis. Aí quero ver se os Courteville, os Magalhens, os Savaron de Savarus recusarão vir à casa de um Pierquin-Claës--Molina-Nourho! Serei prefeito de Douai, terei a cruz da Legião de Honra, posso ser deputado, chegar ao topo. Sendo assim, Pierquin, meu rapaz, olhe lá!, não façamos mais besteiras, ainda mais que Félicie..., a srta. Félicie Van Claës, te ama."

Quando os dois namorados ficaram a sós, Emmanuel estendeu a mão a Marguerite que nela pôs sua mão direita. Levantaram-se num movimento unânime e foram até seu banco no jardim; mas, no meio do salão, o rapaz não pôde resistir à sua alegria e, com uma voz que a emoção tornava trêmula, disse a Marguerite:

– Tenho trezentos mil francos para você!...
– Como? – ela exclamou. – Será que minha pobre mãe lhe teria confiado ainda...? Não. Então diga!
– Oh! Minha querida Marguerite, o que é meu não é seu? Não foi você que disse pela primeira vez *nós*?
– Querido Emmanuel – ela disse, apertando a mão que continuava a segurar; e, em vez de ir ao jardim, sentou-se na *bergère*.
– Já que aceita, não sou eu que devo agradecer? – disse ele com sua voz amorosa.
– Este momento – ela respondeu – apaga muitas dores, meu bem-amado, e torna mais próximo um futuro radioso!

Sim, aceito tua fortuna – ela prosseguiu, deixando vagar nos lábios um sorriso de anjo –, sei o meio de fazê-la minha. – Olhou para o retrato de Van Claës como se buscasse uma testemunha. O rapaz, que seguia os olhares de Marguerite, não a viu tirar do dedo um anel de moça e só percebeu esse gesto ao ouvir estas palavras:
— Em meio a nossas profundas misérias, surgiu uma felicidade. Meu pai, por despreocupação, deixou-me a livre disposição de mim mesma, disse ela estendendo o anel. Toma, Emmanuel! Minha mãe gostava muito de ti, ela teria te escolhido.

Lágrimas vieram aos olhos de Emmanuel, ele empalideceu, caiu de joelhos e disse a Marguerite, dando-lhe um anel que trazia sempre consigo:
— Aqui está a aliança de minha mãe! – e acrescentou, beijando o anel: – Minha Marguerite, não me dará outra prova de amor além desta?

Ela abaixou-se para oferecer a testa aos lábios de Emmanuel.
— Ai, meu pobre amado, não fazemos assim algo errado? – disse ela, muito comovida. – Pois teremos que esperar muito.
— Meu tio dizia que a adoração era o pão cotidiano da paciência, ao falar do cristão que ama a Deus. Posso te amar assim, pois há muito te confundi com o Senhor de todas as coisas: sou teu, assim como sou dele.

Eles ficaram alguns momentos tomados da mais doce exaltação. Foi a sincera e calma efusão de um sentimento que, como uma fonte muito cheia, transbordava por pequenas ondas incessantes. Os acontecimentos que separavam esses dois amantes eram um motivo de melancolia que tornava a felicidade deles mais intensa, dando-lhe qualquer coisa de agudo como a dor. Félicie retornou demasiado cedo para eles. Emmanuel, instruído pelo tato delicioso que faz adivinhar tudo no amor, deixou as duas irmãs sozinhas, após ter trocado com Marguerite um olhar em que ela pôde ver o que lhe custava essa discrição, pois exprimia o quanto ele era ávido dessa felicidade há tanto tempo desejada e que acabava de ser consagrada pelos esponsais do coração.

– Vem aqui, irmãzinha – disse Marguerite, tomando Félicie pelo pescoço. Depois, levando-a ao jardim, elas foram sentar-se no banco onde cada geração havia confiado suas palavras de amor, seus suspiros de dor, suas meditações e seus projetos. Apesar do tom jovial e da amável fineza do sorriso da irmã, Félicie sentia uma emoção que tinha algo de medo. Marguerite tomou-lhe a mão e percebeu que esta tremia.

– Senhorita Félicie – disse a primogênita aproximando-se do ouvido da irmã –, estou lendo em tua alma. Pierquin esteve aqui várias vezes em minha ausência, veio todas as noites, te disse palavras doces e as escutaste. – Félicie corou. – Não te envergonhes, meu anjo – continuou Marguerite –, é muito natural amar! Talvez tua boa alma transformará um pouco a de teu primo, ele é egoísta, interesseiro, mas é um homem honesto; e certamente os defeitos dele servirão à tua felicidade. Ele te amará como a mais bela de suas propriedades, farás parte dos negócios dele. Perdoa-me esta expressão, minha querida. Poderás corrigir os maus hábitos que ele adquiriu vendo em tudo apenas interesses, ensinando-lhe as coisas do coração. – Félicie não pôde senão beijar a irmã. – Aliás – prosseguiu Marguerite –, ele tem dinheiro. Sua família pertence à mais alta e à mais antiga burguesia. E eu não haveria de me opor à tua felicidade, se queres encontrá-la numa condição medíocre.

Félicie deixou escapar estas palavras:
– Querida irmã!
– Oh! Sim, podes confiar em mim – disse Marguerite. – Que há de mais natural que nos dizermos segredos?

Essa frase cheia de alma deu ensejo a uma daquelas conversas deliciosas em que as moças se dizem tudo. Quando Marguerite, que o amor fizera experiente, reconheceu o estado do coração de Félicie, concluiu dizendo a ela:

— Pois bem, minha criança, tenhamos certeza de que o primo te ama de verdade, e então...
— Deixa isso comigo — respondeu Félicie rindo —, tenho meus modelos.
— Louca! — disse Marguerite, beijando-lhe a testa.

Embora Pierquin pertencesse àquela classe de homens que no casamento veem obrigações, a execução das leis sociais e um meio de transmissão das propriedades, embora fosse indiferente a desposar Félicie ou Marguerite, se uma ou a outra tivessem o mesmo nome e o mesmo dote, mesmo assim ele percebeu que ambas eram, conforme uma de suas expressões, *moças romanescas e sentimentais*, dois adjetivos que as pessoas sem coração empregam para zombar dos dons que a natureza semeia com mão parcimoniosa nos sulcos da humanidade, e o notário disse a si mesmo que era preciso uivar com os lobos. No dia seguinte veio ver Marguerite, levou-a cheio de mistérios ao pequeno jardim e pôs-se a falar de sentimentos, pois essa era uma das cláusulas do contrato primitivo que devia preceder, nas leis da sociedade, o contrato notarial.

— Querida prima — disse ele —, nem sempre fomos da mesma opinião sobre os meios para chegar à conclusão feliz de seus negócios; mas você deve reconhecer hoje que sempre fui guiado por um grande desejo de ser-lhe útil. Pois bem, ontem desperdicei minhas ofertas por um hábito fatal que *o espírito de notário* nos dá, compreende?... Mas meu coração não era cúmplice de minha tolice. Eu já lhe quis muito; no entanto nós, homens, temos uma certa perspicácia, e me dei conta de que não lhe agradava. Foi culpa minha! Um outro foi mais hábil do que eu. Pois bem, venho confessar-lhe muito simploriamente que sinto um amor real por sua irmã Félicie. Trate-me, portanto, como um irmão, conte com meu dinheiro, sirva-se à vontade! Quanto mais servir-se, mais me provará amizade. Sou inteiramente seu, *sem juros*, está entendendo? Nem a doze, nem a um quarto por cento. Basta que me considere digno de Félicie e estarei contente.

Perdoe meus defeitos, eles resultam apenas da prática dos negócios; o coração é bom, e eu preferiria me jogar no rio do que fazer minha esposa infeliz.

– Muito bem, primo – disse Marguerite –, mas minha irmã depende dela e de nosso pai...

– Sei disso, querida prima – disse o notário –, mas você é a mãe de toda a família, e nada me importa tanto ao coração quanto fazê-la o juiz do *meu*.

Essa maneira de falar descreve bastante bem o espírito do honesto notário. Mais tarde, Pierquin tornou-se célebre pela resposta dada ao comandante da guarnição de Saint-Omer que o convidara a assistir a uma festa militar, e que foi assim concebida: "O sr. Pierquin-Claës de Molina-Nourho, prefeito da cidade de Douai, cavaleiro da Legião de Honra, terá de comparecer etc...".

Marguerite aceitou a assistência do notário, mas somente no que concernia à sua profissão, a fim de não comprometer em nada sua dignidade de mulher, nem o futuro da irmã, nem as determinações do pai. Nesse mesmo dia ela confiou a irmã à guarda de Josette e de Martha, que se dedicaram de corpo e alma à jovem patroa, ajudando-a em seus planos de economia. Marguerite partiu em seguida para Waignies, onde iniciou suas operações, que foram sabiamente orientadas por Pierquin. O devotamento tornara-se no espírito do notário como que uma excelente especulação, seus cuidados e seus esforços foram, de certo modo, um investimento de capital que ele não quis de modo algum poupar. Primeiro, tentou evitar a Marguerite o trabalho de fazer desbravar e lavrar as terras destinadas às granjas. Procurou três jovens filhos de granjeiros ricos que desejavam se estabelecer, seduziu-os com a perspectiva que a riqueza dessas terras oferecia e conseguiu que arrendassem as três herdades que iam ser construídas. Dispensados de pagamentos nos três primeiros anos, os granjeiros comprometeram-se a pagar dez mil francos de aluguel no quarto ano, doze mil no sexto, e quinze mil durante o resto do arrendamento, e também a cavar as valas, fazer as plantações e adquirir os animais. Enquanto as herdades eram construídas, os granjeiros prepararam suas terras. Quatro anos após a partida de Balthazar, Marguerite já havia quase restabelecido a fortuna do irmão e da irmã. Duzentos mil francos foram suficientes para pagar todas as construções. Não faltaram auxílios nem conselhos a essa moça corajosa, cuja conduta enchia de admiração a cidade. Marguerite vigiou as obras, a execução de seus negócios e arrendamentos com o bom senso, a atividade e a constância que as mulheres sabem mostrar quando animadas por um grande sentimento. A partir do quinto ano, pôde reservar trinta mil francos obtidos com as herdades, os rendimentos do irmão e o produto dos bens paternos para quitar os capitais hipotecados e reparar os estragos que a paixão de Balthazar causara na casa. A amortização logo se acelerou com a diminuição dos juros. Aliás, Emmanuel de Solis ofereceu a Marguerite os cem mil francos que lhe restavam da sucessão do tio e que ela não havia empregado, acrescentando-lhes uns vinte mil francos de suas próprias economias, de modo que, a partir do terceiro ano de sua gestão, ela pôde saldar uma parte bastante grande das dívidas. Essa vida de coragem, de privações e de devotamento durou cinco anos, mas tudo foi conduzido com êxito sob a administração e a influência de Marguerite.

Formado em engenharia civil, Gabriel, ajudado pelo tio-avô, fez uma rápida fortuna no empreendimento de um canal que construiu e soube agradar a prima, srta. Conyncks, adorada pelo pai e uma das mais ricas herdeiras das duas Flandres. Em 1824, os bens dos Claës não tinham mais ônus, e a casa da Rue de Paris havia reparado suas perdas. Pierquin pediu formalmente a mão de Félicie a Balthazar, e o sr. de Solis fez o mesmo em relação a Marguerite.

No começo de janeiro de 1825, Marguerite e o sr. Conyncks partiram para buscar o pai exilado, cujo retorno era vivamente aguardado por todos, e que se demitiu de seu cargo a fim de permanecer junto da família e completar-lhe a felicidade. Na ausência de Marguerite, que várias vezes lamentara não poder preencher os espaços vazios da galeria e dos aposentos de recepção para o dia em que o pai recuperasse a casa, Pierquin e o sr. de Solis planejaram com Félicie uma surpresa que, de certo modo, faria a irmã mais jovem participar da restauração da Casa Claës. Os dois compraram para Félicie vários belos quadros que lhe ofereceram para decorar a galeria. O sr. Conyncks teve a mesma ideia. Querendo testemunhar a Marguerite a satisfação diante de sua nobre conduta e do devotamento com que cumprira o mandato legado pelo pai, providenciou que lhe trouxessem uns cinquenta de seus mais belos quadros, alguns deles vendidos outrora por Balthazar, de modo que a galeria Claës voltou a ficar completa. Marguerite já fora diversas vezes ver o pai, acompanhada da irmã ou de Jean: a cada vez o encontrara progressivamente mais mudado; mas, depois da última visita, a velhice se manifestara em Balthazar por sintomas preocupantes, e para cuja gravidade pesava certamente a parcimônia com que vivia a fim de empregar a maior parte de seus vencimentos nas experiências que sempre frustravam sua esperança. Embora tivesse apenas 65 anos, tinha a aparência de um octogenário. Seus olhos estavam afundados nas órbitas, as sobrancelhas haviam embranquecido, somente uns poucos cabelos guarneciam-lhe a nuca; deixara crescer a barba, que cortava com a tesoura quando o incomodava; estava encurvado como um velho vinhateiro; além disso, a desordem de suas roupas retomara um caráter de miséria que a decrepitude tornava medonha. Embora um pensamento forte animasse o rosto nobre cujos traços não se viam mais sob as rugas, a fixidez do olhar, um ar desesperado, uma constante inquietude gravavam nele o diagnóstico da demência, ou melhor, de todas as demências juntas. Ora transmitia uma esperança que dava a Balthazar a expressão do monômano; ora a impaciência de não adivinhar um segredo que se apresentava como um fogo-fátuo punha-lhe os sintomas da fúria;

ou então uma gargalhada repentina traía a loucura; enfim, na maior parte do tempo, o abatimento mais completo resumia todos os matizes de sua paixão na fria melancolia do idiota. Por mais fugazes e imperceptíveis que fossem aos olhos dos estranhos, essas expressões eram por demais sensíveis aos que conheciam um Claës sublime por sua bondade, nobre de coração, belo de rosto, e do qual restavam raros vestígios. Envelhecido, cansado como o patrão por constantes trabalhos, Lemulquinier não tivera de sofrer, como ele, as fadigas do pensamento; assim, sua fisionomia apresentava uma singular mistura de inquietude e de admiração pelo mestre, com o qual era fácil iludir-se; embora escutasse a palavra dele com respeito e acompanhasse seus menores gestos com uma espécie de ternura, cuidava do cientista como uma mãe cuida do filho, provendo-lhe as necessidades vulgares da vida nas quais Balthazar jamais pensava. Esses dois velhos dominados por uma ideia, confiantes na realidade de uma esperança, agitados pelo mesmo sopro, um representando o invólucro e o outro alma de uma existência comum a ambos, formavam um espetáculo ao mesmo tempo horrível e enternecedor. Quando Marguerite e o sr. Conyncks chegaram, encontraram Claës estabelecido num albergue; seu sucessor não se fizera esperar e já tomara posse do cargo.

Atravessando as preocupações da Ciência, um desejo de rever a pátria, a casa, a família agitava Balthazar; a carta da filha lhe anunciara acontecimentos felizes, ele pensava em coroar sua carreira por uma série de experiências que o levariam enfim à solução de seu problema; assim esperava Marguerite com uma excessiva impaciência. A filha lançou-se chorando de alegria nos braços do pai. Desta vez, vinha buscar a recompensa de uma vida sofrida e o perdão de sua glória doméstica. Sentia-se criminosa, à maneira dos grandes homens que violam as liberdades para salvar a pátria. Mas, ao contemplar o pai, estremeceu quando viu as mudanças que, desde a última visita, haviam se operado nele. Conyncks partilhou o secreto pavor da sobrinha e insistiu em levar o primo o quanto antes a Douai, onde a influência da pátria podia devolvê-lo à razão, à saúde, restituindo-lhe à vida feliz do lar. Após as primeiras efusões que foram mais vivas da parte de Balthazar do que Marguerite imaginava, ele mostrou atenções estranhas em relação a ela; lamentou recebê-la num quarto pobre de albergue, quis saber seus gostos, perguntou o que queria para suas refeições com a solicitude de um amante; enfim, portou-se como um culpado que quer abrandar seu juiz. Marguerite conhecia tão bem o pai que adivinhou o motivo dessa ternura, supondo que ele poderia ter contraído dívidas na cidade das quais quisesse se livrar antes de partir. Ela o observou por algum tempo e viu então o coração humano a descoberto. Balthazar se apequenara. O sentimento de sua humilhação, o isolamento no qual a Ciência o colocava, tornara-o tímido e infantil em todas as questões alheias às suas ocupações favoritas; a filha mais velha impunha-lhe respeito: a lembrança de seu devotamento passado, da força que ela manifestara, a consciência do poder que ele a deixara tomar, a fortuna que ela conquistara e os sentimentos indefiníveis que se apoderaram dele desde o dia em que abdicara a paternidade já comprometida, certamente a haviam engrandecido, dia após dia. Conyncks parecia nada significar aos olhos de Balthazar, ele só via a filha e só pensava nela, temendo-a como certos maridos fracos temem a esposa superior que os subjugou; quando levantava os olhos para ela, Marguerite neles surpreendia, com sofrimento, uma expressão de temor, como a de uma criança que se sente culpada. A nobre filha não sabia como conciliar a majestosa e terrível expressão daquele crânio devastado pela Ciência e pelas pesquisas, com o sorriso pueril, com o servilismo ingênuo que se estampavam nos lábios e na fisionomia de Balthazar. Ficou ferida com o contraste entre a grandeza e a pequeneza e prometeu-se usar sua influência para fazer o pai reconquistar toda a sua dignidade, no dia solene em que reapareceria no seio da família. Primeiro, ela aproveitou um momento em que estavam a sós para dizer-lhe ao ouvido:

– O senhor deve alguma coisa aqui?
Balthazar corou e respondeu com um ar embaraçado:
– Não sei, mas Lemulquinier lhe dirá. Esse bravo rapaz está mais a par de meus negócios do que eu mesmo.
Marguerite chamou o criado-grave e, quando ele chegou, examinou quase involuntariamente a fisionomia dos dois velhos.
– O patrão deseja alguma coisa? – perguntou Lemulquinier.
Marguerite, que era toda orgulho e nobreza, sentiu um aperto no coração ao perceber, no tom e na atitude do criado, que se estabelecera uma familiaridade ruim entre o pai e seu companheiro de trabalhos.
– Então meu pai não pode fazer sem você as contas do que deve aqui? – disse Marguerite.
– O patrão – respondeu Lemulquinier – deve...
A essas palavras, Balthazar fez ao criado um sinal que Marguerite surpreendeu e que o humilhou.
– Diga-me tudo o que meu pai deve – ela exclamou.
– Aqui, o patrão deve mil escudos a um boticário que vende por atacado, e que nos forneceu potassas cáusticas, chumbo, zinco e reagentes.
– É tudo? – disse Marguerite.
Balthazar reiterou um sinal afirmativo a Lemulquinier que, fascinado pelo patrão, disse:
– Sim, senhorita.
– Pois bem – ela continuou –, pagarei essas dívidas.
Balthazar beijou alegremente a filha, dizendo-lhe:
– És um anjo para mim, minha menina.
E respirou mais à vontade, mirando-a com um olhar menos triste; mas, apesar dessa alegria, Marguerite reconheceu-lhe no rosto os sinais de uma profunda inquietação e julgou que esses mil escudos eram apenas as dívidas pequenas do laboratório.
– Seja franco, meu pai – disse ela sentando-se sobre os joelhos dele –, o senhor deve mais alguma coisa? Confesse-me

tudo, volte para sua casa sem conservar um princípio de temor em meio à alegria geral.

– Minha querida Marguerite – disse ele, tomando-lhe as mãos e beijando-as com uma graça que parecia ser uma lembrança de sua juventude –, ficarás zangada comigo...

– Não – disse ela.

– Verdade? – ele respondeu, deixando escapar um gesto de alegria infantil. – Posso então dizer tudo e pagarás?...

– Sim – disse ela, reprimindo lágrimas que lhe vinham aos olhos.

– Bem, eu devo... Oh! não tenho coragem...

– Vamos, diga, meu pai!

– É considerável – ele continuou.

Ela juntou as mãos num gesto de desespero.

– Devo trinta mil francos aos srs. Protez e Chiffreville.

– Trinta mil francos – ela disse. – São minhas economias, mas as ofereço com prazer – acrescentou, beijando-lhe respeitosamente a testa.

Ele levantou-se, pegou a filha nos braços e girou ao redor do quarto, fazendo-a rodopiar como uma criança; depois, colocou-a de volta na poltrona onde estava, exclamando:

– Minha querida, és um tesouro de amor! Eu não vivia mais. Os Chiffreville me escreveram três cartas ameaçadoras e queriam me processar, a mim que os ajudei a fazer uma fortuna.

– Meu pai – disse Marguerite com um acento de desespero –, então continua buscando sempre?

– Sempre – disse ele com um sorriso de louco. – Descobrirei, pode ter certeza... Se soubesses onde nós estamos!

– Nós, quem?

– Falo de Mulquinier, ele acabou por me compreender, me ajuda muito. Pobre rapaz, é tão devotado a mim!

Conyncks interrompeu a conversa ao entrar, Marguerite fez um sinal ao pai para se calar, temendo que se desconsiderasse aos olhos do tio. Ela estava apavorada com os estragos que a preocupação causara nessa grande inteligência absorvida na investigação de um problema talvez insolúvel. Balthazar, que certamente não via nada além de seus fornos, não adivinhava sequer a liberação de sua fortuna. No dia seguinte, eles partiram para Flandres. A viagem foi bastante longa para que Marguerite pudesse adquirir confusas luzes sobre a situação na qual se achavam seu pai e Lemulquinier. Será que o criado teria sobre o mestre aquela ascendência que os maiores espíritos sabem tomar de pessoas sem educação que se sentem necessárias, deixando-se, de concessão em concessão, dominar com a persistência que possui uma ideia fixa? Ou teria o mestre contraído por seu criado aquela espécie de afeição que nasce do hábito, e semelhante à de um operário por sua ferramenta criadora, ou à do árabe por seu corcel libertador? Marguerite examinou alguns fatos para decidir-se, propondo-se subtrair Balthazar a um jugo humilhante, caso fosse real. Ao passar em Paris, ela permaneceu lá durante alguns dias para saldar as dívidas do pai e pedir aos fabricantes de produtos químicos para nada enviar a Douai sem antes avisá-la dos pedidos que Claës lhes fizesse. Conseguiu do pai que mudasse de roupa e retomasse os hábitos de bem vestir condizentes a um homem de sua condição. Essa restauração corporal devolveu a Balthazar uma espécie de dignidade física que foi de bom augúrio para uma mudança de ideias. E então a filha, antecipadamente feliz com as surpresas que aguardavam o pai em sua própria casa, tornou a partir para Douai.

A três léguas da cidade, Balthazar encontrou a filha Félicie a cavalo, escoltada pelos dois irmãos, por Emmanuel, Pierquin e os amigos íntimos das três famílias. A viagem havia necessariamente desviado o químico de seus pensamentos habituais, e o aspecto de Flandres tocara seu coração; assim, quando avistou o alegre cortejo formado pela família e os amigos, sentiu emoções tão fortes que ficou com os olhos úmidos, a voz trêmula, as pálpebras avermelhadas e abraçou tão apaixonadamente os filhos sem poder deixá-los que os espectadores dessa cena se comoveram até as lágrimas. Quando reviu a casa, empalideceu, saltou do carro de viagem com a agilidade de um jovem, respirou o ar do pátio com delícias e pôs-se a olhar os menores detalhes com um prazer que transbordava em seus gestos; aprumou-se, e sua fisionomia rejuvenesceu. Ao entrar no salão, lágrimas lhe vieram aos olhos ao ver a exatidão com que a filha reproduzira seus candelabros de prata vendidos, ao ver que os desastres haviam sido inteiramente reparados. Um almoço esplêndido estava servido na sala de jantar, cujos guarda-louças estavam cheios de curiosidades e pratarias de um valor pelo menos igual ao das peças de outrora. Embora essa refeição tenha durado muito tempo, ela foi suficiente apenas aos relatos que Balthazar exigia de cada um dos filhos. O abalo que esse retorno imprimia em seu moral o fez reencontrar a felicidade da família, e ele mostrou-se novamente um pai. Suas maneiras retomaram a antiga nobreza. No primeiro momento, entregou-se ao gozo da posse, sem perguntar os meios pelos quais recuperava tudo o que havia perdido. Sua alegria foi assim plena e completa. Terminado o almoço, os quatro filhos, o pai e o notário Pierquin passaram ao salão, onde Balthazar viu não sem inquietude papéis timbrados que um escrivão trouxera a uma mesa junto à qual estava, como para assistir seu patrão. Os filhos sentaram-se, e Balthazar, espantado, permaneceu de pé diante da lareira.

– Isto – disse Pierquin – são as contas da tutela que o sr. Claës presta a seus filhos. Embora não seja muito divertido – acrescentou, rindo à maneira dos notários que geralmente adotam um tom brincalhão para falar dos negócios mais sérios –, é absolutamente necessário que ouçam.

Mesmo que as circunstâncias justificassem essa frase, o sr. Claës, a quem a consciência lembrava sua vida passada, aceitou-a como uma censura e franziu as sobrancelhas. O escrivão começou a leitura. O assombro de Balthazar ia crescendo à medida que se desenrolava esse ato. Era afirmado, em primeiro lugar, que a fortuna de sua esposa chegava, no momento do óbito, a cerca de 1.600.000 francos, e a conclusão dessa prestação de contas estipulava claramente a cada um dos filhos a devida parte, como a teria administrado um bom e cuidadoso pai de família. Disso resultava que a casa estava livre de toda hipoteca, que ela pertencia a Balthazar e que seus bens rurais estavam igualmente desonerados. Quando os diversos documentos foram assinados, Pierquin apresentou as quitações dos empréstimos feitos outrora e o desembargo dos registros hipotecários que pesavam sobre as propriedades. Nesse momento, Balthazar, que recuperava ao mesmo tempo a honra do homem, a vida do pai e a consideração do cidadão, caiu numa poltrona; procurou Marguerite que, por uma dessas sublimes delicadezas de mulher, se ausentara durante a leitura a fim de verificar se todas as suas intenções haviam sido bem cumpridas para a festa. Cada um dos membros da família compreendeu o pensamento do velho enquanto seus olhos ligeiramente úmidos buscavam a filha, que todos viam nesse momento pelos olhos da alma, como um anjo de força e de luz. Jean foi chamar Marguerite. Ao ouvir os passos da filha, Balthazar correu para abraçá-la.

– Meu pai – disse ela ao pé da escada onde o velho a estreitou nos braços –, eu lhe suplico, não diminua em nada sua sagrada autoridade. Agradeça-me diante de toda a família por ter cumprido bem suas intenções e seja assim o único autor do bem que pôde ser feito aqui.

Balthazar ergueu os olhos ao céu, olhou a filha, cruzou os braços e disse, após uma pausa durante a qual seu rosto readquiriu uma expressão que os filhos não viam nos últimos dez anos:

– Por que não estás aqui, Pepita, para admirar nossa filha!

Abraçou Marguerite com força, sem poder dizer mais uma palavra, e voltou ao salão.

– Meus filhos – disse ele com a nobreza de atitude que fazia dele outrora um dos homens mais imponentes –, devemos toda a gratidão e o reconhecimento à minha filha Marguerite, pela sabedoria e a coragem com que cumpriu minhas intenções, executou meus planos, quando, demasiado absorvido por meus trabalhos, entreguei-lhe as rédeas de nossa administração doméstica.

— Ah! E agora vamos ler os contratos de casamento — disse Pierquin consultando o relógio. — Mas esses atos não me concernem, já que a lei me proíbe de lavrar documentos para meus parentes e para mim. O sr. Raparlier está para chegar.

Nesse momento, os amigos da família, convidados ao jantar oferecido para festejar o retorno do sr. Claës e celebrar a assinatura dos contratos, começaram a chegar sucessivamente, enquanto os criados traziam os presentes de casamento. A assembleia logo aumentou e tornou-se tão imponente pela qualidade das pessoas quanto pela riqueza das roupas. As três famílias que se uniam pela felicidade de seus filhos quiseram rivalizar em esplendor. O salão ficou repleto dos graciosos presentes oferecidos aos noivos. O ouro jorrava e cintilava. Os tecidos desdobrados, as mantas de caxemira, os colares, os enfeites excitavam uma alegria tão verdadeira nos que davam quanto nos que recebiam, alegria semi-infantil que transparecia em todos os rostos e fazia esquecer o valor desses presentes magníficos, que os indiferentes muitas vezes se ocupam em calcular por curiosidade. Logo começou o cerimonial praticado na família Claës para essas solenidades. Somente o pai e a mãe deviam estar sentados, os assistentes permaneciam de pé diante deles, à distância. À esquerda do salão, e do lado do jardim, colocaram-se Gabriel Claës e a srta. Conyncks, e junto deles o sr. de Solis e Marguerite, sua irmã e Pierquin. A alguns passos desses três casais, Balthazar e Conyncks, os únicos da assembleia que estavam sentados, tomaram lugar cada qual numa poltrona, junto ao notário que substituía Pierquin. Jean estava de pé atrás do pai. Umas vinte mulheres elegantemente vestidas e alguns homens, escolhidos entre os parentes mais próximos dos Pierquin, dos Conyncks e dos Claës, o prefeito de Douai, que devia casar os noivos, as doze testemunhas também escolhidas entre os amigos mais devotados das três famílias, e das quais fazia parte o primeiro magistrado da corte real, todos, inclusive o pároco da igreja de Saint-Pierre, ficaram de pé formando, do lado do pátio, um círculo imponente. Essa homenagem prestada por toda a assembleia à paternidade que, nesse instante, irradiava uma majestade de rei, imprimia a essa cena um colorido antigo. Foi o único momento durante o qual, depois de dezesseis anos, Balthazar esqueceu a busca do Absoluto. O notário Raparlier foi perguntar a Marguerite e a sua irmã se todas as pessoas convidadas para a assinatura e o jantar a seguir haviam chegado; e, ante a resposta afirmativa, foi buscar o contrato de casamento de Marguerite e do sr. de Solis, o primeiro a ser lido, quando de repente a porta do salão se abriu e Lemulquinier apareceu com o rosto flamejante de alegria.

– Patrão, patrão!

Balthazar lançou a Marguerite um olhar de desespero, fez-lhe um sinal e levou-a até o jardim. Uma perturbação logo percorreu a assembleia.

– Eu não ousava te dizer minha filha – disse o pai –, mas, já que fizeste tanto por mim, me salvarás dessa última desgraça. Lemulquinier me emprestou, para uma última experiência que não deu certo, vinte mil francos, o fruto de suas economias. O infeliz certamente vem pedi-los de volta, sabendo que voltei a enriquecer; paga-lhe imediatamente. Ah! Meu anjo, deves a ele teu pai, pois só ele me consolava em meus desastres, só ele ainda tem fé em mim. Sem ele, com certeza, eu teria morrido...

– Patrão, patrão! – gritava Lemulquinier.

– O que houve? – disse Balthazar, virando-se.

– Um diamante!...

Claës deu um salto ao ver um diamante na mão do criado, que lhe disse em voz baixa:

– Fui ao laboratório.

O químico, que esquecera tudo, lançou um olhar ao velho flamengo, e esse olhar se traduzia nestas palavras: Foste ao laboratório antes de mim?

– ...E encontrei – prosseguiu o criado – este diamante na cápsula que se comunicava com a pilha que deixamos fazendo das suas, e ela fez, patrão! – acrescentou, mostrando um diamante branco de forma octaédrica, cujo brilho atraía os olhares surpresos de toda a assembleia.

– Meus filhos, meus amigos – disse Balthazar –, perdoem meu velho servidor, perdoem a mim. Isto vai deixar-me louco. Um acaso de sete anos produziu, sem mim, uma descoberta que busco há dezesseis anos. Como isso aconteceu? Não sei. Sim, deixei o sulfeto de carbono sob a influência de uma pilha de Volta cuja ação deveria ter sido vigiada diariamente. Pois bem, durante minha ausência, o poder de Deus se manifestou em meu laboratório sem que eu pudesse constatar seus efeitos, progressivos, é claro! Isto não é espantoso? Maldito exílio, maldito acaso! Ai! Se eu tivesse observado essa longa, essa lenta, essa súbita, não sei como dizer, cristalização, transformação, enfim, esse milagre, então meus filhos seriam mais ricos ainda. Embora não seja a solução do problema que investigo, pelo menos os primeiros raios de minha glória teriam brilhado em minha terra e este momento em que nossas afeições se enchem de felicidade seria também aquecido pelo sol da Ciência.

Todos estavam em silêncio diante desse homem. As palavras sem nexo que lhe foram arrancadas pela dor foram verdadeiras demais para não serem sublimes.

Balthazar reteve então, repentinamente, o desespero dentro de si, lançou à assembleia um olhar majestoso que brilhou nas almas, tomou o diamante e o ofereceu a Marguerite, dizendo:

– Ele te pertence, meu anjo. – Depois, dispensou Lemulquinier com um gesto e disse ao notário: – Continuemos.

Essa palavra suscitou na assembleia o frêmito que, em certos papéis, Talma causava às massas atentas. Balthazar havia se sentado, dizendo a si mesmo em voz baixa: "Hoje devo ser somente pai". Marguerite ouviu a frase, avançou, pegou a mão do pai e a beijou respeitosamente.

– Nunca um homem foi tão grande – disse Emmanuel, quando sua noiva voltou para junto dele –, nunca um homem foi tão poderoso, qualquer outro teria enlouquecido.

Lidos e assinados os três contratos, todos se apressaram a interrogar Balthazar sobre a maneira como se formara esse diamante, mas ele nada podia responder sobre um acidente tão estranho. Olhou para o sótão e o apontou com um gesto de raiva.

– Sim, o poder espantoso devido ao movimento da matéria inflamada que certamente criou os metais, os diamantes – disse ele – manifestou-se ali durante um momento, por acaso.

– Esse acaso é provavelmente muito natural – disse uma dessas pessoas que querem explicar tudo –, o velhote deve ter esquecido algum diamante de verdade. Um foi salvo, pelo menos, dos muitos queimados.

– Esqueçamos isso – disse Balthazar aos amigos –, peço-lhes que não me falem hoje desse assunto.

Marguerite tomou o braço do pai para levá-lo aos aposentos da casa da frente onde o esperava uma suntuosa festa. Quando ele entrou na galeria depois de todos os seus convidados, viu-a coberta de quadros e enfeitada de flores raras.

– Quadros – exclamou –, quadros! E alguns dos nossos antigos!

Deteve-se, sua fronte voltou a ficar carregada, teve um momento de tristeza e sentiu então o peso de suas faltas ao avaliar a dimensão de sua humilhação secreta.

– Tudo isso é seu, meu pai – disse Marguerite, adivinhando os sentimentos que agitavam a alma de Balthazar.

– Anjo que os espíritos celestes devem aplaudir – ele exclamou –, quantas vezes terás dado a vida a teu pai?

– Desanuvie a fronte e não tenha mais nenhum pensamento triste no coração – ela respondeu –, e terá me recompensado para além de minhas esperanças. Acabo de pensar em Lemulquinier, meu querido pai, as poucas palavras que disse a respeito dele me fazem estimá-lo, e confesso que julguei mal esse homem; não pense mais no que lhe deve, ele permanecerá junto ao senhor como um humilde amigo. Emmanuel possui cerca de sessenta mil francos de economia, os daremos a Lemulquinier. Depois de tê-lo servido tão bem, esse homem deve ser feliz no resto de seus dias. Não se preocupe conosco! O sr. de Solis e eu teremos uma vida doce e sossegada, uma vida sem luxo; podemos assim nos privar dessa quantia até que o senhor a devolva.

– Ah! Minha filha, não me abandones nunca! Sê sempre a providência de teu pai.

Ao entrar nos aposentos de recepção, Balthazar os encontrou restaurados e mobiliados tão magnificamente como o eram outrora. Os convivas logo se dirigiram à grande sala de jantar no térreo, descendo pela escada principal em cujos degraus se achavam arranjos de flores. Uma maravilhosa baixela de prata, oferecida por Gabriel ao pai, atraiu os olhares tanto quanto o luxo da mesa, que pareceu inusitado aos principais habitantes de uma cidade onde esse luxo é tradicional. Os domésticos do sr. Conyncks, os de Claës e de Pierquin estavam ali para servir o suntuoso banquete. Vendo-se em meio a essa mesa coroada de parentes, de amigos e de rostos nos quais se manifestava uma alegria viva e sincera, Balthazar, atrás do qual se achava Lemulquinier, sentiu uma emoção tão forte que todos se calaram, como as pessoas se calam nas grandes alegrias ou nas grandes dores.

– Queridos filhos – ele exclamou –, vocês mataram a vitela gorda para a volta do pai pródigo.

Essa frase pela qual o cientista julgava a si mesmo e que impediu talvez que o julgassem de um modo mais severo foi pronunciada com tanta nobreza que provocou lágrimas enternecidas nos que ali estavam; mas foi a última expressão de melancolia, aos poucos a alegria adquiriu o caráter ruidoso e animado que marca as festas de família. Depois do jantar, os principais habitantes da cidade chegaram para o baile, que começou e correspondeu ao esplendor clássico da Casa Claës restaurada. Os três casamentos não tardaram a acontecer e deram ensejo a festas, bailes e banquetes que durante vários meses lançaram o velho Claës no turbilhão da sociedade. Seu filho mais velho foi estabelecer-se nas terras de Cambrai, pois Conyncks não queria separar-se da filha. A sra. Pierquin teve igualmente que deixar a casa paterna, para fazer as honras da mansão que Pierquin mandara construir e onde queria viver nobremente, pois vendera o cartório depois que o tio Des Racquets, falecido, lhe deixou tesouros lentamente economizados. Jean partiu para Paris, onde devia completar sua educação.

Portanto, os Solis foram os únicos a ficar perto do pai, que lhes cedeu a casa dos fundos, alojando-se no segundo andar da casa da frente. Marguerite continuou a zelar pela felicidade material de Balthazar e foi ajudada nessa doce tarefa por Emmanuel. Essa nobre filha recebeu das mãos do amor a coroa mais invejada, aquela urdida pela felicidade e cujo brilho é alimentado pela constância. De fato, jamais um casal ofereceu melhor a imagem daquela felicidade completa, reconhecida, pura, que todas as mulheres acalentam em seus sonhos. A união desses dois seres tão corajosos nas provações da vida, e que haviam se amado de maneira tão santa, suscitou na cidade uma admiração respeitosa. O sr. de Solis, nomeado por algum tempo inspetor-geral da Universidade, demitiu-se de suas funções para melhor gozar sua felicidade e permanecer em Douai, onde todos homenageavam tanto seus talentos e seu caráter que seu nome era cotado para a eleição dos colégios eleitorais, quando ele tivesse idade para ser deputado. Marguerite, que se mostrara tão forte na adversidade, voltou a ser, na felicidade, uma mulher doce e bondosa. Claës certamente continuou, naquele ano, gravemente preocupado;

mas, se fez algumas experiências pouco custosas e compatíveis com seus rendimentos, pareceu negligenciar seu laboratório. Marguerite, que retomou os antigos hábitos da Casa Claës, ofereceu todos os meses, ao pai, uma festa de família a que compareciam os Pierquin e os Conyncks, e passou a receber a alta sociedade local uma vez por semana, num café que se tornou um dos mais famosos. Embora frequentemente distraído, Claës assistia a todas as reuniões e voltou a ser tão complacentemente um homem de sociedade para agradar a filha que os filhos chegaram a crer que ele renunciara a buscar a solução de seu problema. Três anos se passaram assim.

Em 1828, um acontecimento favorável a Emmanuel o chamou à Espanha. Embora houvesse, entre os bens da casa de Solis e ele, três ramos numerosos, os caprichos da fortuna – a febre amarela, a velhice, a infecundidade – juntaram-se para fazer de Emmanuel o herdeiro dos títulos da casa, a ele, o último. Por um desses acasos inverossímeis a não ser nos livros, a casa de Solis havia adquirido o condado de Nourho. Marguerite não quis separar-se do marido que devia permanecer na Espanha um longo tempo exigido por seus negócios, aliás ela tinha curiosidade de conhecer o castelo de Casa-Real, onde a mãe passara a infância, e a cidade de Granada, berço patrimonial da família Solis. Ela partiu, confiando a administração da casa à dedicação de Martha, de Josette e de Lemulquinier, que tinha o hábito de dirigi-la. Balthazar, a quem Marguerite propusera a viagem à Espanha, recusara-se alegando sua avançada idade; mas trabalhos que vinham sendo há muito meditados, e que deviam realizar suas esperanças, foram a verdadeira razão da recusa.

O conde e a condessa de Soly y Nourho permaneceram na Espanha mais tempo do que desejavam, lá Marguerite teve um filho. Estavam na metade do ano de 1830, em Cádis, onde esperavam embarcar de volta à França, pela Itália; mas então receberam uma carta na qual Félicie dava tristes notícias à irmã. Em dezoito meses, o pai arruinara-se completamente. Gabriel e Pierquin eram obrigados a dar a Lemulquinier uma quantia mensal para as despesas da casa. O velho doméstico havia sacrificado mais uma vez sua fortuna ao patrão. Balthazar não queria receber ninguém e não admitia sequer os filhos em sua casa. Josette e Martha haviam morrido. O cocheiro, o cozinheiro e os outros criados foram sucessivamente despedidos, os cavalos e as carruagens, vendidos. Embora Lemulquinier guardasse o mais profundo segredo sobre os hábitos do patrão, era de acreditar que os mil francos dados mensalmente por Gabriel e Pierquin fossem empregados em experiências. As poucas provisões que o criado comprava no mercado fazia supor que os dois velhos se contentavam com o estritamente necessário. Enfim, para não deixar que a casa paterna fosse vendida, Gabriel e Pierquin pagavam os juros de quantias tomadas de empréstimo, sem que o soubessem, sobre esse imóvel. Nenhum dos filhos tinha influência sobre o pai que, aos setenta anos de idade, mostrava uma energia extraordinária para fazer cumprir todas as suas vontades, mesmo as mais absurdas. Talvez somente Marguerite pudesse retomar o domínio que exercera outrora sobre Balthazar, e Félicie suplicava à irmã que viesse imediatamente; ela temia que o pai tivesse assinado novas letras de câmbio. Gabriel, Conyncks e Pierquin, assustados com a continuidade de uma loucura que consumira cerca de sete milhões sem resultado, estavam decididos a não pagar as dívidas do sr. Claës. Essa carta mudou os planos de viagem de Marguerite, que tomou o caminho mais curto para chegar a Douai. Suas economias e sua nova fortuna lhe permitiram saldar mais uma vez as dívidas do pai. Mas ela queria mais, queria obedecer à mãe não deixando que Balthazar descesse ao túmulo desonrado. Certamente, só ela tinha bastante ascendência sobre o velho para impedi-lo de continuar sua obra de ruína, numa idade em que nenhum trabalho frutífero podia ser esperado de suas faculdades enfraquecidas. Mas ela desejava governá-lo sem cerceá-lo, a fim de não imitar os filhos de Sófocles[41], caso o pai estivesse próximo da meta científica pela qual tanto se sacrificara. O sr. e a sra. de Solis atingiram Flandres nos últimos dias de setembro de 1831 e chegaram a Douai numa manhã. Marguerite encontrou a casa da Rue de Paris fechada, a campainha foi insistentemente tocada sem que ninguém respondesse. Um negociante deixou a soleira de sua loja, para onde o chamara o ruído das carruagens do sr. de Solis e seus acompanhantes. Muitas pessoas estavam à janela para ver o espetáculo oferecido pelo regresso de um casal amado em toda a cidade, e atraídas também pela vaga curiosidade ligada aos acontecimentos que a chegada de Marguerite fazia supor na Casa Claës. O negociante disse ao criado do conde de Solis que o velho Claës saíra havia cerca de uma hora. Certamente Lemulquinier estava a passear com o patrão junto às muralhas, e Marguerite mandou buscar um serralheiro para abrir a porta, a fim de evitar a cena que a resistência do pai lhe preparava se, como escrevera Félicie, ele se recusasse a admiti-la em casa. Nesse meio-tempo, Emmanuel foi procurar o velho para anunciar-lhe a chegada da filha, enquanto seu criado correu para avisar o sr. e a sra. Pierquin. A porta logo foi aberta. Marguerite entrou no salão para fazer colocar ali suas bagagens e estremeceu de horror ao ver as paredes nuas como se o fogo as tivesse devorado. As admiráveis guarnições de madeira esculpidas por Van Huysium e o retrato do magistrado tinham sido vendidos, disseram, a lorde Spencer. A sala de jantar estava vazia, viam-se apenas duas cadeiras de palha e uma mesa comum sobre a qual Marguerite percebeu com horror dois pratos, duas tigelas, dois talheres de prata, e numa travessa os restos de um arenque defumado que Claës e seu criado-grave certamente haviam acabado de dividir. Num

---

41. Segundo Plutarco e Cícero, os filhos de Sófocles teriam pedido a interdição do pai por insanidade. Como única resposta, o poeta trágico leu alguns versos de *Édipo em Colono*, e o pedido dos filhos foi indeferido. (N.T.)

instante ela percorreu a casa, onde cada peça lhe ofereceu o espetáculo desolador de uma nudez semelhante à do salão e da sala de jantar. A ideia do Absoluto passara em toda parte como um incêndio. Como única mobília, o quarto do pai tinha um leito, uma cadeira e uma mesa sobre a qual estava um candelabro de cobre onde um toco de vela da pior espécie expirara na véspera. O despojamento era tão completo que não havia mais cortinas nas janelas. Os menores objetos que podiam ter um valor na casa, tudo, inclusive os utensílios de cozinha, fora vendido. Movida pela curiosidade que não nos abandona mesmo na desgraça, Marguerite entrou nos aposentos de Lemulquinier, cujo quarto era tão despido quanto o do patrão. Na gaveta semiaberta da mesa, percebeu uma declaração de dívida que atestava que o criado penhorara seu relógio alguns dias antes. Ela correu ao laboratório e viu essa peça cheia de instrumentos de ciência como no passado. Fez abrir seus próprios aposentos, mas viu que ali o pai respeitara tudo.

Ao primeiro olhar que pôs nessa peça, Marguerite desatou a chorar e perdoou tudo ao pai. Em meio a essa fúria devastadora, ele fora detido pelo sentimento paterno e pelo reconhecimento que devia à filha! Essa prova de ternura, num momento em que o desespero de Marguerite chegava ao auge, determinou uma daquelas reações morais contra as quais os corações mais frios não têm força. Ela desceu ao salão e ali esperou a chegada do pai, numa ansiedade que a dúvida aumentava terrivelmente. Como iria revê-lo? Destruído, decrépito, sofredor, debilitado pelo jejum que suportava por orgulho? Mas teria ele sua razão? Lágrimas lhe escorriam dos olhos sem que ela as percebesse, ao reencontrar esse santuário devastado. As imagens de toda a sua vida, seus esforços, suas precauções inúteis, sua infância, sua mãe feliz e infeliz, tudo, até mesmo a visão de seu pequeno Joseph, que sorria a esse espetáculo de desolação, lhe compunha um poema de dilacerantes melancolias. Mas, embora previsse desgraças, não contava com o desfecho que haveria de coroar a vida do pai, essa vida ao mesmo tempo grandiosa e miserável. O estado no qual se achava o sr. Claës não era um segredo para ninguém. Para a vergonha dos homens, não havia em Douai dois corações generosos que homenageassem a perseverança de um homem de gênio. Para toda a sociedade, Balthazar era um homem a interditar, um mau pai, que devorara seis fortunas, milhões, e que buscava a pedra filosofal no século XIX, esse século esclarecido, esse século incrédulo, esse século etc... Caluniavam-no com a pecha de alquimista, lançando-lhe às costas esta frase: "Ele quer fazer ouro!". Quantos elogios não se fazem a propósito deste século no qual, como em todos os outros, o talento expira sob uma indiferença tão brutal como no tempo em que morreram Dante, Cervantes, Tasso e *tutti quanti*! Os povos compreendem ainda mais tardiamente que os reis as criações do gênio.

Essas opiniões haviam insensivelmente passado da alta sociedade de Douai à burguesia, e da burguesia ao baixo povo. O químico septuagenário suscitava, portanto, um profundo sentimento de piedade entre as pessoas bem educadas e uma curiosidade zombeteira no povo, duas expressões carregadas de desprezo e daquele *vae victis!*[42] que as massas lançam aos grandes homens quando os veem na miséria. Muitas pessoas paravam diante da Casa Claës, olhando para o vitral do sótão onde se consumira tanto ouro e carvão. Quando Balthazar passava, apontavam-no com o dedo; com frequência, ante seu aspecto, uma palavra de troça ou de piedade escapava dos lábios de um homem do povo ou de uma criança; mas Lemulquinier tinha o cuidado de traduzi-la como um elogio e podia enganá-lo impunemente. Se os olhos de Balthazar haviam conservado a lucidez sublime que o hábito dos grandes pensamentos imprime, o sentido da audição nele enfraquecera. Para muitos camponeses, gente grosseira e supersticiosa, esse velho

---

42. Ai dos vencidos! (N.T.)

era, portanto, um feiticeiro. A nobre, a grande Casa Claës era chamada, na periferia e nos campos, a casa do diabo. Até mesmo a figura de Lemulquinier se prestava às crenças ridículas que se espalharam sobre seu patrão. Assim, quando o pobre velho ilota[43] ia ao mercado em busca dos gêneros necessários à subsistência, e que escolhia entre os menos caros de todos, não obtinha nada sem receber em troca algumas injúrias; vendedoras supersticiosas chegavam mesmo a recusar vender-lhe sua magra ração, temendo condenarem-se pelo contato com um cúmplice do diabo. Assim, os sentimentos de toda a cidade eram em geral hostis ao grande velho e a seu companheiro. A desordem das roupas de ambos contribuía ainda mais a isso, vestiam-se como aqueles pobres envergonhados que conservam uma aparência decente e hesitam em pedir esmola. Cedo ou tarde, os dois velhos se expunham a ser insultados. Pierquin, sentindo o quanto uma injúria pública seria desonrosa para a família, enviava sempre, durante os passeios do sogro, dois ou três de seus criados que o cercavam à distância com a missão de protegê-lo, pois a revolução de julho não contribuíra para tornar o povo respeitoso.

Por uma dessas fatalidades que não se explicam, Claës e Lemulquinier, que haviam saído de manhã cedo, ludibriaram a vigilância secreta do sr. e da sra. Pierquin e se achavam sozinhos na cidade. De volta de seu passeio, foram sentar-se ao sol, num banco da praça Saint-Jacques onde passavam crianças que iam à escola. Avistando de longe os dois velhos indefesos, e cujos rostos se alegravam ao sol, as crianças puseram-se a falar deles. Geralmente, as conversas de crianças acabam logo em risos; do riso passam aos abusos sem que lhes percebam a crueldade. Sete ou oito dos primeiros a chegar ficaram à distância e puseram-se a examinar as duas velhas figuras, retendo risos abafados que chamaram a atenção de Lemulquinier.

---

43. Balzac, em *Eugénie Grandet*, usa o mesmo termo para designar a sra. Grandet, que vivia à sombra do marido. (N.T.)

– Está vendo aquele ali com a cabeça parecida a um joelho?
– Sim.
– Pois é um cientista de nascença.
– Papai disse que ele faz ouro – observou um outro.
– Por onde? Por aqui ou por ali? – acrescentou um terceiro, mostrando com um gesto brincalhão as partes do corpo que os colegiais se mostram com frequência em sinal de desprezo.

O menor do bando, que segurava um cesto de provisões e lambia uma fatia de pão com manteiga, avançou ingenuamente em direção ao banco e disse a Lemulquinier:
– Senhor, é verdade que faz pérolas e diamantes?
– Sim, meu jovem soldado – respondeu Lemulquinier, sorrindo e dando-lhe um tapinha na face –, te daremos alguns quando fores bem sábio.
– Ah! Senhor, dê a mim também! – foi a exclamação geral.
As crianças acorreram como um bando de aves e cercaram os dois químicos. Balthazar, absorto numa meditação que foi interrompida por esses gritos, fez então um gesto de espanto que causou uma gargalhada geral.
– Vamos, garotos, respeitem um grande homem! – disse Lemulquinier.
– Grande uma ova! – gritaram as crianças. – Vocês são feiticeiros. Sim, feiticeiros, velhos feiticeiros é o que são!

Lemulquinier ergueu-se num salto e ameaçou com a bengala as crianças, que correram para juntar lama e pedras. Um operário, que fazia o desjejum a poucos passos dali, vendo Lemulquinier erguer a bengala para afugentar as crianças, acreditou que ele as golpeara e as apoiou com estas palavras terríveis: "Abaixo os feiticeiros!".

Sentindo-se apoiadas, as crianças lançaram seus projéteis que atingiram os dois velhos, no momento em que o conde de Solis aparecia num canto da praça, acompanhado dos domésticos de Pierquin. Não chegaram a tempo de impedir que elas cobrissem de lama o grande velho e seu criado-grave. O golpe fora desferido. Balthazar, cujas faculdades haviam até então se conservado pela castidade natural aos sábios em quem a busca de uma descoberta aniquila as paixões, adivinhou, por um fenômeno de intussuscepção, o segredo dessa cena; seu corpo decrépito não suportou a reação terrível experimentada nas altas esferas de seus sentimentos e caiu fulminado por um ataque de paralisia nos braços de Lemulquinier, que o levou de volta para casa numa padiola, cercado pelos dois genros e seus criados.

Nada pôde impedir a populaça de Douai de escoltar o velho até a porta de sua casa, onde se achavam Félicie e seus filhos, Jean, Marguerite e Gabriel, que, avisado pela irmã, chegara de Cambrai com a esposa. Foi um espetáculo terrível a chegada desse velho, que se debatia menos contra a morte do que contra o pavor de ver os filhos penetrando o segredo de sua miséria. Logo um leito foi trazido ao salão, cuidados foram prodigalizados a Balthazar cuja situação permitiu, no fim do dia, conceber algumas esperanças de vida. A paralisia, embora habilmente combatida, deixou-o por muito tempo num estado próximo à infância. Quando gradativamente foi cessando, ela permaneceu na língua, particularmente afetada talvez porque a cólera havia concentrado ali as forças do velho no momento em que quis apostrofar as crianças.

Essa cena causou na cidade uma indignação geral. Por uma lei, até então desconhecida, que dirige os afetos das massas, esse acontecimento fez com que todos os espíritos se reaproximassem do sr. Claës. Num instante ele passou a ser um grande homem, despertou a admiração e obteve todos os sentimentos que na véspera lhe eram negados. Todos enalteceram sua paciência, sua vontade, sua coragem, seu gênio. Os magistrados quiseram punir os que haviam participado do atentado; mas o mal estava feito. A família Claës foi a primeira a pedir que o caso fosse esquecido. Marguerite mandou mobiliar o salão, cujas paredes nuas logo foram cobertas de seda. Quando, alguns dias depois desse acontecimento, o velho pai recuperou suas faculdades e viu-se de novo numa esfera elegante, cercado de tudo que é necessário à vida feliz, ele deu a entender que a filha Marguerite devia ter vindo, no momento mesmo em que esta entrava no salão; ao vê-la, Balthazar corou, seus olhos se umedeceram sem que escorressem lágrimas. Ele pressionou com os dedos frios a mão da filha, e pôs nesse gesto todos os sentimentos e todas as ideias que não podia mais exprimir. Foi algo de santo e de solene, a despedida do cérebro que ainda vivia, do coração que o reconhecimento reanimava. Esgotado por suas tentativas infrutíferas, cansado da luta com um problema gigantesco e talvez desesperado ante o incógnito que esperava sua memória, esse gigante em breve deixaria de viver; todos os filhos o cercavam com um sentimento de respeito, de modo que seus olhos puderam se alegrar com as imagens da abundância, da riqueza, e com o quadro tocante que sua bela família lhe oferecia. Ele foi constantemente afetuoso em seus olhares, pelos quais pôde manifestar seus sentimentos; os olhos ganharam de repente uma variedade de expressões tão grande como se possuíssem uma linguagem de luz, fácil de compreender. Marguerite pagou as dívidas do pai e, em poucos dias, restituiu à Casa Claës um esplendor moderno que devia afastar toda ideia de decadência. Não abandonou mais a cabeceira do leito de Balthazar, de quem procurava adivinhar todos os pensamentos e satisfazer os menores desejos. Alguns meses se passaram nas alternâncias de melhoras e pioras que indicam nos velhos o combate entre a vida e a morte; todas as manhãs, os filhos vinham para perto dele, ficavam durante o dia no salão, faziam as refeições diante de seu leito e só saíam no momento em que ele adormecia. A distração que mais lhe agradou, entre todas as que lhe ofereciam, foi a leitura dos jornais, que os acontecimentos políticos tornaram então muito interessante. O sr. Claës escutava atentamente essa leitura que o sr. de Solis fazia em voz alta e perto dele.

No final do ano de 1832, Balthazar passou uma noite extremamente crítica, durante a qual o sr. Pierquin, médico, foi chamado pela enfermeira, assustado com uma mudança súbita no enfermo; de fato, o médico passou a observá-lo, temendo a cada instante que expirasse sob os esforços de uma crise interior cujos efeitos tinham o caráter de uma agonia.

O velho fazia movimentos de uma força inacreditável para desvencilhar-se dos liames da paralisia; desejava falar e movia a língua sem poder formar sons; os olhos flamejantes projetavam pensamentos; os traços contraídos exprimiam dores extraordinárias; os dedos se agitavam desesperadamente, ele suava muito. De manhã, os filhos vieram beijar o pai com a afeição que o temor de sua morte próxima tornava a cada dia mais viva e mais ardente; mas ele não lhes mostrou a satisfação que lhe causavam habitualmente essas provas de ternura. Emmanuel, advertido por Pierquin, apressou-se em abrir o jornal para ver se essa leitura atenuaria a crise interna que atormentava Balthazar. Ao desdobrar a folha, viu estas palavras, "descoberta do absoluto", que o impressionaram vivamente, e ele leu a Marguerite um artigo em que se falava de um processo relativo à venda que um célebre matemático polonês fizera do Absoluto. Embora Emmanuel lesse em voz baixa o anúncio do fato a Marguerite, que lhe pediu para pular o artigo, Balthazar ouvira.

De repente, o moribundo ergueu-se sobre os dois punhos, lançou aos filhos assustados um olhar que atingiu a todos como um raio, os cabelos que lhe cobriam a nuca se moveram, suas rugas estremeceram, seu rosto se animou de um espírito de fogo, um sopro passou sobre essa face e a tornou sublime, ele levantou uma mão crispada pela raiva e gritou com voz vibrante a famosa expressão de Arquimedes: Eureka! (descobri!) Tornou a cair sobre o leito produzindo o som abafado de um corpo inerte, morreu emitindo um gemido terrível, e seus olhos convulsos exprimiram, até o momento em que o médico os fechou, o lamento de não ter podido legar à Ciência a chave de um enigma, cujo véu tardiamente se rasgara sob os dedos descarnados da Morte.

*Paris, junho-setembro de 1834.*

# CRONOLOGIA

**1799** – 20 de maio: nasce em Tours, no interior da França, Honoré Balzac, segundo filho de Bernard-François Balzac (antes, Balssa) e Anne-Charlotte-Laure Sallambier (outros filhos seguirão: Laure, 1800, Laurence, 1802, e Henri-François, 1807).

**1807** – Aluno interno no Colégio dos Oratorianos, em Vendôme, onde ficará seis anos.

**1813-1816** – Estudos primários e secundários em Paris e Tours.

**1816** – Começa a trabalhar como auxiliar de tabelião e matricula-se na Faculdade de Direito.

**1819** – É reprovado num dos exames de bacharel. Decide tornar-se escritor. Nessa época, é muito influenciado pelo escritor escocês Walter Scott (1771-1832).

**1822** – Publicação dos cinco primeiros romances de Balzac, sob os pseudônimos de lorde R'Hoone e Horace de Saint-Aubin. Início da relação com madame de Berny (1777-1836).

**1823** – Colaboração jornalística com vários jornais, o que dura até 1833.

**1825** – Lança-se como editor. Torna-se amante da duquesa de Abrantès (1784-1838).

**1826** – Por meio de empréstimos, compra uma gráfica.

**1827** – Conhece o escritor Victor Hugo. Entra como sócio em uma fundição de tipos gráficos.

**1828** – Vende sua parte na gráfica e na fundição.

**1829** – Publicação do primeiro texto assinado com seu nome, *Le Dernier Chouan* ou *La Bretagne en 1800* (posteriormente *Os Chouans*), de "Honoré Balzac", e de *A fisiologia do casamento*, de autoria de "um jovem solteiro".

**1830** – *La Mode* publica *El Verdugo*, de "H. de Balzac". Demais obras em periódicos: *Estudo de mulher*, *O elixir da longa vida*, *Sarrasine* etc. Em livro: *Cenas da vida privada*, com contos.

**1831** – *A pele de onagro* e *Contos filosóficos* o consagram como romancista da moda. Início do relacionamento com a marquesa de Castries (1796-1861). *Os proscritos, A obra-prima desconhecida, Mestre Cornélius* etc.

**1832** – Recebe uma carta assinada por "A Estrangeira", na verdade Ève Hanska. Em periódicos: *Madame Firmiani, A mulher abandonada*. Em livro: *Contos jocosos*.

**1833** – Ligação secreta com Maria du Fresnay (1809-1892). Encontra madame Hanska pela primeira vez. Em periódicos: *Ferragus*, início de *A duquesa de Langeais, Teoria do caminhar, O médico de campanha*. Em livro: *Louis Lambert*. Publicação dos primeiros volumes (*Eugénie Grandet* e *O ilustre Gaudissart*) de *Études de moeurs au XIX$^e$ siècle*, que é dividido em "Cenas da vida privada", "Cenas da vida de província", "Cenas da vida parisiense": a pedra fundamental da futura *A comédia humana*.

**1834** – Consciente da unidade da sua obra, pensa em dividi-la em três partes: *Estudos de costumes, Estudos filosóficos* e *Estudos analíticos*. Passa a utilizar sistematicamente os mesmos personagens em vários romances. Em livro: *História dos treze* (menos o final de *A menina dos olhos de ouro*), *Em busca do absoluto, A mulher de trinta anos*; primeiro volume de *Estudos filosóficos*.

**1835** – Encontra madame Hanska em Viena. Folhetim: *O pai Goriot, O lírio do vale* (início). Em livro: *O pai Goriot*, quarto volume de *Cenas da vida parisiense* (com o final de *A menina dos olhos de ouro*). Compra o jornal *La Chronique de Paris*.

**1836** – Inicia um relacionamento amoroso com "Louise", cuja identidade é desconhecida. Publica, em seu próprio jornal, *A missa do ateu, A interdição* etc. *La Chronique de Paris* entra em falência. Pela primeira vez na França um romance (*A solteirona*, de Balzac) é publicado em folhetins diários, no *La presse*. Em livro: *O lírio do vale*.

**1837** – Últimos volumes de *Études des moeurs au XIX$^e$ siècle* (contendo o início de *Ilusões perdidas*), *Estudos filosóficos, Facino Cane, César Birotteau* etc.

**1838** – Morre a duquesa de Abrantès. Folhetim: *O gabinete das antiguidades*. Em livro: *A casa de Nucingen*, início de *Esplendores e misérias das cortesãs*.

**1839** – Retira candidatura à Academia em favor de Victor Hugo, que não é eleito. Em folhetim: *Uma filha de Eva*, *O cura da aldeia*, *Beatriz* etc. Em livro: *Tratado dos excitantes modernos*.

**1840** – Completa-se a publicação de *Estudos filosóficos*, com *Os proscritos*, *Massimilla Doni* e *Seráfita*. Encontra o nome *A comédia humana* para sua obra.

**1841** – Acordo com os editores Furne, Hetzel, Dubochet e Paulin para publicação de suas obras completas sob o título *A comédia humana* (17 tomos, publicados de 1842 a 1848, mais um póstumo, em 1855). Em folhetim: *Um caso tenebroso*, *Ursule Mirouët*, *Memórias de duas jovens esposas*, *A falsa amante*.

**1842** – Folhetim: *Albert Savarus*, *Uma estreia na vida* etc. Saem os primeiros volumes de *A comédia humana*, com textos inteiramente revistos.

**1843** – Encontra madame Hanska em São Petersburgo. Em folhetim: *Honorine* e a parte final de *Ilusões perdidas*.

**1844** – Folhetim: *Modeste Mignon*, *Os camponeses* etc. Faz um *Catálogo das obras que conterá A comédia humana* (ao ser publicado, em 1845, prevê 137 obras, das quais 50 por fazer).

**1845** – Viaja com madame Hanska pela Europa. Em folhetim: a segunda parte de *Pequenas misérias da vida conjugal*, *O homem de negócios*. Em livro: *Outro estudo de mulher* etc.

**1846** – Em folhetim: terceira parte de *Esplendores e misérias das cortesãs*, *A prima Bette*. O editor Furne publica os últimos volumes de *A comédia humana*.

**1847** – Separa-se da sua governanta, Louise de Brugnol, por exigência de madame Hanska. Em testamento, lega a madame Hanska todos os seus bens e o manuscrito de *A comédia humana* (os exemplares da edição Furne corrigidos à mão por ele próprio). Simultaneamente em romance-folhetim: *O primo Pons*, *O deputado de Arcis*.

**1848** – Em Paris, assiste à Revolução e à proclamação da Segunda República. Napoleão III é presidente. Primeiros sintomas de doença cardíaca. É publicado *Os parentes pobres*, o 17º volume de *A comédia humana*.

**1850** – 14 de março: casa-se com madame Hanska. Os problemas de saúde se agravam. O casal volta a Paris. Diagnosticada uma peritonite. Morre a 18 de agosto. O caixão é carregado da igreja Saint-Philippe-du-Roule ao cemitério Père-Lachaise pelos escritores Victor Hugo e Alexandre Dumas, pelo crítico Sainte-Beuve e pelo ministro do Interior. Hugo pronuncia o elogio fúnebre.

lepmeditores
**www.lpm.com.br**
o site que conta tudo

IMPRESSÃO:

**PALLOTTI**
GRÁFICA

Santa Maria - RS | Fone: (55) 3220.4500
*www.graficapallotti.com.br*